**WILLIAM McILVANNEY**

# LAIDLAW

Kriminalroman

Aus dem Englischen von Conny Lösch

Mit einem Vorwort von Tobias Gohlis

**BÜCHERGILDE GUTENBERG**

Lizenzausgabe für die Büchergilde Gutenberg,
Frankfurt am Main, Wien und Zürich
www.buechergilde.de
Mit freundlicher Genehmigung
des Verlags Antje Kunstmann, München
© der deutschen Ausgabe:
Verlag Antje Kunstmann GmbH, München 2014
© der Originalausgabe: William McIlvanney, 1977
Diese Übersetzung folgt der Ausgabe
von Canongate Books Ltd., Edinburgh 2013
Titel der Originalausgabe: *Laidlaw*
Alle Rechte vorbehalten
Umschlaggestaltung: Angelika Richter, Heidesheim
Herstellung: Thomas Pradel, Bad Homburg
Schriften: Chaparral Pro und Corporate S
Satz: Fotosatz Amann, Memmingen
Druck und Bindung: CPI books GmbH, Leck
Printed in Germany 2015 · ISBN 978 3 7632 6790 3

## VORWORT

*Bus fahren und laufen!*
*Der Innenvernichter Laidlaw krempelt alles um*

Das Buch, das Sie in der Hand halten, ist eine Ikone der modernen *europäischen* Kriminalliteratur. Eine Aussage, die einige Schotten stören könnte. Sie, die gerade mit knapper Mehrheit dafür gestimmt haben, (noch) nicht aus dem Vereinigten Königreich auszuscheiden, würden William McIlvanneys *Laidlaw* lieber als Erst- und Hauptstück der regionalen Krimimarke »Tartan Noir« gewürdigt sehen.[1] Doch die ist eher nationalistischer Kitsch und dazu passendes touristisches Branding, völlig abweichend zu dem, was McIlvanney geleistet hat.

Ian Rankin aus Edinburgh war es, der mich vor vielen Jahren auf William McIlvanney aufmerksam machte. Ohne sein Vorbild, sagte Ian, hätte er wohl kaum den Mut aufgebracht, selbst Kriminalromane zu schreiben. Inzwischen wird Rankin auf jedem Klappentext zu McIlvanney zitiert. Es lohnt sich, dieser Spur dorthin nachzugehen, wo sie nicht so offensichtlich ist. *Laidlaw*, William McIlvanneys erster Kriminalroman, erschienen 1977, und Ian Rankins Erstling *Knots and Crosses*,[2] der genau zehn Jahre später herauskam, sind durch das Motivbündel Schuld und (homo-)sexuelle Gewalt verbunden. In *Laidlaw* wissen die Leser praktisch von Beginn an, dass dem Sexualmord an Jennifer Lawson ein paradoxes Motiv zugrunde liegt: Der junge Tommy Bryson wollte durch gewaltsame Penetration sich und der Welt beweisen, dass er nicht

---

[1] Charles Taylor: *Paint it Noir*; New York Times 22.4.2004: »Das ist eine touristische Phrase. Sie unterstellt, es gäbe irgendetwas Knuddeliges an der hard-boiled Fiction, die aus dem Land der Kilts und des Haggis kommt.«
[2] Deutsch von Ellen Schlootz (2000) als *Verborgene Muster*.

homosexuell ist. Zerrissen von Schuldgefühlen ist er auf der Flucht, in Panik sieht er sich als Monster: »Du bist ein Ungeheuer. Wie konntest du das nur so lange vor dir selbst verbergen?«[3] In *Knots and Crosses* muss DS John Rebus erst hypnotisiert werden, um das Trauma seines Lebens ans Licht des Bewusstseins heben zu können. Erst dann vermag er sich an die Jahre zurückliegende Szene zu erinnern, als er in einer Situation absoluter Isolation, nach wochenlanger Folter, von einem emotional kollabierenden Mitgefangenen sexuell angegangen wurde. Monstrosität – imaginierte – auch hier.

In beiden Szenen wird bei aller Verschiedenheit von Setting und Personal das im Wortsinn »radikale« Wahrheitsstreben der Autoren deutlich. Detektion, Aufklärung, wird nicht an der Oberfläche als Indiz, sondern im Allerverborgensten aufgestöbert, in dem mit Schammauern bewehrten Fort des Allerinnersten, in der fragwürdigen sexuellen Identität. Tommy Bryson befindet sich in einem psychotischen Zustand, John Rebus ist hypnotisiert. Erst im Chaos dieser Gefühlswelten tritt Wahres zutage: als Schmerz, den es auszuhalten, anzuschauen und zu ertragen gilt. Hier ist die Schnittstelle der Lehrer-Schüler-Beziehung zwischen McIlvanney und Rankin (und anderen) zu suchen, nicht in schottischer Folklore.

Als William McIlvanney 1977 *Laidlaw* veröffentlichte, war dies nicht nur sein erster Kriminalroman, sondern auch der erste Roman, in dem er sich thematisch aus seinen biographisch-familiären Ursprüngen löste. William McIlvanney wurde 1936 in Kilmarnock im westschottischen Ayrshire geboren. Diese Gegend und die demütigenden Erfahrungen eines Studenten aus der Arbeiterklasse sind die bestimmenden Motive seiner ersten drei Romane *Remedy is none* (1967), *Gift from Nessus* (1968) und *Docherty* (1975). In *Docherty* und dem späteren *The Big Man* (1985) verfolgt

---

3  William McIlvanney: *Laidlaw*; Frankfurt am Main 2015, S. 17

McIlvanney die Idee »einer literarischen Genealogie der Leute, von denen ich abstamme« oder, in den Worten des Literaturwissenschaftlers Alan MacGillivray, »eine Art sozialer oder Klassen-Geschichte des industriellen Ayrshire«.[4]

Diesen biographischen Hintergrund teilt seine berühmteste Figur, Detective Inspector Jack Laidlaw. Es scheint beinahe, als wolle er seine proletarische Herkunft kompensieren, so oft beeindruckt er seinen Zögling D. C. Harkness mit Anspielungen, die von Daniel Defoe über Shakespeare und Camus bis T. S. Eliot den Kosmos der Weltliteratur durchstreifen. Im zweiten, erstmals 2015 auf Deutsch zugänglichen Band der Laidlaw-Trilogie *Die Suche nach Tony Veitch*[5] ist die Auseinandersetzung mit der als abgehoben und selbstverliebt empfundenen Akademikerwelt ein zentrales Motiv. Während McIlvanney sein Literaturstudium abschloss und etliche Jahre als Lehrer arbeitete, hat seine Figur Laidlaw die Uni geschmissen:

»Er erinnerte sich, was den Ausschlag gegeben und ihn endgültig bewogen hatte, der Uni den Rücken zu kehren: die Aussicht, den schwammigen Blödsinn lesen zu müssen, den Akademiker über den schwammigen Blödsinn verzapften, den D. H. Lawrence verzapft hatte. Da er selbst ähnlich aufgewachsen war wie Lawrence, glaubte er ziemlich genau nachvollziehen zu können, weshalb Lawrence den Blick eher auf Visionen gelenkt hatte, anstatt sich mit der Realität dessen auseinanderzusetzen, was ihm direkt ins Gesicht starrte.«[6]

Der Realität ins schmutzige Gesicht sehen, das ist für den Arbeitersohn McIlvanney die korrekte Haltung eines

---

4 Alan Mac Gillivray: *Natural Loyalties – The Work of William McIlvanney*; 1995, 2010; http://www.arts.gla.ac.uk/ScotLit/ASLS/Laverock-McIlvanney-1.html; abgerufen 1.3.2015
5 William McIlvanney: *Die Suche nach Tony Veitch*; München 2015
6 *Die Suche nach Tony Veitch*, S. 113

Intellektuellen aus der Arbeiterklasse, und erst recht die eines Polizisten aus der Arbeiterklasse, in dessen Namen ja bereits auf eine Art Basisversion des Rechts angespielt wird. »Laidlaw« könnte man als »abgelegtes« oder »niedergelegtes Gesetz« übersetzen.

Den moralischen und berufsethischen Aspekt dieser Haltung begründet und vertieft Laidlaw, den man hier getrost als Stimme seines Erfinders lesen kann, in den Lektionen, die er dem Greenhorn D. C. Harkness erteilt. Dramaturgisch geschickt ist der in einen Loyalitätskonflikt zwischen Laidlaw und dessen Vorgesetzten und Intimkontrahenten Milligan gestellt. Milligan verkörpert die althergebrachte Polizeibrutalität und das ihr zugrunde liegende Schwarz-Weiß-Denken. Leider hat Harkness als Figur zu wenig Kontur, als dass sich der Leser mit ihm identifizieren könnte. Laidlaws Lektionen bekommen dadurch etwas abstrakt Didaktisches. Das macht sie aber kaum weniger eindringlich, zumal diese in einem emotional und psychisch hoch aufgeladenen Fall zum Tragen kommen.

Wie soll man Tommys Verbrechen beurteilen? Trotz seiner verzweifelten Situation auf der Flucht vor Gangstern, Polizei und dem aufgebrachten Vater der Ermordeten fällt es nicht nur Harkness, sondern auch der Leserin und dem Leser schwer, Verständnis oder gar Sympathie für einen Burschen zu entwickeln, der seine sexuellen Minderwertigkeitskomplexe mit einem Messer lösen zu können glaubte. Die kalte technische Lakonie, mit der Jennifers Verletzungen referiert werden, dient dazu, die Empörung über die Untat zu steigern – umso befremdlicher muss Laidlaws prinzipielles Verständnis für den Mörder wirken. Laidlaws unerbittliche Forderung an Harkness (und die Leser), er solle sich in den Mörder hineinversetzen, wird in einem äußerst verknappten Dialog zugespitzt. Hineinversetzen müsse man sich eigentlich nicht in den Mörder – denn: »Er ist längst in uns drin«. Als wäre das nicht schon ein bisschen viel für den schlichten

Harkness, wird ihm zusätzlich ein Licht aufgesetzt über den Ursprung seines/unseres Erschreckens: »Wissen Sie, was dieses Verbrechen so entsetzlich macht? Es ist der Preis für die Unwirklichkeit, in der wir beschlossen haben zu leben. Es ist die Angst vor uns selbst.«[7]

Das Verbrechen und das Zurückschrecken (der nur vermeintlich Unschuldigen) vor diesem entspringen also im Kern einem Nicht-wahrhaben-Wollen der Wirklichkeit. Die Struktur der Gesellschaft ist lügenhafter Natur, die man nur durchbrechen kann, indem man sich entschlossen auf die Seite der Wahrheit stellt. Laidlaw hat sich genau dieser Maxime unterworfen. Die bedingungslose Klarheit, mit der er das getan hat, hat weitreichende Folgen: seine Ehe zerbricht, im Polizeikorps (dem moralischen Arm der Mehrheitsgesellschaft) und in der Gesellschaft selbst nimmt er die Rolle des Außenseiters ein. Laidlaw ist allein, umso intensiver kämpft er um seinen Schüler Harkness.

Laidlaw ist ein einsamer Mann auf einem Kreuzzug, ein Moralist ohne andere Deckung als seine Moral. Mit einem (von Conny Lösch bravourös übersetzten) Wortspiel: Laidlaw ist kein Inneneinrichter, sondern ein »Innenvernichter«, der durch Glasgow zieht und »Anspannung in zuvor recht angenehme Räume« bringt.[8]

Für die Konzeption des zeitgenössischen oder in Abgrenzung zum Häkelkrimi à la Agatha Christie »modernen«[9] Kriminalroman (vor allem schottischer Prägung) hatte dies eine Reihe von Konsequenzen: Laidlaw ist einer der Ersten in einem realistisch dargestellten Polizeimilieu operierender Beamten, der in Auseinandersetzung mit Hierarchie, Vorurteilen und Kollegen seinen Status als quasi privater Ermittler verteidigen muss. Sein Beharren auf der Wirklichkeit und auf der Durchdringung der tat-

---

7 *Laidlaw*, S. 86
8 *Die Suche nach Toney Veitch*, S. 212
9 Siehe Julian Symons: *Am Anfang war der Mord*, München 1982, S. 190.

sächlichen Verhältnisse führt dazu, dass er einen neuen Blick auf die Stadt hat, in der er lebt. McIlvanney hatte vor, einen Roman über Glasgow zu schreiben, bevor er *Laidlaw* erfand. Er hätte durchaus auch einen Journalisten oder Rettungssanitäter als Protagonisten wählen können,[10] zumal ihm zunächst das Krimigenre zu leichtgewichtig für seine Ambitionen schien. Widerhall dieser literarischen Distinktionspläne ist Laidlaws Unterscheidung zwischen dem Touristen, der seine eigene Realität nicht verlässt, und dem Reisenden, der auch die Slums betritt und dorthin geht, wo sich auch die meisten Mörder – ebenfalls Reisende – aufhalten:

»Ein Auto ist psychologisch steril, ein mobiles Sauerstoffzelt. Ein Bus ist mit Keimen verseucht. Man muss sich den Voreingenommenheiten anderer aussetzen, Gefahr laufen, von einem wahnsinnigen Schaffner mit dem Fahrkartenlocher totgeprügelt zu werden.«[11]

Wo literarische Höhe nicht gewonnen werden kann, lohnt die soziale Tiefe. Das ist McIlvanneys Pathos-Formel eines heroischen Realismus. Und zugleich eine unverwechselbar radikale Haltung zum Kriminalroman. McIlvanney forschte von Beginn seiner literarischen Arbeit an nach einem Konzept, das die Erfahrungen eines wachen Arbeiterkindes mit den Bildungserlebnissen schlüssig so verknüpft, dass proletarische Empirie und intellektuelle Schärfe sich gegenseitig befruchten. In der Figur des Tam Docherty im gleichnamigen Roman glaubte McIlvanney erstmals diese Synthese gefunden zu haben. Was er über diesen Heldentypus des einfachen Mannes sagt, kann auch für Laidlaw gelten:

10  Tony Black interviewt William McIlvanney, 6.6.2013; http://therapsheet.blogspot.de/2013/06/mcilvanney-calls-it-as-he-sees-it.html; eingesehen am 9.3.2015.
11  *Laidlaw*, S. 124

»Ich war auf der Suche nach einem wahrhaftigen Helden. (...) Der Held praktiziert Menschlichkeit über alle Dogmen, Vorschriften, Ideen hinaus. Gegen alle Verlockungen zur Nachahmung rein sozial bedingter Sitten und zur Aufgabe seiner Identität entwickelt er sich unerbittlich und unbeirrt zu sich selbst.

Eine Heldenerzählung ist der Bericht von einem Menschen, der lernt, er selbst zu sein. Von Menschlichkeit, die lernt, sie selbst zu sein. (...) Ein Held ist mehr wir selbst, als wir es sind, weil er die Kompromisse unserer Natur ablehnt, die wir akzeptieren. Er ist unser unerkanntes Selbst.«[12]

Zu dieser Kompromisslosigkeit gehört zwingend, dass dieser Heroismus »seiner zufälligen historischen Roben entkleidet« und »auf die Straße gestellt« wird. »Ich wollte ihn an möglichst unangenehmen Orten spielen lassen.«[13]

Das, was später Ian Rankin für sein Werk reklamierte – er wolle seine Stadt Edinburgh mit Sinn und Bedeutung aufladen –, hat McIlvanney stilbildend für Glasgow praktiziert. Laidlaws Wege führen ihn zu den Reichen und zu den Armen, in die Slums und die Gerichtssäle. Man könnte eine eigene Anthologie seiner Epigramme über die soziale Architektur dieser Stadt erstellen.

Weil McIlvanney früher einmal eingeräumt hat, Chandler gelesen zu haben – wer hat das nicht? –, wird Laidlaw oft in die Tradition von Philip Marlowe gestellt, als schottische Variante des hartgesottenen Kerls, der gefährliche Situationen mit flotten Sprüchen entspannt. Diese Genre-Analogie aber verkennt Laidlaws literarische Eigentümlichkeit: Seine Epigramme und Lektionen zielen auch sprachlich auf eine Umwertung der umlaufenden Werte.

12 Mac Gillivray, a. a. O.
13 Mac Gillivray, a. a. O.

Der reisende Moralist Laidlaw befragt sich selbst rastlos in althergebrachter pietistischer Tradition. Das unterscheidet ihn vom Moralapostel und vom Heuchler. Ihm geht es um Wahrheit und Unverstelltheit, das, was gemeinhin als »sündhaft« gilt, schert ihn nicht. Laidlaw führt ein operatives Doppelleben mit Geliebter, er mag den Gangster John Rhodes, weil dieser wie er »auf gewisse Art ehrlich« ist und »falsche Vorspiegelungen« hasst.[14] Aus dieser Haltung unbestechlich unbeirrbarer Wahrheitssuche entspringen die grandiosen Wortfindungen und Gedankenkonstruktionen, in denen der Text schwelgt. Durch Laidlaws Brille sieht McIlvanney die Stadt, das Leben, die Moral, die einzelnen Menschen neu. Manchmal klingt das – der Text ist immerhin fast vierzig Jahre alt – ein wenig pathetisch, meist aber einfach berauschend. Unübertrefflich sein Nachdenken über das Leichenschauhaus: »Hier hereinzukommen bedeutet, daran erinnert zu werden, dass Grundbesitz das oberste Gesetz ist und die Menschen dessen Liegenschaften. Laidlaw hatte dies schon immer angewidert.«[15] Und Laidlaws Gedanken über das Verbrechen sollten in jeden Essay über Kriminalliteratur eingemeißelt werden:

»Jede Sprache verdeckt genauso viel, wie sie offenbart. Und es gibt viele Sprachen. Alle sind sie menschlich. Dieser Mord ist eine sehr menschliche Botschaft. Allerdings ist sie verschlüsselt. Wir müssen versuchen, den Code zu knacken, und dürfen nicht vergessen, dass das, wonach wir suchen, Teil von uns ist. Wenn Sie das nicht begreifen, brauchen Sie gar nicht erst anzufangen.«[16]

Hamburg, März 2015<br>Tobias Gohlis

14 *Laidlaw*, S. 121
15 *Laidlaw*, S. 49
16 *Laidlaw*, S. 86

**LAIDLAW**

**EINS**

Rennen war so eine Sache. Der Klang, wenn deine Füße auf den Gehweg klatschten. Die Lichter vorbeifahrender Autos, die dir in die Augen stachen. Deine Arme, die wie aus dem Nichts vor dir auftauchten, losgelöst voneinander und von dir. Wie die Hände Ertrinkender, sehr vieler Ertrinkender. Das alles half dir nichts. Wie nach einem Autounfall: der Fahrer ist längst tot, aber das Radio dudelt weiter.

Jemand mit Kappe sagte: »Wo brennt's denn, mein Sohn?«

Rennen war eine riskante Sache. Eine riesengroße Plakatwand der Panik, eine Neonreklame der Schuld. Gehen war sicher. Einen Spaziergang konnte man wie eine Maske tragen. Schlendern. Spaziergänger sind normal.

Es hatte keine Vorwarnung gegeben. Du hattest noch denselben Anzug an, die Krawatte mit Bedacht ausgewählt, im Bus hat dir der Schaffner aus Versehen falsch rausgegeben. Eine halbe Stunde vorher hast du noch gelacht. Dann wurden deine Hände zum Hinterhalt. Wurden zu Verrätern an dir. Es ging so schnell. Deine Hände, die sonst Tassen anhoben, Münzen zählten und Leuten winkten, wurden plötzlich zum Aufruhr, zur vorübergehenden Raserei. Mit lebenslangen Konsequenzen.

Und plötzlich hatte alles eine andere Bedeutung. Keine mehr oder zu viele, auf jeden Fall rätselhaft. Dein Körper war ein fremder Ort. Deine Hände waren hässlich. In deinem Inneren waren lauter Verstecke, dunkle Winkel. Aus welchen Ritzen kamen die Kreaturen gekrochen, die dich missbrauchten? Gewiss von keinem dir bekannten Ort.

Aber welchen Ort kanntest du schon? Nicht mal diesen hier, an dem du dich zu Leuten gesellt hast, als wärst du ein Mensch. In der Milchglasscheibe konntest du sehen, für wen sie dich hielten. Sein Haar war schwarz, die Augen braun, sein Mund schrie nicht. Seine Hässlichkeit war dir zuwider. Da war eine grüne Flasche, darin etwas, das wie ein Farn aussah. Eine Nase mit riesigen Nasenlöchern. Auf der schwarzen Oberfläche waren Schmierstreifen, jemand hatte mit einem Tuch darübergewischt. Ein Mann redete.

»Meine Frau, weißt du?« Er sprach dorthin, wo du eigentlich stehen müsstest. »Weißt du, wenn ich heut Nacht nach Hause geh? Da gibt's Krieg. War seit gestern Morgen nicht mehr da. Hab nach Feierabend einen alten Freund getroffen. Gott, was haben wir gesoffen, einen nach dem anderen. Hab ihm geholfen, über den Tod seiner Frau wegzukommen. Ist vor zehn Jahren gestorben.« Er nahm einen Schluck. »Ich glaub, ich lass mich überfahren. Hab ich wenigstens 'ne Ausrede.«

Früher hast du auch gedacht, so was könnte ein Problem sein. Hast geweint, weil du eine Vase kaputt gemacht hast, die deine Mutter sehr mochte. Hast die Scherben im Schrank versteckt. Hattest Angst, zu spät zu kommen, andere zu verärgern oder was Falsches zu sagen. Die Zeit wird nie wieder kommen.

Alles hat sich verändert. Du konntest in dieser Stadt herumgehen, solange du wolltest. Sie hat dich nicht gekannt. Aber du kanntest jedes Viertel beim Namen. Doch keins hat geantwortet. St. George's Cross, wo die vielen Autos fuhren und Ziele erfanden für die, die drinsaßen. Die Autos beherrschten die Menschen. Sauchiehall Street war ein Friedhof aus angestrahlten Grabsteinen. Buchanan Street eine Rolltreppe voll mit Fremden.

George Square. Du hättest es wissen müssen. Wie oft hast du dort auf einen der Busse gewartet, die die ganze Nacht durchfahren? Der Platz hat dich zurückgewiesen. Deine Vergangenheit bedeutete nichts. Selbst der schwarze Mann auf dem schwarzen Pferd stammte aus einem anderen Land und einer anderen Zeit. Sir John Moore. *They buried him darkly at dead of night.* Wer hat dir seinen Namen gesagt? Dein müder Englischlehrer. Yawner Johnson. Ständig hat er gegähnt und zwischendurch interessante Sachen erzählt. Nur die Wahrheit hat er dir nie gesagt. Niemand hat das getan. Und das war die Wahrheit.

Du bist ein Ungeheuer. Wie konntest du das nur so lange vor dir selbst verbergen? Ein Zaubertrick – du hast zwanzig Jahre lang jongliert mit deinem Lächeln, deinem Nicken, mit Messer und Gabel, dem Gang zum Bus und dem Umblättern der Zeitungsseiten, damit dein Leben im Nebel verschwamm, hinter dem du das, was du wirklich bist, verstecken konntest. Bis es vorstellig wurde. Ich bin du.

George Square hatte nichts mit dir zu tun. Er gehörte den drei Jungen, die auf der Rückenlehne einer Bank wie auf einem Drahtseil balancierten, den Schlange stehenden Menschen an den Bushaltestellen, auf dem Nachhauseweg. Du kannst nie mehr nach Hause.

Du kannst nur gehen und dort, wohin du gehst, abgewiesen werden, aber von leer stehenden Häusern nicht. Sie waren große Dunkelheiten, bargen alte Trauer und entsetzliche Wut. Sie waren Gefängnisse der Vergangenheit. Sie hießen Geister willkommen.

Der Eingang war modrig. Die Dunkelheit wohltuend. Du hast dich durch Gerüche getastet. Das leise Huschen mussten Ratten sein. Da war eine Treppe, die gefährlich gewesen wäre für einen, der noch was zu verlieren hatte. Oben war eine Tür kaputt. Sie ließ sich zuziehen. Von der Straße drang trübes Licht herein. Der Raum war sehr leer, abgebröckelter Putz lag auf dem Boden.

Seltsam, wie wenig Blut da war, nur ein paar dunkle Flecken auf der Hose, man konnte sich vorstellen, es sei nie geschehen. Aber es war geschehen. Jetzt bist du hier. Als hättest du Lepra. Du bist der Aussätzige, die Seuche lauert huckepack auf deinem Rücken.

Die Einsamkeit war, was du aus dir gemacht hattest. Die Kälte war gerecht. Von jetzt an würdest du alleine sein. Das hast du verdient. Die Stadt draußen hasst dich. Vielleicht hat sie dich immer schon ausgeschlossen. Sie war sich ihrer selbst immer so sicher gewesen, so voller Menschen, die Türen nicht vorsichtig öffneten, vielmehr großspurig ausschritten. Eine harte Stadt. Jetzt wendet sich ihre ganze Härte gegen dich. Eine Menge aus verbitterten Gesichtern, die dich anstarren, ein wütender Mob, der dich umzingelt. Und du hast keine Chance.

Nichts zu machen. Setz dich, werde der, der du bist. Gestehe dir den gerechten Zorn aller ein. In der ganzen Stadt gibt es niemanden, der verstehen könnte, was du getan hast, niemanden, mit dem du es teilen kannst. Niemanden, niemanden.

## ZWEI

Laidlaw saß an seinem Schreibtisch und empfand eine ihm nicht ganz unvertraute Trostlosigkeit. Zeitweise büßte er dafür, er selbst zu sein. Wenn ihn diese Stimmung packte, war ihm alles egal. Nichts, das er sich vorstellen konnte, hätte ihm Befriedigung verschafft, kein Erfolg, kein Lebensstil, kein Wunschtraum und auch nicht dessen Erfüllung.

Die vergangene Nacht und der heutige Morgen hatten es nicht besser gemacht. Irgendwann hatte er Bob Lilley und den anderen schließlich die Observierung in Dumfries überlassen. Aufgrund glaubhafter Informationen waren sie einem Wagen aus Glasgow gefolgt. Über verschlungene Umwege hatte er sie nach Dumfries geführt. Soweit Laidlaw wusste, parkte er dort immer noch – auf dem brachliegenden Gelände nebem dem Pub. Nichts war passiert. Anstatt die Verdächtigen auf frischer Tat bei einem Einbruch zu ertappen, folgten drei Stunden Nasebohren. Er hatte die Kollegen sitzen lassen und war ins Büro zurückgekehrt. Schwermut, süße Schwermut.

Seltsam, dass dieses wiederkehrende Gefühl von jeher zu ihm gehörte. Schon als Kind hatte er es in besonderer

Form verspürt. Er erinnerte sich an Nächte, in denen ihn die Schrecken der Dunkelheit ins Schlafzimmer seiner Eltern getrieben hatten. Er musste meilenweit gerannt sein in seinem Bett. Es hätte ihn nicht gewundert, hätte seine Mutter die Laken wechseln müssen. Da waren Fledermäuse und Bären, Wölfe schlichen an der Tapete entlang. Die Spinnen waren die schlimmsten, große haarige Biester, mit mehr Beinen als eine Truppe Revuetänzerinnen.

Heutzutage waren die Ungeheuer weniger exotisch, gleichzeitig aber unausweichlicher. Er trank zu viel – nicht aus Vergnügen, eher systematisch, als wär's verschnittener Schierling. Seine Ehe war ein Labyrinth ohne Ausweg, eine Unendlichkeit an Gewohnheiten, Kränkungen und Betrügereien, die Ena und er getrennt durchirrten, dabei unterwegs ab und zu ihren Kindern begegneten. Er war Polizist, Detective Inspector, und fragte sich immer öfter, wie es dazu hatte kommen können. Und er war fast vierzig.

Er betrachtete das Durcheinander auf seinem Schreibtisch. Als hätte ihm das Schicksal auf der einsamen Insel seiner Gefühle nicht mehr gelassen: zwei Gesetzbücher mit schwarzem Einband, das *Scottish Criminal Law* und das *Road Traffic Law*, den roten MacDonald's mit Präzedenzfällen und das blaue Buch mit den Kommentaren, außerdem der Ordner über britische Kriminalfälle und ein anderer mit Fallberichten. Er fragte sich, wie man daraus Erfüllung gewinnen sollte.

Ihm war bewusst, wie aufgeräumt Bob Lilleys Schreibtisch gegenüber wirkte. War Ordnung gleich Zufriedenheit? Er blickte auf die Pinnwand neben der Tür: Dienstpläne, Mitteilungen, ein Foto des »Totengräbers« – ein Hochstapler, für den Laidlaw etwas übrighatte –, Überstundenvergütung, die Teilnehmerliste einer Tanzveranstaltung des Crime Squad. *Mit diesen Bruchstücken stützte ich meine Trümmer.*

Im Kern dieser Stimmung waren Schuldgefühle, dachte er und staunte wieder einmal über die Erkenntnis. Das

Bedürfnis, ständig die Asche der eigenen Vergangenheit zu durchsieben, hatten ihm gewiss nicht seine Eltern eingeimpft. Sie hatten ihr Möglichstes getan, ihn sich ihm selbst zum Geschenk zu machen. Vielleicht bekam man als gebürtiger Schotte Gewissensbisse gleich mit in die Wiege gelegt, und eine ordentliche Portion Calvinismus verhinderte, dass man je mündig wurde, sodass ein Großteil der aufgebrachten Energie in Form von Schuld auf einen selbst zurückschlug. Jedenfalls war das bei ihm so.

Erneut erschien ihm sein eigener Charakter als verschlungenes Paradox. Er war ein potenziell gewalttätiger Mensch, der Gewalt verabscheute, ein untreuer Verfechter der Treue, ein umtriebiger Mann, der sich danach sehnte, verstanden zu werden. Er war versucht, die Schublade seines Schreibtischs zu öffnen, in der er Kierkegaard, Camus und Unamuno wie einen geheimen Schnapsvorrat verwahrte. Stattdessen atmete er geräuschvoll aus und ordnete Papiere. Ihm fiel nichts Besseres ein, als die Paradoxa mit Leben zu erfüllen.

Als das Telefon klingelte, sah er gerade den Bericht durch. Einen Augenblick starrte er es an, als könnte er es damit zum Schweigen bringen. Dann griff seine Hand zum Hörer, bevor er es wollte.

»Ja. Laidlaw.« Die Härte und Festigkeit seiner Stimme verwunderte die Person, die dahinter kauerte – ein sprechender Fötus!

»Jack. Bert Malleson. Du hast gesagt, wenn sich was Interessantes ergibt, willst du's wissen. Also: Wir haben Bud Lawson hier.«

»Bud Lawson?«

»Kannst du dich an einen Fall von schwerer Körperverletzung erinnern? Ist jetzt schon eine Weile her. In der Innenstadt. War ein Fall der Central Division. Aber das Crime Squad hatte auch damit zu tun. In der Seitenstraße zwischen Buchanan Street und Queen Street Station. Das Opfer wäre fast gestorben. Bud Lawson stand im Verdacht, aber bewiesen werden konnte ihm nichts. Irgendeine Verbindung gab's. Irgendeinen Streit.«

»Ja.«

»Na ja, jetzt ist er hier. Kommt mir ein bisschen komisch vor. Er will seine Tochter vermisst melden. Weil sie gestern Nacht nicht vom Tanzen nach Hause kam. Ist aber erst ein paar Stunden her. Gibt mir zu denken. Vielleicht willst du mit ihm reden.«

Laidlaw wartete. Er war müde, würde bald nach Hause gehen. Es war Sonntag. Am liebsten hätte er sich reingelegt wie in eine heiße Badewanne, hätte sich am Ego gekratzt, da wo's juckte. Aber er verstand, was Sergeant Malleson meinte. In ihrem Bemühen, ständig alles zu durchschauen, neigen Polizeibeamte dazu, den Wald vor lauter Bäumen nicht zu sehen. *Wowie! Zowie!* Der Mann mit dem Röntgenblick. Vielleicht war was dran.

»Okay. Ich will mit ihm reden.«

»Ich lasse ihn hochbringen.«

Laidlaw legte auf und wartete. Als er den Fahrstuhl hörte, stellte er Bob Lilleys Stuhl vor seinen Schreibtisch und setzte sich wieder. Stimmen kamen näher, eine verzweifelte, die andere ruhig, wie ein von Gewissensbissen geplagter Sünder und ein müder Priester. Was gesagt wurde, konnte er nicht verstehen. Und er hatte es nicht eilig, es herauszufinden. Dann wurde geklopft. Er wartete die unvermeidbare Pause ab. Was sollte er solange machen, Schmuddelzeitschriften verstecken? Die Tür ging auf und Roberts führte den Mann herein.

Laidlaw stand auf. Er erinnerte sich an Bud Lawson. Sein Gesicht ließ sich nicht leicht vergessen. Es lag so viel Wut darin, dass es an der Fassade einer mittelalterlichen Kirche nicht aufgefallen wäre. Laidlaw hatte ihn zornig und in Rage erlebt, damals hatte Lawson Beweise verlangt, als wäre er bereit gewesen, sich darum zu prügeln. Aber jetzt war er nicht zornig oder vielmehr dem Unzornigen so nah, wie er nur sein konnte – was lediglich bedeutete, dass er seine Wut beiseitegeschoben hatte. Er hatte sie abtransportiert wie eine Lasterladung voller Eisenschrott, und jetzt suchte er jemanden, auf dem er sie abladen konnte. Unter seiner Jacke trug er ein am Kragen offenes Hemd. Ein Schal der Rangers lugte heraus.

Als er ihn betrachtete, sah Laidlaw einen Mann, der glaubte, das Gesetz selbst in die Hand nehmen zu dürfen, einen, der auf Rache sann. Immer gab es einen Schuldigen, der für das Geschehene verantwortlich war, und er selbst wollte es sein, der sich dessen annahm. Laidlaw war sicher, dass Lawsons Zorn vor Menschen nicht haltmachte. Er konnte sich vorstellen, wie er Krawatten zerriss, weil sie sich nicht binden ließen, oder undichte Zahnpastatuben auf dem Boden zertrampelte. Seine Gesichtszüge wirkten wie ein Streit, der sich nicht gewinnen ließ.

»Setzen Sie sich, Mr Lawson«, sagte Laidlaw.

Er setzte sich nicht, er sackte hin. Die Hände umklammerten die Knie, zwei kleine Megalithen. Aber seine Augen waren schreckhaft. Laidlaw schien, sie versuchten den Überblick über all die Unwägbarkeiten zu behalten, die ihm durch den Kopf schossen. In diesem Moment war er sicher, dass Bud Lawson sich aufrichtig sorgte. Zum ersten Mal ließ er Sergeant Mallesons Verdacht in Gedanken gelten, um ihn dann allerdings zurückzuweisen.

Mit dieser Feststellung überkam Laidlaw auch ein Anflug von Mitgefühl mit Bud Lawson. Er erinnerte sich, wie viel Druck sie auf ihn ausgeübt hatten, und bedauerte dies jetzt. Bud Lawson stand im Zwist mit der Welt. Aber wer kannte schon die genauen Gründe? Zweifellos gab es Schlimmeres. Was auch immer er getan haben mochte, seine Tochter schien ihm viel zu bedeuten.

Laidlaw setzte sich an seinen Schreibtisch. Er zog den Notizblock näher zu sich heran.

»Erzählen Sie mir, Mr Lawson«, sagte Laidlaw.

»Kann auch gar nichts sein.«

Laidlaw beobachtete ihn.

»Ich meine, ich weiß es nicht. Verstehen Sie? Sadie, meine Frau, kommt um vor Sorge. Das ist noch nie vorgekommen. So spät war's noch nie.«

Laidlaw sah auf die Uhr. Es war halb sechs Uhr morgens.

»Ihre Tochter ist nicht nach Hause gekommen.«

»Genau.« Der Mann sah aus, als würde es ihm selbst gerade erst richtig bewusst. »Als ich weg bin, war sie noch nicht da.«

Laidlaw sah eine neue Angst im Blick des Mannes andere Ängste verdrängen – er fürchtete jetzt, sich zum Narren zu machen, während seine Tochter inzwischen zu Hause im Bett lag.

»Wie lange ist das her?«

»Zwei Stunden vielleicht.«

»Sie haben eine Weile gebraucht bis hierher.«

»Hab sie gesucht. Hab ein Auto, verstehen Sie? Bin ein bisschen rumgefahren.«

»Wo?«

»In der Gegend. Überall. Durch die Stadt. Bin fast durchgedreht. Als ich dann in der Stadt war, ist mir die Wache hier wieder eingefallen.« Es klang wie eine Kampfansage. »Und ich bin reingekommen.«

Laidlaw dachte, ein Fahrraddiebstahl wäre konkreter gewesen. Bud Lawson hatte übereilt und aller Wahrscheinlichkeit nach trotzig reagiert. Er brauchte die Polizei, zur Beruhigung. Was Laidlaw jetzt sagte, diente vor allem laienhaften therapeutischen Zwecken.

»Erzählen Sie lieber mal von Anfang an.«

Der wirre Bericht des Mannes floss wie durch einen Filter auf Laidlaws Notizblock.

*Jennifer Lawson (18 Jahre). 24 Ardmore Crescent, Drumchapel. Hat am Samstag, den 19. um 19 Uhr das Haus verlassen. Trug Jeansanzug, gelbe Plateauschuhe, ein rotes T-Shirt mit gelber Sonne vorne drauf, dazu eine braune Schultertasche. Sie ist 1,73 m groß, schlank, hat schulterlanges schwarzes*

*Haar. Ein Muttermal auf der linken Schläfe. (»Das weiß ich, weil sie sich Sorgen gemacht hat, als sie klein war. Hat gedacht, damit hätte sie keine Chancen bei den Jungs. Sie wissen ja, wie Mädchen sind.«) Beruf: Verkäuferin (Treron's). Angegebener Zielort: das »Poppies«, eine Disco.*

Auf dem Papier wirkte es übersichtlich. In Bud Lawsons Gesicht herrschte dagegen Chaos. Laidlaw hatte getan, was er konnte. Er hatte ihm zwei professionell geschulte offene Ohren geschenkt.

»Also, Mr Lawson. Im Moment können wir nichts weiter tun. Ich habe die Beschreibung. Wir werden sehen, ob sich was ergibt.«

»Sie meinen, das war's?«

»Ist noch ein bisschen früh für einen landesweiten Ausnahmezustand, Mr Lawson.«

»Mein Mädchen ist verschwunden.«

»Das wissen wir noch nicht, Mr Lawson. Haben Sie Telefon?«

»Nein.«

»Vielleicht hat sie den Bus verpasst. Dann hätte sie keine Möglichkeit gehabt, Bescheid zu sagen. Oder sie übernachtet bei einem Freund.«

»Bei einem Freund? Das soll sie mal versuchen ...«

»Mr Lawson, sie ist erwachsen.«

»Was Sie nicht sagen! Achtzehn ist sie. Und wann sie erwachsen ist, bestimme ich. Das ist das Problem heutzutage. Alle sind sie klüger als ihre Eltern. In meinem Haus gibt's das nicht. Also, was zum Teufel unternehmen Sie jetzt?«

Laidlaw sagte nichts.

»Ach ja, ich hätt's wissen müssen. Ist wegen mir, oder? Wär's ein anderer, würden Sie sich ein Bein ausreißen.«

Laidlaw schüttelte den Kopf. Sein Mitgefühl war allmählich aufgebraucht.

»Ich lass mich nicht abwimmeln. Ich will, dass was passiert. Verstanden? Ich will, dass Sie was unternehmen.« Er wurde lauter. »Das ist das Problem heute überall auf der ganzen Welt. Niemand kümmert sich um irgendwas.«

»Halt!«, sagte Laidlaw und hob die Hand. Der Verkehr kam zum Stillstand.

Laidlaw beugte sich über den Tisch. »Ich bin Polizist, Mr Lawson. Kein Müllsack. Schreiben Sie Ihre Lebensphilosophie auf eine Postkarte und schicken Sie sie, an wen Sie wollen. Aber verschonen Sie mich.«

Lawsons Schweigen war reine Konfrontation.

»Hören Sie«, fuhr Laidlaw fort. »Ich kann Ihre Sorge nachvollziehen. Aber im Augenblick werden Sie damit leben müssen. Kann gut sein, dass Jennifer heute Morgen noch nach Hause kommt. Ich denke, Sie sollten zu Ihrer Frau gehen und warten.«

Bud Lawson stand auf. Er wollte zur Tür, ging aber in die falsche Richtung. Eine Sekunde lang wirkte er seltsam verletzlich, und Laidlaw glaubte, durch den Spalt seiner Unschlüssigkeit eine andere Person unter der rauen Schale zu entdecken. Er erinnerte sich an seine eigene Zerbrechlichkeit von vor nur wenigen Minuten. Eine Schildkröte braucht ihren Panzer, weil ihr Fleisch so weich ist. Laidlaw hatte Mitleid mit ihm.

»Kommen Sie«, sagte er. »Ich zeige Ihnen den Ausgang.« Er hatte die Seite aus seinem Notizblock gerissen, hielt sie in der Hand. »Hier rauszufinden ist schlimmer als Kreuzworträtsel lösen.«

An der Tür fiel Laidlaw wieder ein, was Bob auf dem Tisch liegen hatte – eine beschriftete Kassette, die als Beweismittel in einem Fall dienen sollte. Er schloss das Büro ab und legte den Schlüssel auf den Türrahmen.

Bud Lawson ließ sich hinausführen. Über die Treppe gingen sie drei Stockwerke nach unten. Als sie am Empfang vorbeikamen, war sich Laidlaw der Blicke des Desk Sergeant bewusst, erwiderte diese jedoch nicht. Auf der Straße war der Morgen kühl. Würde ein schöner Tag werden.

»Hören Sie, Mr Lawson«, Laidlaw berührte ihn am Arm, »ziehen Sie keine voreiligen Schlüsse. Wir wollen erst mal abwarten. Vielleicht sollten Sie sich darauf konzentrieren, Ihrer Frau zu helfen. Sie muss außer sich sein vor Sorge.«

»Pah!«, sagte Bud Lawson und ging zu seinem Triumph Baujahr 70, ein Mammut mit Fanschal.

Laidlaw war versucht, ihn zurückzurufen und das, was er zu sagen hatte, noch einmal anders zu formulieren, zum Beispiel mit den Händen am Jackettaufschlag. Aber er ließ den Moment verstreichen. Er dachte daran, was er unter Bud Lawsons Schutzpanzer entdeckt hatte. Als wäre er ihm zum ersten Mal begegnet und wollte die Bekanntschaft nicht verderben. Er atmete die von Abgasen und Fabrikgestank freie Luft und ging wieder rein.

Der Desk Sergeant sagte: »Nichts, Jack? Na ja, du hast es so gewollt. Ich wäre auch mit ihm klargekommen. Sei mir nicht böse, aber wieso willst du immer alles selbst in die Hand nehmen?«

»Wenn du den Kontakt zur vordersten Front verlierst, Bert, bist du tot«, erwiderte Laidlaw.

»Und du glaubst, du hast ihn verloren?«

Laidlaw sagte nichts. Er stützte sich auf den Tisch und notierte etwas auf einen Zettel, als Milligan hereinkam, ein wandelndes Scheunentor. Zurzeit war er ziemlich behaart, wollte zeigen, was für ein Freigeist er war. Sein fast vollständig ergrauter Kopf wirkte dadurch übergroß, wie ein öffentliches Denkmal. Laidlaw fiel wieder ein, dass er ihn nicht leiden konnte. Laidlaws Zweifel an seiner Tätigkeit hatten sich in letzter Zeit immer wieder auf ihn konzentriert. War es möglich, mit Milligan zu tun zu haben, Polizist zu sein und nicht zum Faschisten zu werden? Er zog sich in sich zurück, errichtete ein Absperrung um sich herum und hoffte, Milligan würde einfach weitergehen. Aber an Milligan führte kein Weg vorbei. Seine Laune war ein Spektakel.

»Was für ein Morgen!«, sagte Milligan. »Was! Für! Ein!

Morgen! Ich komme mir vor wie der heilige Georg. Der Drache kann was erleben! Lieber Gott, führ mich zu den Bösewichtern, alles Weitere erledige ich selbst. Hab ich da gerade Bud Lawson auf der Straße gesehen? Was wollte der denn?«

»Seine Tochter ist nicht nach Hause gekommen.«

»Wer kann es ihr verdenken, bei dem Vater? Wenn sie auch nur halbwegs nach ihm geraten ist, hat sie wahrscheinlich ihren Freund verprügelt. Und wie sieht's aus im hohen Norden, ehemaliger Kollege? Ich komme gerade von der Central Division, falls du Hilfe brauchst.«

Laidlaw schrieb weiter. Milligan legte ihm eine Hand auf die Schulter.

»Was ist los, Jack? Du wirkst gequält.«

»Du quälst mich.«

»Ah-ha!« Milligan lachte überheblich von seinem Bulldozer der geistreichen Bemerkungen herab.

»Aus dir spricht ein Magengeschwür. Schau, ich hab gute Laune. Was dagegen?«

»Nein. Aber würde es dir was ausmachen, deinen Maibaum woandershin zu schieben?«

Milligan lachte erneut.

»Jack! Mein in die Jahre gekommener Teenager. Manchmal überfällt mich das dringende Bedürfnis, deine Visage neu zu sortieren.«

»Dagegen solltest du ankämpfen«, sagte Laidlaw, ohne aufzublicken. »So was bezeichnet man auch als Todessehnsucht.«

Er steckte den Zettel zusammengefaltet in seine Innentasche.

»Hör mal, wenn du was über ein junges Mädchen erfährst, lass es mich wissen.«

»Was Persönliches, Jack? Hast du was damit zu tun?«

Der Sergeant grinste. Laidlaw nicht.

»Ja«, sagte er. »Ich kenne ihren Vater.«

**DREI**

Seine Hände, bleich im vorüberziehenden Licht, hoben sich und fielen hilflos auf das Lenkrad zurück. Sie waren riesig, hatten dreißig Jahre lang in der Werft Metallblech vernietet. Hilflosigkeit waren sie nicht gewohnt. Jetzt strahlten sie eine Wut aus, die sich in Ermangelung eines Angriffsziels gegen alles und jeden richtete. Bud Lawson war wütend auf Laidlaw, die Polizei, seine Tochter, seine Frau, die Stadt.

Er verabscheute die Strecke, die er nach Hause fahren musste: über die Autobahn zum Kreuz am Clyde Tunnel, Richtung Anniesland weiter und dann links ab auf die Great Western Road. Der erste Teil erinnerte ihn zu sehr an das, was sie der Stadt angetan hatten, die er einmal gekannt hatte. Riesige Autobahnauffahrten hatten die Vergangenheit verdrängt. Als würde man die Eingeweide eines Menschen durch Plastikschläuche ersetzen. Wieder dachte er an die Gorbals, die übervölkerte Wohnsiedlung, den Lärm, das Gefühl, seinen Nachbarn am Kopf kratzen zu können, wenn man sich im Bett nur genug streckte. Für ihn war's ein verlorenes Paradies. Er wünschte sich dorthin zurück, als könnte er Jennifers Verschwinden dadurch ungeschehen machen.

Er wusste, dass es ernst war, schon weil sie ihm so etwas niemals freiwillig antun würde. Sie kannte die Regeln. Nur ein einziges Mal hatte sie je versucht, dagegen zu verstoßen: Als sie sich mit dem Katholiken traf. Aber dem hatte er ein Ende gemacht. Er hatte es nicht vergessen, und vergeben gleich gar nicht. Schon von Natur aus bewegte er sich auf eingefahrenen Gleisen. Für ihn gab es nur eine Linie. Wollte man anders fahren, hatte man in seinem Leben nichts zu suchen.

Diese Unbeweglichkeit wurde ihm jetzt zum Verhängnis. In gewisser Weise hatte er Jennifer längst verloren.

Selbst wenn sie heute noch zurückkäme, hatte sie seiner Auffassung nach bereits genug verbrochen, um ihr Verhältnis zu ihm für immer zu zerstören. Mit brutaler Sentimentalität dachte er an vergangene Zeiten, als sie noch so war, wie er sie haben wollte. Er erinnerte sich an ihren ersten gemeinsamen Ausflug ans Meer, da war sie drei gewesen. Der Sand hatte ihr nicht gefallen. Sie hatte die Füße eingezogen und geweint. Er erinnerte sich an Weihnachten, als er ihr ein Fahrrad geschenkt hatte. Sie war darüber gefallen, weil sie zu der Stoffpuppe wollte, die Sadie für sie genäht hatte. Er erinnerte sich, wie sie angefangen hatte zu arbeiten. Und wie er abends auf sie gewartet hatte, bis sie zu Hause war.

Jetzt hatte er die Goodyear-Reifenfabrik hinter sich gelassen und befand sich inmitten der dreistöckigen grauen Wohnhäuser von Drumchapel. Zu Hause fühlte er sich hier nicht. Er hielt an, stieg aus und schloss den Wagen ab.

Als er reinkam, saß Sadie am Kamin. Sie trug den Morgenmantel, den sie aus dem Klub-Katalog ihrer Schwester Mary bestellt hatte. An ihr wirkten die aufgedruckten Blumen verwelkt. Sie blickte zu ihm auf, wie sie es immer tat, mit seitlich geneigtem Kopf, als wäre er so groß, dass sie sich nur noch an den Wänden entlang in die Räume schieben konnte. Mit ihrer puren Anwesenheit flehte sie auf eine Art um Entschuldigung, die ihn reizbar machte.

»Was gehört, Bud?«, fragte sie.

Er starrte auf das Spitzendeckchen, das vom Kaminsims hing, dort wo King Billy auf seinem Paradepferd thronte.

»Bin zur Polizei.«

»Ach nein, bist du nicht, oder?«

»Was zum Teufel soll ich machen? Mein Mädchen ist verschwunden.«

»Was haben sie gesagt?«

Er setzte sich und starrte ins Feuer.

»Jetzt wo ich da war, hoffe ich, dass wirklich was los

ist.« Er sah auf die Uhr. Es war Viertel vor sieben. »Wenn jetzt nichts ist, schwör ich dir, es wird was sein, wenn ich sie in die Finger kriege.«

»Sag so was nicht, Bud.«

»Halt den Mund, Frau.«

Sein Schweigen erfüllte den schäbigen Raum. Er zog seinen Schal aus und warf ihn auf den Sessel hinter sich. Sadie schaukelte sachte, machte eine Wiege aus ihren Sorgen. Er blickte zu ihr rüber. Sie sah so unbedarft aus, dass ganz allmählich ein Verdacht in ihm Gestalt annahm.

»Du weißt doch nichts, das ich nicht weiß, oder?«

»Wie meinst du das?«

»Du weißt, was ich meine. So was hat sie in ihrem ganzen Leben noch nie gemacht. Die hatte doch nichts vor, wovon ich nichts weiß, oder?«

»Bud. Wie kannst du bloß so was denken? Ich verheimliche dir doch nichts.«

»Hast es schon mal versucht. Als sie mit dem Katholiken rumgemacht hat. Bis ich's beendet hab.«

»Hab nichts davon gewusst. Erst als du's rausgekriegt hast.«

»Jaja, hast du behauptet. Und du bleibst dabei. Bei euch weiß man nie, ob ihr nicht unter einer Decke steckt. Ich warne dich.«

Er starrte sie an, sie brachte ihn mit ihrer dürren Unterwürfigkeit auf. Ein einziges Kind. Mehr zu produzieren war sie nicht imstande gewesen. Dazu vier Fehlgeburten, kleine Bündel aus Blut und Knochen, die nicht genug von ihr bekommen hatten, um menschliche Wesen zu werden. In ihr war kein Platz, um weitere Kinder auszutragen. Sie sah seinen Blick und sprach zu einer Nebelwand.

»Willst du Tee, solange wir warten, Bud? Soll ich einen machen?«

Da er nicht Nein sagte, stand sie auf.

Eine ratlose Wut gärte in ihm. Normalerweise stürzte er sich frontal auf was auch immer ihm bedrohlich erschien. Diesmal war es anders. Der Dunst verdichtete sich. Und das, was anders war, ließ seine Wut ins Ungeheuerliche wachsen.

Sadie hatte immer wieder nachgelegt. Jetzt drohte das Feuer auszugehen. Er nahm den Schürhaken und hielt inne. Jennifer hatte eine Gasheizung einbauen wollen. Aber er mochte Kohle. Über diesen nebensächlichen Gedanken verlor er sich in einsamer Raserei.

Als er sich wieder beruhigt hatte, starrte er auf den jetzt völlig verbogenen Schürhaken in seinen Händen. Ein Schuldschein, ausgestellt auf einen Unbekannten.

## VIER

Der Junge hatte geschlafen. Dieser ungeheuerliche Umstand alleine versetzte ihn zurück in seinen eigenen Körper. Ein beängstigender Ort. Er wachte unbequem an der Wand liegend auf, dort wo ihn die Erschöpfung hingeworfen hatte. Sein Bewusstsein war plötzlich erloschen wie eine elektrische Birne. Jetzt hatte es sich abrupt wieder eingeschaltet. Er war noch er selbst.

Die schmutzige Tapete, an der sein Kopf lehnte, schien sich gegen ihn zu stemmen, als wollte sie vornüberkippen. Er hatte das Gefühl festzustecken, aufzustehen und etwas zu unternehmen schien ihm unmöglich. Die Tragweite dessen, was er getan hatte, hatte sich im Verlauf der Nacht zur Tatsache verfestigt. Er wusste, dass es sie gab und sie unausweichlich war.

Und trotzdem war sie seltsamerweise noch nicht in ihn übergegangen. Dem Gefühl nach hatte er weniger etwas getan, als dass er Teil von etwas außerhalb seiner selbst geworden war, einer Explosion zum Beispiel. Er sah ihren Körper, ihre seltsam gespreizten Beine, der Kopf absurd menschlich geneigt, die Stellung, in die sie der Aufprall geworfen hatte. Sie tat ihm leid.

Aber er fragte sich, was sie da machte. Etwas hatte sich ereignet und er war nur ein Teil davon gewesen. Aber was war es gewesen? Er wusste es nicht. Er wusste, dass er sich in einem fremden Raum befand, dass er schmutzig war, dass er sehr fror. Von hier, wo er war, zu dem Geschehenen zu gelangen schien ihm unmöglich. Aber genau das musste er.

Es half nichts, die Augen zu verschließen und sich zu verstecken. Das schreckliche Fieber war vorbei. Der Luxus, von Schuld überwältigt zu werden, war verflogen. Er hatte geglaubt, darin zu ertrinken, aber stattdessen war er hier gestrandet. Jetzt musste er weitermachen, herausfinden, wie er mit dem Geschehenen leben würde.

Er versuchte aufzustehen und stellte fest, dass er es konnte. Der Schmerz in seinen Beinen kam daher, dass wieder etwas möglich war. Er betrachtete seine Hände, die automatisch den Staub von seinen Hosenbeinen klopften. Er ging los. Die Treppe, die ihm vollständig fremd war, vermittelte ihm das Gefühl, einen Ort zu verlassen, den er nie betreten hatte. An dem kaputten Geländer musste er vorsichtig sein. Licht fiel durch die verrostete Blechverkleidung draußen, wo er die Tür aufgestemmt hatte. Sie ließ sich mit der Hand beiseitebiegen und er spähte hinaus.

Die Straße war leer. Er trat hinaus. Einen Augenblick lang vertrieb das Sonnenlicht sein Vorhaben. Verwirrt stand er auf der leeren Straße, wurde Teil des Schmutzes und der Stille. Schwer zu sagen, ob er nach rechts oder links gehen sollte. Er ging nach rechts. Nach nur wenigen Metern gelangte er an eine Kreuzung. Jetzt erkannte er, wo er war.

Gegenüber lag Glasgow Green. Der Clyde floss hundert Meter weiter rechts. An einem echten Ort zu sein bedeutete, an einem Ort zu sein, wo man von Menschen gefunden werden konnte. Dieses Wissen erschreckte ihn, und die Angst setzte ihm ein zwiespältiges Ziel. Er überquerte die Straße.

Draußen vor dem Park stand eine Telefonzelle. Er ging hinein. Die Tür schlug hinter ihm zu, schubste ihn in die enge Kabine. Er hob den Hörer und hielt ihn an sein Ohr. Das Telefon funktionierte. Er hängte wieder ein. »Cumbie« war mit schwarzem Stift auf den Metallkasten gemalt, da wo man das Geld einwarf. Darüber stand »Blackie«. War »Blackie« der Name einer Gang? Ein Spitzname? Er nahm Kleingeld aus der Tasche und legte es auf die schmale schwarze Leiste. Er hob erneut den Hörer und hielt ihn wieder an sein Ohr.

Dann wählte er eine Nummer, ohne überlegen zu müssen. Als er es tuten hörte, staunte er, dass er etwas bewirkt hatte. Mit ängstlicher Geduld, gefangen im Schweigen der Stadt, wartete er, während das Telefon in die Ferne vorstieß, seine Isolation durchbrach.

## FÜNF

Der Raum war ein einziges Schädelbrummen. Wenn er hier aufwachte, musste Harry Rayburn immer erst mal mit sich selbst klarkommen. Hier verbrachte er den Großteil seiner Zeit, überall standen die Trümmer vergangener Standpunkte, die sich wiederum in einem unauflöslichen Zwist miteinander befanden, in dem er als äußerst erschöpfter Vorsitzender fungierte. Die beiden Beardsley-Drucke wirkten neben den gerahmten Boxerfotos verlegen. Das größte zeigte Marcel Cerdan. Der kunstvoll gemusterte Lampenschirm prallte auf die asketische Weißheit der Wände, gab dem Raum etwas von einem calvinistischen Bordell. Das runde Bett entsetzte ihn, verpflichtete ihn, nächtens in der eigenen Beschämung zu versinken. Sein Morgenmantel war ein Kimono.

Mehr als einmal hatte er hier gelegen und über seine Anmaßung gelacht. Der Raum war ein Schrank voller psychischer Verkleidungen. Aber an diesem Morgen hatte er keine Zeit, von seinen Versuchen Abstand zu nehmen, sich mit der eigenen Natur zu arrangieren. Das Telefon zog ihn aus dem Bett, und ohne weiter nachzudenken, warf er sich den Kimono über. Er stolperte in einer Verwirrtheit auf das Telefon zu, die teilweise seinem Kater geschuldet war, teilweise seinem Lebensstil. Augenblicklich packte ihn das schlechte Gewissen, in einem solchen Durcheinander ans Telefon zu gehen. Als er den Hörer abnahm, fuhr er sich mit der anderen Hand durchs Haar.

»Hallo?«

»Harry? Hier ist Tommy. Tommy Bryson.«

Der Name stach wie ein Speer.

»Tommy! Wo bist du? Willst du kommen?«

Ihm fiel auf, dass das letzte Wort seltsam klang, es sei denn, es bedeutete, nach oben, ins Zimmer. Wieder fingerte er in seinen Haaren herum.

»Ich kann nicht, Harry.«

So wie er den Namen aussprach, spaltete er Harrys Gefühle. Es war eine Bitte und Harry hatte sich danach gesehnt, aber sie war so mit Schmerz befrachtet, dass ihm davor graute, worin sie bestehen mochte. Er wartete ab, was er zu fühlen hatte.

»Es ist was passiert. Was Schreckliches.«

»Was denn, Tommy?«

»Ich brauche deine Hilfe. Ich hab ein Mädchen umgebracht.«

Die Aussage legte eine Wüste zwischen sie.

»Tommy«, sagte Harry.

Sie lauschten hoffnungslos ins Schweigen des anderen.

»Tommy.«

Der Name verklang. Harry war erstaunt, dass seine Stimme wusste, was sie sagen musste.

»Was soll ich machen? Was willst du?«

»Bring mir einen Zettel und einen Stift. Ich muss es aufschreiben. Ich muss wissen, was passiert ist.«

Erbärmlich, wie einer, der nach Hustenpastillen verlangt, obwohl er längst an Rachenkrebs stirbt.

»Aber würdest du bitte zuerst zu meiner Mutter gehen? Erinnerst du dich an die Adresse?«

»Ja, ich erinnere mich.«

»Erzähl ihr was. Denk dir was aus. Ich will nicht, dass sie zur Polizei geht. Das will ich nicht.«

»Du kannst herkommen. Hier suchen sie dich nicht.«

»Nein, ich kann nicht«, sagte Tommy. »Nein, ich kann nicht.«

»Wo bist du?«

Die Pause diente der Selbsttäuschung, als gelte es über Vertrauen zu entscheiden, dabei war die Entscheidung längst gefallen.

»Ich bin in der Bridgegate. In der Nähe vom Jocelyn Square. Ein leer stehendes Haus. Über ›Alice's Restaurant‹. Der Eingang ist mit Blech vernagelt, aber ich hab's zurückgebogen. Komm noch nicht. Erst wenn sich alles beruhigt hat. Aber geh zu meiner Mutter. Jetzt gleich.«

»Tommy«, sagte Harry.

»Wirst du's machen?«

»Ich mach's.«

»Gut.«

»Ich liebe dich, Tommy. Vergiss das nicht.«

Aber er hatte schon aufgelegt. Erst als er es gesagt hatte, wurde Harry bewusst, dass es wirklich stimmte. Er legte ebenfalls auf und wusste, dass das Gespräch ein Ende markierte. Es war eine Art Ankunft. Er musste nicht mehr so tun, als würde es ihm nichts ausmachen, dass er Tommy seit zwei Wochen nicht mehr gesehen hatte. Alle falschen Vorspiegelungen, mit denen er sein Haus ausstaffiert hatte, waren hinfällig, oder zumindest ihre Zwangsläufigkeit. Sollte er irgendeine dieser Rollen noch einmal bemühen, dann nur um Tommy zu helfen.

Er wusste noch, was er Tommy beim letzten Mal gesagt hatte. »Du hast Angst, schwul zu sein. Aber ich *weiß*, dass ich's bin.« Und obwohl er sich seine Homosexualität bereits vor langer Zeit eingestanden hatte, hatte er dies nur getan, um sich wirksamer vor anderen zu schützen. Sein ganzes Leben lang hatte er sich Eigenschaften zugelegt, die ihm nicht angeboren waren, ihm aber überleben helfen sollten. Die Härte seiner eigenen Erfahrungen ließ ihn Tommy augenblicklich vergeben, egal was er getan hatte. Ginge es nach Rayburn, so hätte jeder andere es verdient, für Tommy zum Sündenbock zu werden.

Die antrainierte Härte würde jetzt einem ehrenwerten Zweck dienen. Er würde Tommy helfen zu entkommen. Das war seine Rache an der eigenen Erfahrung.

## SECHS

Ein Sonntag im Park – ein herrlicher Tag. Die Glasgower Sonne stand am Himmel, leuchtete stumpf, ein getrübtes Auge. Ein paar Leute im Park taten, als sei es warm, übten sich in der notwendigen schottischen Knickrigkeit, die ihnen befahl, jeden Schönwettertag zu horten, in der Hoffnung, irgendwann einmal einen Sommer zusammenzubekommen.

Das sich bietende Schauspiel war wetterbezogenes Method Acting – viele versuchten, einen subjektiven Glauben an die Wärme aufzubauen, hofften, sich gegenseitig zu überzeugen. Der Vater, der seine Kinder mit Blicken beisammenhielt, trug den Hemdkragen offen und ließ Sonne an seine Gänsehaut. Zwei Mädchen, die von drei Jungs angesprochen wurden, gelang es, eher romantisch zerzaust als schlotternd auszusehen. Ein alter Mann auf einer Bank hatte die beiden oberen Knöpfe seines Mantels aufgeknöpft, saß dort als Vorbote einer Hitzewelle. Irgendwo dudelte ein Transistorradio, das an Strände denken ließ. Die Menschen bewegten sich ohne Eile durch den Park, als wäre die Luft drückend heiß.

Die Kinder waren am überzeugendsten. Sie rannten umher, stromerten durchs Gebüsch, sie hatten eine Beschäftigung gefunden, die ein privates Klima schafft. Eines von ihnen stieß auf die Realität, die sich hinter der Farce von Wärme verbarg.

Ein ungefähr elfjähriger Junge mit Chrysanthemenhaar war allein unterwegs. Er lief durch den Park, beachtete niemanden, im Gesicht jenen abwesenden Ausdruck, den Kinder aufsetzen, wenn sie den Korridoren ihrer heimlichen Fantasien folgen. Er teilte das Gestrüpp, schlich um Bäume herum. Erkundete dicht gewachsene Sträucher, dann blieb er plötzlich stehen. Sein Kopf tauchte auf, sein Mund sperrangelweit geöffnet. Er sah aus, als sei ihm der Tag im Hals stecken geblieben.

Dann schrie er: »Mister! Hey, Mister, Mister. Mister!«

Der Mann mit dem offenen Kragen kam im Laufschritt angerannt. Andere ebenfalls. Die Stimmen ballten sich und flogen wieder auseinander wie Möwen. Der Park wurde zum Strudel, das Gebüsch dessen Zentrum, es zog einige an, stieß andere ab, die wiederum die Kinder verscheuchten.

Der Lärm wurde lauter und reichte nun über die Grenzen des Parks hinaus. Die panischen und erschrockenen Schreie übersetzten sich in gleichmäßige, professionelle Stimmen.

## SIEBEN

»Es war einmal ein Mädchen namens Margaret. Sie war zwölf. Hatte keine Geschwister. Sie lebte alleine mit ihrer Mammy und ihrem Daddy. Ooooh! Eines Abends wollte ihr Vater ins Kino gehen. Ihre Mutter war einverstanden. Aber es war ein Film für Erwachsene, also konnte Margaret nicht mit. Sie beschlossen, dass sie einen Babysitter brauchten. Margaret war eingeschnappt. ›Ich bin schon zwölf‹, sagte sie. ›Ich bin kein Baby mehr. Ich kann auf mich selbst aufpassen.‹ Aber ihre Mutter bestand darauf, dass ein Babysitter kam. Anne wohnte in derselben Straße, sie war neunzehn und passte gerne auf Margaret auf. Zufällig wusste Margarets Mutter, dass Anne am Abend nichts vorhatte. Und Margarets Vater sagte, außerdem sei es verboten, Kinder in Margarets Alter alleine zu lassen. Aber Margaret bestand darauf. Sie hatte einen Wutanfall. Genau wie unser Jack, wenn er an den Tischbeinen knabbert. Also gingen Margarets Eltern ins Kino. Und Margaret saß am Kamin und sah fern. Hatte das Haus ganz für sich allein.

Sie dachte: ›Das ist toll! Wie eine Erwachsene.‹ Aber plötzlich …«, Laidlaw schnippte mit den Fingern, »ging das Licht aus. Der elektrische Kamin erlosch. Der Bildschirm wurde schwarz. Es herrschte vollkommene Dunkelheit. Als wäre Margaret blind. Sie hatte große Angst.«

Laidlaw genoss die Pause. Dies war der Moment, den sie alle mochten. Deshalb nannten sie das Spiel: »Was geschah dann?« Er hatte die Geschichte absichtlich erzählt, um einen Luftschutzbunker gegen Enas Vorwürfe zu errichten. Ihre Angriffe auf ihn hatten in letzter Zeit ihre moralische Berechtigung eingebüßt. Früher hatte sie die Kinder davon ausgenommen. Jetzt bombardierte sie Dresden. Nur um ihn zu treffen, feuerte sie vor den Kindern Geschosse ab wie: »Kein Wunder, dass du letzte Nacht schlecht geträumt hast, Jack. Dein Daddy war nicht hier, um dich zu beschützen, mein Sohn.« Die Wut, die Laidlaw angesichts eines solchen Missbrauchs seiner Kinder empfand, erschreckte ihn selbst.

Als er jetzt aber in ihre Gesichter blickte, verflog diese Wut. Moya, mit zehn Jahren die Älteste, reagierte leicht zynisch in Bezug auf die anderen beiden. Doch hinter all ihrer Distanziertheit dachte auch sie sich mögliche Szenarien aus. Sandra, ein Jahr jünger, machte keinen Hehl daraus, unbedingt vor ihrer großen Schwester auf die Lösung kommen zu wollen. Jack war mit sechs Jahren noch zu sehr damit beschäftigt, sich mit Margaret und ihrer Angst zu identifizieren.

»Was ist dann passiert?«, fragte Jack.

»Margaret hat sich hingesetzt. Sie hatte viel zu große Angst, um sich von der Stelle zu rühren. Dann hörte sie die Hintertür. Jemand – oder etwas? – probierte, ob sie abgeschlossen war. Sie wollte schreien. Aber dann hätte man sie gehört. Sie stand auf und stieß sich an einem Stuhl. Es tat so weh. Aber sie machte keinen Mucks, tastete sich zur Vorderseite des Hauses. Dort war es genauso dunkel. Sogar die Lampen draußen waren ausgegangen. Es war stockfinster. Als sie dort stand, hörte sie, dass die Klappe des Briefschlitzes in der Haustür angehoben wurde. Sie stellte sich vor, wie zwei Augen ins Haus starrten. Zwei Augen? Oder vielleicht sogar drei? Würdet ihr glauben, dass es neun waren? Sie schrie.«

Das Telefon klingelte. Ena ging dran. Laidlaw hoffte, dass es nicht für ihn war, aber er wurde enttäuscht.

»Was ist dann passiert?«, fragte er die Kinder auf dem Weg zum Telefon.

Der Commander des Crime Squad war am Apparat und teilte ihm mit, dass im Kelvingrove Park die Leiche eines Mädchens gefunden worden sei. Milligan von der Central Division würde die Ermittlungen als D.I. leiten. Aber Laidlaw sollte ihn unterstützen. Zunächst dachte er aber nur an Enas unvermeidliche Reaktion. Und er wurde nicht enttäuscht. Sie war in der Küche. Er machte die Tür zu, damit die Kinder sie nicht hörten, vertröstete sie mit der Lösung des Rätsels auf »später«.

»Es hat einen Mord gegeben«, sagte er.

Ena hielt über dem Gemüse inne, das sie schon für die Suppe am Montag putzte. Sie starrte stur geradeaus auf die verschrammte Scheibe des Wandschranks.

»Ich möchte nur ein Mal einen schönen ungestörten Sonntag erleben«, sagte sie.

»Ich weiß.«

»Nein, weißt du nicht. Du hast keine Ahnung. Was interessiert's mich, wer ermordet wurde? Meine Kinder brauchen einen Vater.«

»Ach, komm«, sagte Laidlaw. »Greif nicht schon wieder von der Seite an. Mein Verhältnis zu den Kindern ist unerschütterlich und nicht gefährdet und das weißt du auch.«

»Weiß ich das? Wissen sie das? Du sagst, *du* weißt es. Weißt du, was so was mit mir macht? Mit der ganzen Familie? Ich meine, wie oft kommt das vor? An uns werden auch Verbrechen verübt. Aber das weißt du ja.«

Ena fuchtelte geistesabwesend mit dem Messer.

»Ja, das weiß ich. Ich kenne auch den Unterschied zwischen *Hedda Gabler* und *East Lynne* und du bist *East Lynne*. Du tust so, als sei der ganze Rest der Welt nur ein notwendiges Übel. Jemand ist tot. Das mag dir lästig sein. Aber für die Betreffende ist es noch ein ganzes verdammtes Stück härter.«

Er merkte, dass er geschrien hatte.

»Hör auf zu fluchen. Die Kinder können dich hören.«

»Leck mich am Arsch! Ein paar Schimpfwörter werden ihnen nichts anhaben. Was ihnen wirklich zusetzt, ist deine Gleichgültigkeit gegenüber allem außer ihnen.«

Im Gehen verteilte er noch hastig Küsschen an die Kinder wie blaue Flecke. Sie sagten nichts. Im Wagen war er immer noch angespannt wie eine geballte Faust. Es wurde immer schlimmer. Jetzt stritten sie sich schon in Steno. Die Toleranz, die sie sich gegenseitig entgegenbrachten, war beinahe vollständig aufgebraucht. Alleine im Wagen konnte er sich eingestehen, wie ungerecht sie gegeneinander waren. Über die Jahre hatten sie eine ungestüme Direktheit entwickelt, weil sie begriffen hatten, dass der andere etwas vertrat, womit man sich nicht einverstanden erklären durfte. Sobald eine einzige Bemerkung am Horizont auftauchte, wusste man bereits, für welchen Ansturm an unakzeptablen Ansichten sie die Vorhut bildete.

Laidlaw konnte sich eingestehen, wie unangemessen seine Wut vor dem Hintergrund des Geschehens wirkte. Aber er wusste auch um das Ausmaß der Gefahr, auf die er in Wirklichkeit reagierte. Deshalb fühlte er sich unwohl bei den Freunden, die sie gemeinsam besuchten. Jenseits der genau abgesteckten Gebiete dessen, was sie in Gesprächen kultivierten, den Gartenlauben der Freundschaft, den ausgeschmückten Klischees, den sorgsam präsentierten Interessen, lag ein Ödland des Schweigens, auf dem alles verrottete, was sie nicht direkt betraf. Auf der Straße erhaschten sie bisweilen einen Blick auf die fremden Gestalten, die durch ihr Schweigen huschten, oder vernahmen in einer Zeitungsschlagzeile das schauerliche Echo des überirdischen Klangs seiner Leere. Aber die Tür, die von dort zu ihnen führte, blieb fest verschlossen. Laidlaw konnte das nicht akzeptieren. Die Realität trat sie immer wieder auf.

So wie heute. Die Fahrt von Simshill in Cathcart zum Kelvingrove Park entsprach der Distanz zwischen Vorspiegelung und Tatsache. Er stellte den Wagen oberhalb des Parks ab und betrat ihn bergab, sodass er das Geschehen sofort im Blick hatte. Anziehend wirkte es nicht.

Es hätte auch ein Film gedreht werden können. Die Absperrung bildete einen Halbkreis am Fluss, der äußerste Winkel lag knapp siebzig Meter vom Flussufer entfernt. Innerhalb des abgesperrten Bereichs eilten Polizisten umher, gingen ihren verschiedenen Aufgaben nach, wie Maden auf einem Kadaver. Zwei sandten Spürhunde aus. Jemand machte Fotos. Ein Mann und ein Junge gaben Aussagen zu Protokoll. Die Leute bewegten sich wie bizarre Techniker, als wollten sie die undichte Stelle in einer Gasleitung finden.

Aber nicht sie waren das Bizarrste an diesem Schauplatz, sondern die Menschentraube auf der anderen Seite der Absperrung. Laidlaw mochte nicht hinsehen. Eine seltsame Einigkeit, die ihm schon öfter bei solchen Versammlungen aufgefallen war, verband sie. Sie reckten die Hälse und verständigten sich untereinander, eine Hydra im Selbstgespräch. Ein Vater trug ein Mädchen auf den Schultern, ihre Füße unter seinen Achseln. Ein kleiner Junge hatte einen Lutscher im Mund. Laidlaw verstand sie nicht. Sie konnten nicht helfen, waren lediglich Voyeure einer Katastrophe.

Er wollte nicht Teil von ihnen werden und bahnte sich unsanft mit den Ellbogen einen Weg bis zu dem Beamten an der Absperrung. Dann drehte er sich um und rief: »Nur für Karteninhaber!«

»Was stimmt denn nicht, Sir?«, fragte der Polizist.

»Sehen Sie sich die Leute doch an«, sagte Laidlaw. »Was wollen die hier? Und dann glauben die wahrscheinlich noch, der Tod des Mädchens sei das Unfassbare. Halten den Täter für abartig.«

»Die Leute sind nur neugierig, Sir.«

»Allerdings.«

»So schlimm ist das nicht.«

»Welcher Heilsarmee gehören Sie denn an? Lassen Sie die bloß nicht aus den Augen. Die bringen es fertig und nehmen einen Fußnagel als Andenken für die Kinder mit nach Hause.«

»Das ist sehr zynisch, Sir.«

»Mir müssen Sie das nicht sagen. Sagen Sie's ihr.«

Er ging dorthin, wo sie lag. Sie war blau, scheinbar vor Kälte. Teilweise wurde sie vom Laub verdeckt, eine obszöne und verdrehte Parodie dessen, was man Kindern erzählt. *Born under a gooseberry bush.* Stattdessen lag sie jetzt tot im Gebüsch. Ihre Beine erschreckend schamlos. Ihre Verletzungen waren verkrustet, Schenkel, Gesicht und Bauch schwarz verfärbt, und ihre linke Brust wirkte ebenfalls wie verkohlt, wie die Asche eines bösen Feuers. Unwillkürlich musste Laidlaw an Moya denken. Er erinnerte sich, wie er sie zum ersten Mal gesehen hatte, zerschunden nach der Geburt. Nicht leicht gekommen, nicht leicht gegangen. Ein Polizist bedeckte sie wieder mit dem Mantel.

»Oha, Interpol.«

Als er aufsah, blickte Laidlaw an Milligan vorbei.

»Jetzt ist uns die Aufklärung ja garantiert«, beharrte Milligan.

»Wir haben den Büstenhalter gefunden, Sir.«

Der junge Polizist hielt ihn Milligan entgegen. Er war gelb mit weißer Spitze.

»Du liebe Zeit, wie bei einer Schnitzeljagd«, sagte Milligan. »Ich hoffe nur, dass der Täter so weitermacht. Könnte uns direkt zu ihm führen.«

»Das ist alles, abgesehen von dem Schlüpfer«, sagte der Polizist.

Laidlaw sah dem jungen Polizisten zu, wie er den Büstenhalter zu den anderen Sachen legte, der braunen Schultertasche, den gelben Plateauschuhen, dem roten T-Shirt, dem Jeansanzug. Ja. Fehlte nur noch eins. Er wollte nicht nachsehen, weil er wusste, dass er es finden würde. Er beugte sich über das Mädchen, hob den Mantel an. Ihr Kopf saß seltsam verdreht auf ihrem Hals, als wollte sie horchen. Sachte schob er ihr das Haar von der Stirn. Die Haare waren steif – sicher nicht von zu viel Haarspray, dachte Laidlaw. Wahrscheinlich war es gefrorener Schweiß und Schmutz. Auf ihrer linken Schläfe entdeckte er das Muttermal, von dem sie geglaubt hatte, es könne ihre Chancen schmälern. Er richtete sich auf.

»Hör zu«, sagte er zu Milligan. »Ich denke, ich weiß, wer das ist. Die Eltern wohnen in Drumchapel. Ardmore Crescent.«

Der junge Polizist sah ihn ehrfürchtig an. In solchen unschuldigen Augenblicken werden Legenden geboren.

»Bud Lawsons Tochter!«, sagte Milligan sofort. »Natürlich. Sie ist nicht nach Hause gekommen.«

»Genau«, sagte Laidlaw. »Ich bin mit dem Wagen da. Ich hole ihn.«

»McKendrick. Sie fahren mit«, sagte Milligan. Dann an Laidlaw gewandt: »Nur für den Fall, dass du uns etwas mitzuteilen vergisst.«

»Ich habe nichts dagegen, euch alles zu sagen«, erwiderte Laidlaw. »Du kapierst sowieso nichts. Und meint ihr, wir könnten uns ein bisschen beeilen? Das Mädchen aus dem Rampenlicht ziehen.«

»Aus welchem Rampenlicht?«, fragte Milligan.

»Schafft sie einfach weg.«

»Detective Inspector Laidlaw. Sie müssten wissen, dass das jetzt noch nicht geht.«

Die Stimme klang laut und autoritär. Laidlaw drehte sich um und entdeckte den Staatsanwalt hinter der üblichen Wolke aus Zigarrenqualm. Damit hielt er sich den Geruch der Welt vom Leib. Heute gewährte er dem Park eine Audienz.

»Der Gerichtsmediziner wird jeden Moment hier sein. Vorher wird sie nicht bewegt. Ich hätte gedacht, Sie hätten dies aus langjähriger Erfahrung inzwischen gelernt.« Milligan genoss die Rüge. »Sie darf nicht bewegt werden, bevor ihr Tod nicht offiziell bestätigt wurde. Und bis es so weit ist, werden ihr die Unannehmlichkeiten nicht mehr allzu viel ausmachen.«

»Weil sie tot ist«, sagte Laidlaw. Er blickte zur Menschenmenge. »Ich möchte nicht, dass sich ihr Vater erst eine Eintrittskarte kaufen muss, um seine Tochter zu sehen. Ich bringe ihn ins Leichenschauhaus.«

McKendrick hatte der Wortwechsel gefallen. Weil ihm beim Anblick des Mädchens schlecht geworden war, hatte er das Gefühl, Laidlaw habe auch in seinem Namen gesprochen. Er hatte gehört, wie Milligan Laidlaw als Amateur abgetan hatte, und jetzt erleichtert festgestellt, dass es reine Verleumdung gewesen war. Im Wagen hätte er

Laidlaw gerne angesprochen, respektierte aber dessen Schweigen, bis dieser selbst es brach.

»Wie heißen Sie?«, fragte Laidlaw.

»McKendrick.«

»Und mit Vornamen?«

»Ian.«

»Also Ian. Sie können im Wagen warten, wenn Sie wollen. Liegt bei Ihnen.«

McKendrick dachte an Milligan.

»Ich denke, ich sollte mitkommen. Wenn es Ihnen nichts ausmacht.«

»Wie Sie möchten. Ich dachte nur, dass es nicht so toll ist, Menschen schlechte Nachrichten zu überbringen, und dass wir es Ihnen, dieses eine Mal vielleicht noch, ersparen könnten.«

»Ich werde mich dran gewöhnen müssen«, sagte McKendrick. »Nicht, dass ich Ihren Vorschlag nicht zu schätzen wüsste. Es ist nur ... ich muss mich dran gewöhnen.«

»Wahrscheinlich haben Sie recht, Ian. Aber gewöhnen Sie sich nicht zu sehr daran. Ich kenne Kollegen, die's nicht mal mehr merken. Die liefern Leichen ab, als wären's Fleischerpakete.«

Drumchapel umfing sie wie Treibsand.

»Das ist vielleicht eine Gegend hier«, sagte Laidlaw.

»Hier muss es ein paar schreckliche Leute geben.«

»Nein«, sagte Laidlaw. »Das meine ich nicht. Die Menschen hier sind sehr beeindruckend. Der Ort ist schrecklich. Denken Sie mal an Glasgow. In allen vier Ecken stehen diese Wohnsiedlungen. Drumchapel, Easterhouse, Pollok und Castlemilk. Wir haben den größten sozialen Wohnungsbau in Europa. Und was findet man hier? Kaum etwas anderes als Häuser. Architektonische Müllhalden, auf denen Menschen abgeladen werden wie Gülle. Architektur als Strafe. Die Glasgower müssen sehr freundliche Leute sein, sonst hätten sie Viertel wie dieses schon vor Jahren niedergebrannt.«

Laidlaw erkannte Bud Lawsons Wagen. Sie parkten dahinter und gingen über die Außentreppe zum Eingang. Die Lawsons wohnten im Souterrain, rechts. Laidlaw drückte auf die Klingel, aber sie hörten nichts. Er blickte McKendrick an, drückte noch einmal und wollte gerade klopfen, als aufgemacht wurde.

»Tut mir sehr leid. Haben Sie geklingelt? Die Klingel ist kaputt. Brummt nur noch ganz leise. Ich bin dem Verwalter schon länger hinter ...«

Jetzt hatte sie McKendricks Uniform wahrgenommen. Die Frau war klein, ihr Gesicht wirkte älter als der Rest. Ihr Körper hing an ihr, wie fremde Kleidung. Ihre Entschuldigung wegen der Klingel hatte etwas erstaunlich Angestrengtes, und jetzt war ihre Aufmerksamkeit ebenso eigensinnig auf McKendrick übergegangen. Laidlaw hatte diese Art des willentlichen Perspektivwechsels schon öfter bei Menschen wahrgenommen, die sich von ihrer Umgebung unter Druck gesetzt fühlten. Als hätte sie die Härte ihrer Erfahrungen überholt und beraubt und als müssten sie nun den Rest ihres Lebens eingeschüchtert verbringen.

Jetzt sah man ihrem Blick an, dass ihr allmählich klar wurde, weshalb sie wirklich hier waren. Worte waren nicht nötig. Sie wusste, dass der schlimmste Fall eingetreten war, weil sie immer damit gerechnet hatte.

»O Gott«, sagte sie. »Ich wusste es, ich wusste es, ich wusste es. O Gott! Was ist mit ihr?«

»Mrs Lawson?«, sagte Laidlaw.

»O Gott! Etwas Schreckliches ist geschehen.«

»Frau. Komm von der Straße weg.«

Bud Lawson trat zwischen sie. Hinter ihm hörten sie seine Frau zwar noch, aber sie klang jetzt, als habe sich eine Tür vor ihr geschlossen.

»Was ist?«

»Dürfen wir hereinkommen, Mr Lawson?«, fragte Laidlaw.

McKendrick schloss die Tür und gemeinsam gingen sie ins Wohnzimmer. Mrs Lawson schien vor ihnen herzuwehen, wie Papier im Wind. Ziellos blieb sie vor der altmodischen, verkratzten Anrichte stehen, starrte auf eine Porzellanfigur, eine alte Frau auf einer Bank, und schüttelte den Kopf. Bud Lawson stand mitten im Zimmer.

»Es tut mir leid, Mr Lawson«, sagte Laidlaw. »Tut mir sehr leid. Ich denke, Mrs Lawson sollte sich setzen.«

»Sagen Sie einfach, was Sie uns zu sagen haben.«

»Es geht um Jennifer, fürchte ich. Ich glaube, wir haben sie gefunden. Tut mir leid. Wenn sie es ist ... dann ist sie tot.«

Mrs Lawsons Stimme erhob sich und wurde zu einem Geräusch, das McKendrick nicht ertrug. In Bud Lawsons Gesicht geschah dagegen nicht mehr, als dass sich ein Knoten in seiner rechten Wange bildete, wo er die Zähne aufeinanderbiss. Er wandte den Kopf leicht von seiner Frau ab.

»Wie ist das passiert?«, fragte er.

Laidlaw schüttelte den Kopf und ging auf Mrs Lawson zu. Sie ließ sich zu einem Sessel führen und setzte sich, sie weinte. Laidlaw legte eine Hand auf ihre Schulter.

»Wie ist das passiert?«

»Nein, Mr Lawson«, sagte Laidlaw. »Zuerst müssen Sie Jennifer identifizieren. Ob sie es auch ist. Danach können Sie Ihrer Frau die Einzelheiten erklären. Ich erzähle Ihnen alles Nötige im Wagen.«

Bud Lawson nahm seine Jacke vom Stuhl und zog sie an. Er war bereit zu gehen.

»Mr Lawson«, sagte Laidlaw. »Wollen Sie vielleicht einer Nachbarin Bescheid sagen, damit sie sich um Ihre Frau kümmert?«

Bud Lawson sah ihn an, als verstünde er ihn nicht. Laidlaw nickte McKendrick zu. McKendrick ging zur Wohnungstür gegenüber und sagte der Frau dort Bescheid. Sie erklärte es kurz ihrer Familie und kam sofort rüber, setzte sich zu Mrs Lawson auf die Sessellehne, legte den Arm um sie. Als sie gingen, sagte sie: »Sadie, Sadie, oh Sadie.«

McKendrick setzte sich nach hinten. Er starrte Bud Lawsons von Kratern übersäten Nacken an, wie die Oberfläche eines fremden Planeten.

## ACHT

Am Jocelyn Square befindet sich das oberste Strafgericht von Glasgow. Es ist in einem imposanten Gebäude untergebracht, der Haupteingang wird von Säulen gerahmt und man tritt über eine breite Treppe ein, über den Türen steht »South Court« und »North Court«. Entfernt erinnert der Stil an die griechische Antike und soll auf eine lange und hervorragende Genealogie der Rechtsprechung verweisen. Rechts fließt der Clyde, der der Stadt einst zu Wohlstand verhalf, zahm unter Brücken hindurch.

Fast drohend blickte man vom Gericht aus auf Glasgow Green gegenüber. Der Blumenkasten der Stadt, der an deren einst wilde Vergangenheit erinnerte, war jetzt eingezäunt. Von dieser grünen Wurzel aus breiteten sich die Steinbauten meilenweit aus, im Norden nach Drumchapel, Maryhill, Springburn, Balornock und Easterhouse, im Süden über den Fluss hinweg bis nach Pollok, Castlemilk, Rutherglen und Camuslang, und auch diese Stadtteile sind Teil der Konfrontation zwischen Natur und Gesetz, Park und Gericht.

An das Gericht grenzte ein kleines, einstöckiges Gebäude, unaufdringlich in einer Ecke, wie ein zufälliger Beobachter. Die niederen Mauerabschnitte waren aus altem verwitterten Stein, die oberen aus rotem Backstein. Als würde ein Arbeiter Gamaschen tragen. Über dem Eingang stand »Leichenschauhaus«, so diskret wie ein Augenzwinkern.

Es ist das staatliche Leichenschauhaus, der Lieferanteneingang des Gerichts. Hier trifft das Rohmaterial der Rechtsprechung ein. Leichen, der Niederschlag absonderlicher Erfahrungen, Legierungen aus Angst und Hass, Wut und Liebe, Verderbtheit und Bestürzung, werden hier in Verständlichkeit überführt. Durch die doppelte Glastür kommen jene, die Verluste abzuholen haben. Sie nehmen die Eingeweide eines Todes mit, seine Intimität, die irrelevante Einzigartigkeit der Person, all die Einzelteile, für die niemand mehr Verwendung hat. Das Gericht behält nur, worauf es ankommt und wodurch jemand zum Ereignis wurde.

Hier hereinzukommen bedeutet, daran erinnert zu werden, dass Grundbesitz das oberste Gesetz ist und die Menschen dessen Liegenschaften. Laidlaw hatte dies schon immer angewidert. Sie standen in der Eingangshalle mit dem gewienerten Boden. Ein Mann war hier, um seine tote Tochter zu sehen, und sie mussten auf eine Klingel drücken, eine Audienz verlangen. Laidlaws Finger lag bewegungslos auf dem Messingknopf, als Aufforderung, eine fruchtlose Entscheidung zu treffen: sich der Trauer stellvertretend zu ergeben oder einem Stein ähnlich zu machen. Der hemdsärmelige Mann mit Weste, der jetzt kam, erkannte ihn, schloss die nächste Glastür auf, führte Bud Lawson in sein Unglück und Laidlaw in sein eigenes kleines Dilemma.

Laidlaw ließ Bud Lawson mit McKendrick im Wartezimmer zurück und ging sich vergewissern. In dem lang gestreckten Raum arbeitete ein Gerichtsmediziner vor den Türen, den Kühlschränken, in denen bis zu drei Leichen aufbewahrt werden konnten. Er nickte freundlich, als Laidlaw auf ihn zukam.

Der nackte Körper des Mädchens lag auf einem Metalltisch mit erhöhten Kanten. Der Mann wusch die Leiche. Wasser lief in die Rinnen am Rand. Laidlaw stand neben ihm, betrachtete erneut das Muttermal, als wäre es Makeup, das mit dem Waschen verschwinden würde. Er dachte an Mrs Lawson. Der Mann war sehr geschickt, hatte offensichtlich Erfahrung im Umgang mit Leichen. Laidlaw fiel wieder ein, dass er Alec hieß und gerne zum Bowling ging.

»War ein hübsches Mädchen«, sagte Alec.

»Ich habe den Mann mitgebracht, von dem ich glaube, dass er ihr Vater ist.«

Alec wartete noch einen Moment.

»Fast fertig«, sagte er. »Geben Sie mir noch zwei Minuten, bis ich sie angezogen habe. Die hat ganz schön was durchgemacht, oder? Schon irgendwelche Vermutungen, wer's getan hat?«

»Jemand, der Samstagnacht in Glasgow war.«

»Ich hab Verwandte in Edinburgh besucht«, sagte Alec. »Streichen Sie mich von Ihrer Liste.«

Keiner von beiden hatte gegrinst. Das Gesagte blieb völlig losgelöst von ihren Gesichtern, ein ritueller Austausch von Worten, ohne dass eine Unterhaltung stattfand.

»Sagen Sie, wenn Sie so weit sind«, sagte Laidlaw.

Im Wartezimmer folgte Bud Lawson noch immer der unerbittlichen Parade seiner eigenen Gedanken wie einem Oraniermarsch, den niemand zu durchqueren wagt. Im Wagen hatte er sich noch einmal kurz über Laidlaws Reaktion am Morgen empört, darüber, dass er darauf beharrt hatte, es sei zu früh, voreilige Schlüsse zu ziehen. Inzwischen aber war selbst Laidlaw gegenüber dem, was sich in Bud Lawson zusammenbraute, irrelevant geworden. Er war alleine unterwegs.

Als Alec hereinkam, führte Laidlaw Bud Lawson zu der Leiche. Sie lag auf einem weißen, fahrbaren Metalltisch, geschlechtslos dank einer Abdeckung aus etwas, das an Käsetuch erinnerte und Laidlaw vertraut war. Von der Person, die sie mal gewesen war, war nichts mehr zu erkennen. Ein vor Gericht verwertbares Bündel.

Laidlaw platzierte Bud Lawson am Kopfende. Alec befand sich auf der anderen Seite des Tisches. Selbst der Kopf war fest eingepackt, ein Standardverfahren, da er häufig bei der Autopsie geöffnet werden musste. Der einzige noch bewegliche Teil der mumienhaften Umwickelung war ein dreieckiges Tuch über dem Gesicht. Alec hob es an, ein Fenster zum Tod.

Das Gesicht war vollkommen gefasst, der Mund wurde sanft durch ein Band unterhalb des Kinns geschlossen gehalten. Ihre Jugend blendete. Weiß gerahmt wirkte sie wie unfreiwillig zur Nonne geweiht.

Bud Lawson stöhnte und knickte ein. Laidlaw packte ihn und wurde sofort abgeschüttelt. Lawson richtete sich auf. Er starrte seine Tochter an. In seinen Augen geschah nichts. Für Laidlaw, der zusah und schon so viele Reaktionen auf dieselbe Tatsache an diesem kalten Ort miterlebt hatte, war dies die merkwürdigste, weil es gar keine war. Als hätte man ihm die Leiche einer anderen gezeigt. Bud Lawson starrte seine tote Tochter an, blickte gefasst zu Alec auf und nickte knapp. Das war's.

Laidlaw war froh, als die Formalitäten geregelt waren und sie wieder draußen auf der Straße standen.

»Wir brauchen ein Foto«, sagte Laidlaw.

»Was?«

»Von Jennifer.«

»Fragen Sie meine Frau.«

Bud Lawson beobachtete den vorüberfließenden Verkehr.

»Würden Sie uns aufs Revier begleiten?«

»Wozu?«

»Möglicherweise haben wir Fragen.«

»Ich bin nicht in der Stimmung. Wenn's was zu fragen gibt, kommen Sie zu uns.«

»Dann würden wir Sie gerne nach Hause begleiten.«

»Ich will nicht von Ihnen gebracht werden.«

Bud Lawson ging davon. Laidlaw und McKendrick blieb nichts übrig, als der Central Division Bericht zu erstatten.

Nachdem sich Laidlaw vergewissert hatte, dass er sonst nicht mehr gebraucht wurde, übergab er Milligan die Notizen, die er sich am Morgen gemacht hatte, und verabredete sich mit ihm für den folgenden Tag um neun Uhr früh bei der Autopsie. Anschließend rief er den Commander an und teilte ihm dies mit. Er war einverstanden. »War ein langes Wochenende für Sie. Aber ich lasse den neuen D. C. antreten – Harkness. Er soll schon mal anfangen, er wird mit Ihnen an dem Fall arbeiten.«

Auf der Heimfahrt verstaute Laidlaw die Ereignisse des Tages im Fundbüro seiner Gedanken. Er brauchte Ruhe, musste ausschlafen. Nur ein Bild ließ sich nicht beiseiteschieben, stand ihm beharrlich vor Augen. Bud Lawsons reaktionsloser Ausdruck, als er davonging, seinen eigenen zwanghaften Gedanken folgte wie den Klängen einer unhörbaren Flöte. Laidlaw fragte sich, wohin sie ihn führten.

**NEUN**

Bud Lawson stand am Fenster und blickte hinaus auf die Duke Street. Wie oft war Jennifer aus »Fraolis Café« hierher ans Fenster gekommen? Sie hatte Buds Schwester Maggie Grierson und ihren Mann Wullie immer gerne besucht. Dabei war sie mit der Zeit herangewachsen, die Blondheit ihrer Haare war verschwunden und sie waren dunkler geworden, sie hatte ihre »Streberbrille« abgelegt, wie Wullie meinte, und ihre Meinung über ihre Lieblingsband geändert (»Öfter als ich meinen Pulli wechsle«, hatte Wullie behauptet), hatte Brüste bekommen und Heimlichkeiten entdeckt. Sie hatte immer gesagt, sie würde gerne hier wohnen. »Das ist das wahre Glasgow«, hatte Maggie behauptet. Dass sie jetzt nicht mehr da war, war unfassbar.

Im Zimmer dahinter saß Maggie Grierson und betrachtete ihren Bruder durch Tränen. Sie wusste genau, was er sah. Seit fast vierzig Jahren war die triste, breite Duke

Street ihr Zuhause und sie wollte nirgendwo sonst hin. In ihren Augen hatte sich hier das alte Glasgow erhalten, eine bestimmte Auffassung von Straße und die Erkenntnis, dass Straßen dazu da waren, bewohnt und nicht nur durchfahren zu werden. Sie wusste viel über die Menschen in den dreistöckigen Wohnhäusern hier. Sie wusste, wer im Wettbüro saß, wer in der »Ballochmyle Bar« trank, wer bei »Mulholland's Dairy« anschreiben ließ. Die Straße war ihr so vertraut wie ihre eigenen Möbel.

Aber jetzt waren das nur noch Erinnerungen. Ihr kam es vor, als sollte sie für immer davon ausgesperrt bleiben. Von jetzt an war immer Sonntag.

Sie sah Bud Richtung Gateside Street blicken. Hinter den Wohnhäusern dort war der Spielplatz, auf dem Jennifer oft geschaukelt hatte. Einmal war sie an einem Sommerabend von dort gekommen und hatte an die Tür der »Bristol Bar« geklopft, wo Wullie ein Bier trank. »Zeit, nach Hause zu gehen, Onkel Wullie«, hatte sie gesagt. Damals war sie neun gewesen. Die Männer hatten Wullie noch wochenlang damit aufgezogen.

Dieses Haus war von ihr erfüllt gewesen. Unter der Woche drehte sich alles um ihre Besuche und sie kam immer wieder. Das Erwachsenwerden hatte sie kein bisschen von ihnen entfernt. In der Erinnerung an sie und den Hoffnungen, die sie in das gesetzt hatten, was einmal aus ihr werden sollte, fand Maggie keinen Ausdruck für das Ausmaß ihrer Gefühle. Draußen waren nur die verriegelten Fensterläden des Obstladens, wo sie Schlange gestanden hatte, und der Bäcker gegenüber, wo sie morgens gerne noch warme Brötchen holte, wenn sie hier übernachtet hatte. Da war nur der Weg hoch zur Cumbernauld Road und zur Alexandra Parade und in den Park, in dem sie oft spazieren ging. Maggie hatte nur wenige Dinge von ihr behalten, zum Beispiel das Riechsalz, das sie mit sieben Jahren als Geschenk für Maggie gekauft hatte, weil sie es für Parfüm gehalten hatte.

Darüber hinaus war da nur Maggies Glaube an Jennifer. Die Unmöglichkeit, jemandem außer Wullie und sich selbst begreiflich zu machen, wie groß ihr Verlust war, wurde für sie zur Quelle entsetzlicher Verbitterung. Wieder weinte sie. Nicht einmal Jennifers eigener Vater hatte sie zu schätzen gewusst. Wenn sie ihren jüngeren Bruder betrachtete, fehlte Maggie jegliches Verständnis. Bud war ein engherziger Mann. Selbst wenn er einen wiederbelebte, würde er die Atemzüge abzählen, die man ihm schuldete. Er hatte Wullie nie akzeptiert, nur weil er katholisch getauft war, dabei war er, seit er die Schule verlassen hatte, in keiner Kirche mehr gewesen. Als Bud heute Morgen auf der Suche nach Jennifer vorbeigekommen war, hatte er sich benommen wie die Gestapo. Seitdem er von dem katholischen Jungen namens Tommy erfahren hatte, durfte Jennifer nicht mehr über Nacht bleiben, weil er dachte, sie würden sie decken. Und das hätten sie auch getan. Als er ihnen die Nachricht heute Nachmittag überbrachte, war er aufgetreten, als habe sich Jennifer absichtlich ermorden lassen, nur um ihm eins auszuwischen. Und auch jetzt wirkte er eher wütend als traurig.

Wullie kam herein. Bud wandte sich vom Fenster ab. Maggie begriff, dass Wullie sie nicht ansah, weil er seinen Schmerz nicht vergrößern wollte, indem er ihren mit ihr teilte. Sie dachte, was für ein anständiger Mann er sein ganzes Leben gewesen war und wie wenig ihm jetzt blieb. Erneut bedauerte sie, dass sie ihm nie Kinder geschenkt hatte.

»Hast du Alec gesehen?«, fragte sie.

»Ja. Ist ein netter Mann, Alec. Ich meine, der kennt dich doch gar nicht, Bud. Aber er meint, er fährt dich heim und sammelt unterwegs noch ein paar Leute ein. Ich hab gesagt, wir nehmen den Bus. Er wartet auf dich.«

Bud ging ohne ein Wort. Maggie und Wullie brauchten über eine halbe Stunde, bis sie so weit waren. Sie verharrten hilflos in einem unwiderruflich leeren Raum.

»Na dann«, sagte sie. »Wir gehen besser zum Bus.«

Sie gingen zum George Square. Während Wullie beim Fahrer bezahlte, sah sie, dass nur hinten noch Plätze frei waren. Vorne stand ein Mann auf und sagte: »Hier, Missus. Sie und Ihr Mann können sich hierhin setzen.« Und er ging nach hinten. Er musste gesehen haben, dass sie geweint hatte. Das war seine Art, Mitgefühl zu zeigen.

Das Haus nahm sie mit gemurmelten Begrüßungen und leisem Türenklappern in seine Düsternis auf. Andere waren bereits dort. Da sie keine Form für ihre Gefühle fanden, wurde Zufälliges zum Ritual. Weil Bud Lawson in der Küche war, als der erste Mann eintraf, stellte sich jetzt auch Wullie dort zu den Männern.

Maggie wurde ins Wohnzimmer geführt, wo Sadie mit den Frauen saß. Das Seufzen und Kopfschütteln um sie herum war sachte, kaum merklich, ein Trost, der gespendet werden musste, auch wenn Sadie nicht dafür empfänglich war. Ihre Klischees bewegten sich auf Zehenspitzen. »Oh Gott, so etwas Entsetzliches.« »Ich kann es nicht glauben.« »Was ist bloß aus der Welt geworden?« »Ich koche Tee.« Sadie saß reglos da, Tränen liefen ihr über die Wangen, und immer wenn jemand ihr Blickfeld kreuzte, setzte sie ein versöhnliches Lächeln auf. Ein seltsames Ereignis in den Ruinen ihres Gesichts, dieses Lächeln, das sie unterschiedslos allen schenkte, als habe sie einen Unfall auf der Straße gehabt und wolle sich jetzt beim Verkehr entschuldigen. Maggie betrachtete dies teilweise auch als Verurteilung ihres Bruders.

In der Küche, nur gelegentlich von einer hindurcheilenden Frau unterbrochen, benahmen sich die Männer ganz anders. Während die Frauen unter der Last der Tatsache in die Knie gingen und lernten, damit zu leben, rieben sich die Männer daran auf. Der Raum war ruhelos. Einer blickte immer aus dem Fenster, drehte den Wasserhahn noch fester zu oder tappte auf seinem Becher herum. Wullie fühlte sich unwohl. Er fand, all das hatte nichts mit

Jennifer zu tun. Hier ging es nur um Bud und außerdem um Airchie Stanley, der sich an Buds Schweigen gütlich tat.

Jemand hatte eine Flasche Whisky auf den Tisch gestellt. Wullie fand das vielleicht unpassend, nur dass es sowieso nichts Passendes gab. Sie hatten nur zwei Gläser gefunden. Die übrigen nahmen Becher. Langsam hatte der Whisky mit ihrer versammelten Stimmung gespielt, bis sich Wut Bahn brach. Zunächst in losgelösten Augenblicken.

Jemand sagte: »Solche Leute dürften nicht weiterleben.«

Es wurde genickt. Die Stille war furchterregendes Einvernehmen.

»Wem hat das arme Mädchen denn je was getan?«

Niemandem, sagte die Stille.

»Selbst wenn sie ihn schnappen, sorgt irgendein Studierter dafür, dass der Kerl bloß Gefängnis kriegt.«

Ihre Selbstgerechtigkeit war undurchdringlich. Grobe Männer waren das. Gewalt gehörte bei vielen zum Alltag. Der ein oder andere erzählte gerne davon, dass er mit einem Einbrecher oder einem stadtbekannten Verbrecher trinken ging. Aber es gab Verbrechen und Verbrechen. Und wenn man ein bestimmtes beging – wenn man ein Kind missbrauchte oder ein Mädchen vergewaltigte –, wurde man von ihnen in Gedanken entmannt. Man wurde zum Ding.

Die Küche war ein mitleidloser Ort. Stück für Stück redeten sie sich das Menschsein aus. Die Männer wurden zu Racheengeln.

»Ich verlange nur eins«, sagte Bud Lawson. Zum ersten Mal seit über einer Stunde meldete er sich zu Wort. Seine Augen waren tränenfrei. Sie waren klar und leer. »Fünf Minuten will ich mit ihm allein sein.« Der Becher, den er in seinen Händen hin und her drehte, wirkte wie ein Fingerhut. »Ich will ihn nur in die Finger bekommen. Das ist alles, was ich will. Danach werde ich nie wieder um etwas bitten.«

Sie alle wollten ihm diesen Wunsch erfüllen. Airchie Stanley dachte bei sich, dass es vielleicht nicht unmöglich war.

Im Wohnzimmer saßen die Frauen schützend um Sadie herum. Für sie gab es nichts zu tun.

**ZEHN**

An diesem Sonntag freute sich Harkness über die Störung. Er hatte schon Sorge gehabt. Weil er am Wochenende zum Bereitschaftsdienst eingeteilt war, hatte Mary vorgeschlagen, den Tag gemeinsam bei ihr zu Hause zu verbringen, wo er erreichbar wäre. Sie hatte nicht erwähnt, dass man sich dort vorkam wie zu Besuch auf einer Weihnachtskarte.

Beim Mittagessen hatte er lebendigen Knallbonbons gegenübergesessen und versucht, eine Unterhaltung mit ihnen zu führen. Außer Floskeln hatten ihre Eltern nichts zu sagen gewusst. »Heutzutage laufen alle dem Geld hinterher.« »Was man nie hatte, vermisst man auch nicht.« Und Harkness' Lieblingsspruch: »Gott hilft dem, der sich selbst hilft.« War schon eine Weile her, seit er den Satz das letzte Mal gehört hatte, und als Marys Mutter damit herausrückte, überkam ihn eine diebische Freude, so als hätte er einen Stör aus dem Clyde gefischt.

Sie schienen entschlossen, die Probleme der Welt im Großen und im Kleinen anzugehen, übertrafen sich gegenseitig mit breit gestreuten Vorurteilen, vielleicht weil sie einen Gast hatten. Vandalismus wurde von »verzogenen Gören« verübt. Afrikaner »hatten mehr Macht, als gut für sie war«. Die Gewerkschaften machen unsere Gesellschaft kaputt. Während des gesamten Essens wurden die Klischees wie Würzsaucen über den Tisch gereicht. Harkness blieb das Essen im Hals stecken.

Danach war Marys Mutter in der Küche, räumte auf,

spülte und weichte Wäsche ein. Weil Sonntag war, konnte sie die Maschine nicht anstellen, aber einweichen war in Ordnung. Anscheinend hatte sie das Kleingedruckte gelesen, das vom Berg Sinai heruntergekommen war. Marys Vater widmete sich der Zeitung. Harkness wurde durchs Haus geführt.

Es war schön, aber er fand es beunruhigend, so wie alle Häuser, die mit viel Bedacht hergerichtet waren. Das Gespräch, dem jedes Bewusstsein der eigenen Beliebigkeit fehlte, die mühsam hergestellte Gefälligkeit der Räume, das alles zusammen fühlte sich an, als wäre er gefangen in der Halluzination eines anderen. Und Marys verschämter Rückzug vor seinen tastenden Händen verweigerte ihm eine Wirklichkeit zum Festhalten. Als das Telefon klingelte, war er kurz davor, aus dem Fenster zu springen.

Marys Mutter ging sofort dran. Harkness fragte sich, ob das bedeutete, dass sie unten im Flur auf Marys Hilfeschrei gelauert hatte. Sein Vater rief aus Fenwick an.

Nichts war geeigneter, Harkness in die Realität zurückzuholen, als seine zögernd in den Hörer sprechende raue Stimme. Normalerweise war sein Vater ein sehr offener Mensch, aber am Telefon benahm er sich wie der MI5. Er traute den Dingern nicht über den Weg und hatte Harkness nur unter Protest gestattet, zu Hause einen Anschluss legen zu lassen. Bedachte man außerdem, dass er Harkness' Tätigkeit bei der Polizei missbilligte, konnte man nachvollziehen, mit welchem Widerwillen er die Nachricht übermittelte: Harkness wurde im Büro gebraucht.

Einen freudigen Aufschrei unterdrückend, bedankte sich Harkness bei Marys Eltern und beteuerte sein Bedauern, so früh schon gehen zu müssen. Er sagte, er wolle versuchen, später noch einmal vorbeizukommen. Wenigstens kam Marys Mutter nicht mit zur Tür.

Sein Wagen parkte praktischerweise auf der Kilmarnock Road, Fahrtrichtung Glasgow. Er fragte sich, was im

Büro los war, und hoffte, etwas Wichtiges. Das Wochenende war sein erstes beim Crime Squad und er hatte es nicht verstreichen lassen wollen, ohne gerufen zu werden. Sein Jahr als C.C. bei der Central Division unter Milligan war interessant gewesen, aber Harkness wollte mehr. Er war nicht sicher, worin dieses Mehr bestand, aber er hatte sich beim Crime Squad beworben, um herauszubekommen, ob er es dort finden konnte.

Seinem Vater hatte dies gar nicht gefallen, weil es bedeutete, dass sein Sohn Polizist bleiben würde. Der alte Herr hatte die Schule in den Dreißigerjahren verlassen und erst nach dem Krieg eine feste Anstellung bekommen. Er erinnerte sich, wie Streikende und Demonstranten im Westen Schottlands damals von Polizisten behandelt wurden. Er hasste sie aufrichtig und konnte seinem Sohn nicht verzeihen, einer von ihnen geworden zu sein. Da sie beide alleine miteinander wohnten, stritten sie ständig.

Aber bei der Arbeit, so wie jetzt, hatte er keine Zweifel. Er war sechsundzwanzig, körperlich kräftig und voller Zuversicht. Wie ein Motor, der auf allen Zylindern rundlief, war er voll einsatzfähig. Erst als er das Büro des Commanders erreichte, fing der Motor an zu stottern.

»Harkness«, sagte der Commander und ließ den Namen im Raum stehen. Er klang wie eine Klassifizierung, als wäre er der Erste, der Harkness je so angesprochen hatte, und als wollte er ihm Zeit geben, sich daran zu gewöhnen. Der Commander ging Papiere durch. Von seinem Standort aus sah Harkness das Foto, auf dem eine Frau und zwei Jungen dem Commander bestärkend entgegenlächelten. Der Commander legte die Papiere beiseite.

»Ein Mord. Im Kelvingrove Park. Die Leiche eines Mädchens wurde heute dort gefunden. Sexuell missbraucht und ermordet.«

Er sprach in Schüben wie ein Fernschreiber, und er schien jede Aussage noch einmal zu überprüfen, während sie bereits seinem Mund entwich.

»Sie sind ein junger Mann, Harkness.«

Das stimmte. Er hielt über der Bemerkung inne, schien sie für unwiderlegbar zu halten.

»Ein junger Mann. Aber Sie haben bereits Erfahrung.«

»Danke, Sir.«

Harkness fand seine Antwort einfältig, aber immerhin konnte er damit seine eigene Anwesenheit geltend machen. Der Commander schien mit sich selbst zu sprechen.

»Sie werden mit Detective Inspector Laidlaw an dem Fall arbeiten. Er ist einer unserer weniger konventionellen Mitarbeiter. Vielleicht haben Sie davon gehört.«

»Ich weiß, dass man sagt, er sei sehr gut, Sir.«

»Er kann sehr gut sein. Natürlich nicht so gut, wie er glaubt. Aber das ist schier unmöglich, so gut kann niemand sein. Morgen fangen Sie an.«

»Ja, Sir. Danke.«

Harkness wartete. Der Commander stand auf und sah aus dem Fenster, als wollte er sich vergewissern, dass die Stadt sich benahm.

»Es geht um ein sehr schweres Verbrechen. Möglicherweise gab es bis zur Tat keinen Kontakt zwischen Mörder und Opfer. Damit wäre der Fall sehr schwer lösbar. Aber die Zeit drängt. Es handelt sich auch um eine sehr aufsehenerregende Straftat. Die Presse wird das Thema ausschlachten. Die Menschen haben Angst. Ein so schwer gestörter Mann kann eine solche Tat jederzeit wiederholen. Wir stehen unter Druck. Deshalb bin ich einverstanden, wenn Laidlaw ein paar Tage lang eigene Wege geht. Innerhalb gewisser Grenzen, versteht sich. Und an der Stelle sind Sie gefragt. Sie bilden das Bindeglied zwischen Detective Inspector Laidlaw und den Hauptermittlungen, die Detective Inspector Milligan von der Central Division führen wird. Sie werden feststellen, dass sich Laidlaw bisweilen in der Stadt verliert. Wie nennt er das? ›Zum Reisenden werden‹, glaube ich. Sie können ihn gerne fragen, was das bedeuten soll. Ich weiß es jedenfalls nicht. Egal, schön und gut. Er neigt dazu, den Kontakt zu uns schleifen zu lassen. Das werden Sie verhindern. Sie halten täglich Rücksprache mit Detective Inspector Milligan, führen ihm Informationen zu und erhalten im Gegenzug neue von ihm. Wenn die beiden Ermittlungsstränge sich nicht gegenseitig befruchten, ist die ganze Sache sinnlos. Sie werden den Vermittler spielen, sozusagen das Düngemittel.«

»Ja, Sir«, sagte Harkness, der sprechende Dünger.

»Sie werden Laidlaw morgen um halb zehn bei der Central Division treffen. Er kommt direkt von der Autopsie zu Ihnen. Außerdem möchte ich, dass Sie jetzt gleich bei D.I. Milligan dort vorstellig werden. Das ist für Sie doch wie in alten Zeiten, nicht wahr? Schauen Sie mal, ob er schon Aufgaben für Sie hat.«

»Verstanden, Sir.«

»Viel Glück. Lassen Sie sich von Laidlaws Art nicht abschrecken. Er hat eine recht raue Schale. Das ist alles.«

»Danke, Sir.«

»Harkness«, sagte der Commander.

Harkness hatte das Gefühl, wie eine Akte abgeheftet worden zu sein. Irgendetwas an der Art des Commanders machte Harkness verlegen. Aber er verstand es nicht. Grinsend vor Vorfreude trat er hinaus in den Gang, bis ihm einfiel, dass der Mord an einem Menschen seiner großen Chance vorausgegangen war. Und da grinste er nicht mehr.

## ELF

Bridgegate war wie leer gefegt. Harry Rayburn hatte den Wagen ein ganzes Stück weit weg geparkt und ging jetzt zu Fuß. Er kam an einem Geschäft für Gebrauchtmöbel und an »Alice's Restaurant« vorbei, einem alten Café, dessen einzige Anmaßung sein Name war. Der Eingang zur Nummer siebzehn war mit Blech vernagelt. Er hielt inne, blickte die Straße zurück und dann zum Jocelyn Square an der Ecke, wo »The Old Ship Bank« ebenso wie alles andere auch geschlossen hatte.

Das Blech vor der Tür war lose, hatte Tommy gesagt. Aber es war so lange der Witterung ausgesetzt gewesen, dass es sich gar nicht so leicht auseinanderbiegen ließ. Er hatte Probleme, die Reisetasche durch die Öffnung zu zwängen.

Im Eingang war es dunkel. Er überlegte, ob er Tommy rufen sollte. Aber eigentlich wusste er, dass er oben sein musste. Er stieg die letzten Stufen sehr vorsichtig hinauf, weil sie morsch waren. Das Geländer war auch nicht mehr sicher. Im trüben Licht sah er, dass eine der beiden Türen von einem dichten Netz an Spinnweben überzogen war. Also musste es die andere Tür sein.

Er stieß sie auf. Von dem schmalen Flur gingen drei weitere Türen ab. Die, vor der er stand, führte vermutlich in eine Abstellkammer, gegenüber waren noch zwei weitere. Er zögerte und öffnete die Tür zu seiner Linken, der Raum war leer. Er schloss die Tür wieder, überquerte den Gang und öffnete die andere.

Er entdeckte Tommy sofort, sah ihn nicht isoliert von allem anderen, sondern als Teil eines größeren Ganzen, das ihn in einen Kontext setzte, den er augenblicklich deutete. Tommy drängte sich in eine Ecke, sah ihn über die Schulter hinweg an. Rayburn nahm die schmutzige Wand wahr, verschiedene Tapetenschichten lugten hervor wie ein Archiv der gescheiterten Versuche, ihre Kahlheit zu bedecken; er nahm den kalten Kamin wahr, die Überreste einer kitschigen Gardine am Fenster, eine Flagge vereitelter Wohlanständigkeit. Im Zentrum dieser kleinen Ruine der Häuslichkeit hockte Tommy und erschien Rayburn gleichzeitig wie deren Zerstörer und Opfer. Er war das, was sie zu verhindern suchte, und so hatte auch er sie verleugnet. Jetzt war er dort angekommen, wo er innerlich wohl immer schon gewesen war.

Sie betrachteten einander. Rayburn machte Anstalten, sich ihm zu nähern, und Tommy hob die Hand.

»Fass mich nicht an, Harry. Ich sag's dir gleich. Versuch bloß nicht, mich anzufassen.«

Rayburn ließ die Reisetasche wie einen Köder in der Mitte des Raums stehen und ging zurück zur Tür. Tommy schaute auf die Tasche.

»Hast du was zum Schreiben mitgebracht?«

»Alles da. Und was zu essen und Decken auch. Und Kerzen und Streichhölzer. Aber warum kommst du nicht mit zu mir? Wir können gleich los.«

»Warst du bei meiner Mutter?«

»War ich.«

»Was hast du ihr erzählt?«

»Ich hab ihr gesagt, dass du Ärger mit der Polizei hast und nicht nach Hause kannst. Warum, hab ich nicht gesagt. Aber irgendetwas musste ich ja sagen. Weil ich sie nämlich gebeten habe, zu behaupten, du wärst vor zwei Wochen nach London gefahren, falls jemand fragt. Das war okay.«

Rayburn dachte an die kleine grauhaarige Frau, mit der er am Vormittag gesprochen hatte, quietschsauber und nachgiebig wie Edelstahl. Eigentlich hatte sie nur wissen wollen, ob Tommy etwas zugestoßen war. Sie wusste, da war Rayburn sicher, was auch immer Tommy getan hatte, es musste etwas sehr Ernstes sein. Trotzdem hatte sie nicht gezögert, die Rolle zu übernehmen, die er ihr zugewiesen hatte.

»Wer war sie, Tommy?«

Tommy schüttelte den Kopf.

»Das Mädchen, von dem du mir erzählt hast?«

Tommy nickte. Seine rechte Hand hatte die ganze Zeit in der Tasche gesteckt. Als er sie herauszog und knetete, entdeckte Rayburn, dass er ein Höschen darin hielt. Blut klebte daran.

»Tommy. Ich kann dir helfen. Ich kann dich von hier

fortbringen.« Erneut machte er Anstalten, sich zu nähern. »Lass mich ...«

Tommy schreckte zurück.

»Ich will von niemandem angefasst werden!«, schrie er. »Ich will nicht reden. Ich will niemanden hier haben.«

Rayburn starrte ihn an. Er hatte in Tommys vollkommener Isolation eine perfekte Verpflichtung für sich selbst gefunden. Tommy war das Eingeständnis dessen, was Rayburn selbst hatte vermeiden können.

»Ich komme wieder, Tommy. Ich kann dir helfen. Du hast gehört, was ich dir über Matt Mason erzählt habe. Er kann helfen. Matt Mason wird helfen.«

Er wandte sich zur Tür.

»Komm morgen wieder, Harry. Bitte.«

Rayburn nickte und ging. Er wusste, wenn er Tommy nicht sicher hier herausbrachte, würde er nie wieder etwas wollen.

## ZWÖLF

Der Mann sprang zurück auf den Gehweg, als ihm der Wagen auswich. Aufgebracht blickte er ihm hinterher.

»Knapp vorbei«, sagte Milligan. »Auf die Art werden Sie niemals befördert, Boy Robin. Das war Barney Aird. Sie hätten ihn über den Haufen fahren sollen. Verbrechensbekämpfung nennt man das.«

»Mir wird das Feingefühl fehlen, mit dem Sie Ihren Beruf ausüben«, erwiderte Harkness.

Milligan blickte mit sonniger Boshaftigkeit auf die vorüberziehenden Häuser.

»Nein«, sagte er. »Wo Sie hingehen, werden Sie damit überschüttet. Laidlaw? Für die Zusammenarbeit mit dem brauchen Sie Gummistiefel, um durch das Tränenmeer zu waten. Er hält Verbrecher für unterprivilegiert. Er ist kein Detective. Er ist so was wie der Vertrauensmann aller

Halunken. Wird eine tolle Erfahrung für Sie werden. Robin trifft Batman.«

Milligan fing an, *Robin Hood, Robin Hood, riding through the glen* zu summen. Harkness begriff, dass ihm Milligan den Wechsel zum Crime Squad nicht verziehen hatte.

»Angeblich ist er ein guter Mann«, sagte Harkness.

»Mag sein, dass er gut ist. Wahrscheinlich ist er sogar nett zu Tieren. Aber ein guter Polizist ist er nicht.«

Harkness schaltete vor der Ampel runter.

»Warum nicht?«

»Weil er nicht weiß, auf wessen Seite er steht. Im Zweifelsfall hängt er irgendwo in der Mitte. Das ist nicht sehr klug.«

»Glauben Sie denn, dass sich zwischen uns und den anderen immer so leicht trennen lässt?«

»Na ja, anscheinend glauben es die anderen, oder? Wäre ein bisschen zu einfach, ihnen zu widersprechen. Die andere Wange hinzuhalten und sich dann im Western Infirmary wieder zusammenflicken zu lassen. Ich gehöre nicht nach Fair Isle. Passt nicht zu meiner Augenfarbe.«

Er wandte sich mit all ihrer blauen Unschuld Harkness zu. Harkness lachte. Er hatte Milligan immer witzig gefunden.

»Laidlaw scheint aber ganz gut damit durchzukommen.«

»Abwarten. Er entwickelt sich langsam. Seine Ideen haben noch nicht das Alter erreicht, in dem sie sich rasieren müssen. Entweder wird er erwachsen, oder er muss einpacken. Eine andere Möglichkeit gibt es nicht. Das geht uns allen so. Man fängt in diesem Job an, will jedem eine Chance geben, tatsächlich aber nehmen sich alle nur Freiheiten heraus. Aber das werden Sie noch lernen. Laidlaw braucht dafür eben länger als andere. Mehr nicht.«

»Es gibt Gauner und Gauner.«

»Na schön. Aber ich spreche von echten Gaunern. Um mit denen klarzukommen, sind Profis gefragt. Und Laidlaw ist ein Amateur.«

»Und wer ist ein Profi?«

»Boy Robin, Sie haben über ein Jahr lang mit mir zusammengearbeitet. Sind Sie so schwer von Begriff? Ein Profi weiß, was er ist. Ich habe mit Dieben und Gaunern, Zuhältern und Mördern nichts gemein. Nichts! Das ist eine andere Spezies. Und wir führen Krieg gegen sie. Hier geht es ums nackte Überleben. Wie soll das gehen, wenn wir nicht unterschiedliche Uniformen tragen? Woher sollen wir sonst wissen, wer gegen wen kämpft. Aber so ist Laidlaw. Er rennt mit einem deutschen Helm auf dem Kopf und in schottischer Black-Watch-Uniform kreuz und quer über Niemandsland.«

Sie waren in den Ardmore Crescent eingebogen.

»Er hat sich nie damit auseinandergesetzt, worum es in unserem Job geht. Nämlich darum, die Bösen dingfest zu machen. Und darum, alles daranzusetzen, damit dies gelingt. Man muss niederkämpfen, was sich einem in den Weg stellt. Mauern oder Menschen, unterschiedslos. Die siebzehn ist da drüben. Sehen Sie sich an, wie man das macht. Machen Sie sich Notizen, wenn Sie mögen. Da wo Sie hingehen, werden Sie sie vielleicht brauchen.«

Kaum war Harkness seitlich rangefahren, stieg Milligan schon aus. Harkness folgte ihm zum Eingang. Die Tür wurde ihnen von einem älteren Herrn aufgemacht. Milligan klappte seine Brieftasche auf und zeigte seinen Ausweis.

Eine Eintrittskarte in die Schauerhöhle von Drumchapel: Zwei Mal House of Gloom, bitte. Draußen die triste Modernität trostloser Straßen, die notgedrungene Unterstellung, das Leben würde von Gemeinheiten bestimmt; und hinter dieser Tür die düstere Unterwanderung dieses Prinzips, eine Ahnung der inneren Distanzen, die Trauer schafft und die manische Architektur des Herzens, die sogar in einem Sozialbau verwinkelte Türmchen und unheilvolle Geheimkammern entstehen lässt.

Der Flur wurde von Schatten bevölkert, die größer wirkten als er selbst. Durch die halb geöffnete Wohnzimmertür schien das Licht einer einzigen Wandleuchte. Gemurmel wie bei einem Hexensabbat. Die Küchentür war geschlossen. Dahinter wurden vage Geräusche laut, die Männer waren in ihrer Hilflosigkeit gefangen.

»Ich möchte mit den Eltern der Verstorbenen sprechen«, sagte Milligan.

Gesprochenes erschien Harkness wie eine Fremdsprache hier.

»Oh, denen geht's gar nicht gut, Sir«, sagte der alte Mann. »Sadie besonders. Aus der kriegen Sie kein vernünftiges Wort raus. Die machen Schreckliches durch, wissen Sie? Ich bin bloß ein Nachbar.«

»Ich möchte sie trotzdem sprechen«, sagte Milligan.

Seine Stimme klang wie Vandalismus. Er betrachtete den alten Mann, als wollte er ihn gleich verhaften.

»Was ist los, Charlie? Was ist?«

Die Frau war jünger. Sie machte ihnen Zeichen, leiser zu sein.

»Ist die Polizei, Meg. Die wollen mit Bud und Sadie sprechen«, wisperte der Mann.

»Oh Gott. Die Frau ist nicht bei Sinnen. Können Sie die beiden nicht in Frieden lassen?«

Aus Achtung vor ihren Gefühlen ließ Milligan seine Stimme zu einem grollenden Flüstern anwachsen.

»Missus«, sagte er, »es geht um Mord. Wir haben Ermittlungen zu führen. Wo ist Mr Lawson?«

»Die Männer sind in der Küche«, sagte die Frau.

»Hey, Bud ist an die frische Luft gegangen«, sagte der alte Mann.

Aber Milligan hatte die Tür bereits geöffnet. Dichter Zigarettenqualm lag wie Bühnennebel in der Luft. In den Schwaden saßen drei Männer.

»Mr Lawson?«, fragte Milligan.

Schweigen.

»Bud ist mit einem von uns raus.«

»Airchie Stanley.«
»Wann kommt er wieder?«
»Hat er nicht gesagt.«
Milligan schloss die Tür.
»Dann müssen wir mit Mrs Lawson sprechen«, sagte Milligan.
»Oje«, sagte die Frau. »Warten Sie eine Minute hier.«
Als sie hineinging, schwang die Wohnzimmertür auf. Sie wirkte wie ein angehobener Schleier, der die Polizisten von einer Trauer trennte, die sie niemals teilen konnten. Der Raum war voller Frauen, versunken in ihren Kummer. Harkness beobachtete die Jüngere, die den Kreis durchbrach und zu der kleinen Frau am Kamin ging. Sie hob das verletzte Gesicht, Unverständnis machte sich verschwommen darauf breit. Dann weinte sie erneut, als sei dies die einzige Antwort, die sie auf all das hatte. Ein paar andere Frauen gingen zu ihr, hielten die Reihen gegen die Männer fest geschlossen. Harkness fühlte sich verantwortlich.

Milligan wartete einfach nur, bis sie kamen und seiner Aufforderung Folge leisteten. Was sie taten. Den Rest empfand Harkness als qualvoll. Sie wurden in ein Zimmer geführt, offensichtlich das eines Mädchens, ein David Essex geweihter Altar. Die jüngere Frau setzte sich neben Mrs Lawson.

Milligan bewegte sich akribisch durch eine bereits tote Vergangenheit, wie jemand, der einen Friedhof umpflügt, während Mrs Lawson immer wieder von aufgeworfenen Knochen abgelenkt wurde. Über die Ereignisse der vorangegangenen Nacht konnte sie nichts sagen, was Laidlaw nicht bereits übermittelt hatte, außer dass Jennifer mit ihrer Freundin Sarah Stanley in der Disco war. Das Mädchen war anwesend und kam mit seiner Mutter zu ihnen. Jennifer sei mit einem Mann weg, den sie nicht gesehen habe, sagte Sarah. Er habe draußen gewartet, als sich Jennifer verabschiedet hatte. Milligan stellte geduldig weitere Fragen, aber mehr war nicht in Erfahrung zu bringen.

Sie nahmen zwei Fotos mit. Im Wagen reichte Milligan Harkness eines davon.

»Das ist für Laidlaw«, sagte er. »Als Gegenleistung für die Informationen, die er mir gegeben hat.«

Harkness betrachtete es. Jennifer stand auf der Straße. Sie war hübsch und sie lachte.

»Das war nicht gerade angenehm da drin«, sagte Harkness.

»Wir haben die Fotos«, sagte Milligan. »Der Rest geht uns nichts an. Auf dem Rückweg fahren wir noch mal bei der Spurensicherung vorbei, und das war's dann für heute. In der Nacht wird nichts mehr passieren. Sogar Mörder müssen mal ins Bett.«

Milligan lachte. Harkness ließ den Wagen an.

»Ich frage mich, wo Bud Lawson steckt«, sagte er.

»Im Pub.« Milligan sprach im Brustton der Überzeugung. »Der lässt sich volllaufen.«

## DREIZEHN

Der Mann an der Bar war allmählich betrunken. Als er dies jedoch laut verkündete, wirkte es abrupt und erregte Aufsehen. Wie von einem Anlegesteg stieß er sich vom Tresen ab. Er schien in Wasser zu waten. Seine Augen erblickten weit entfernte Horizonte. Die Kellerlounge des Lorne Hotel war seine Auster. Er war bereit, der Welt eine Mahnung zuzustellen.

Die Bar war gut besucht. Auf Umwegen näherte er sich verschiedenen Tischen. Jetzt schien er sich in westlicher Richtung entfernen zu wollen, tat es dann aber doch nicht. Seine schlurfenden Schritte waren eine listige Illusion. Vielmehr umzingelte er die anderen. Seine Arme bewegten sich formlos bedrohlich, begleitet von seinem Gequatsche.

»Ho-ho! Ihr haltet euch wohl für was Besseres, oder?

Dafür hab ich nicht im Krieg gekämpft. Rein und raus, rein und raus. Schnell wie der Blitz. Zack, zack! Zack, zack!«

Das Geräusch war nasal, wie wenn Amateurboxer Sandsäcke mit rhythmischen Faustschlägen traktieren. Aber im Lorne Hotel fand heute kein Kampf der Amateure statt.

»Na-haha! Wie sieht's aus. Je mehr man weiß, desto weniger gut. Zack, zack!«

Er zog wahllos Kreise, näherte sich verschiedenen Tischen. In Hollywoodfilmen tun das geigende Zigeuner. In Glasgower Pubs nicht. Mit dem sicheren Instinkt für Katastrophen, den nur Betrunkene haben, schoss er sich auf einen mit drei Männern besetzten Tisch ein. Zweien davon, Bud Lawson und Airchie Stanley, sah man an, dass sie sehr ungemütlich werden konnten. Der Dritte sah noch schlimmer aus. Er hatte schütteres Haar und Augen wie Kieselsteine. Eine dicke Narbe lief über seine linke Wange und verschwand unter dem Kinn. Auf ihn hatte es der Betrunkene abgesehen.

»Ho-ho! Ein ganz Großer. Ich hab noch nie verloren. Ich bin das wandelnde Verhängnis. Steh auf, du Arschloch!«

Der Mann mit der Narbe stand auf. Urplötzlich tauchte der Barmann neben dem Betrunkenen auf und packte ihn am Arm.

»Hat Sie der Mann belästigt?«, fragte er den mit der Narbe.

»Wenn er nicht zum Kabarettprogramm hier gehört, dann würde ich sagen, das hat er.«

»Kommen Sie, Sir. Benehmen Sie sich.«

Der Betrunkene wehrte sich.

»Gehen Sie, Sir«, sagte der Mann mit der Narbe. »Zeit, sich schlafen zu legen.«

Der Betrunkene sah den Mann mit der Narbe eine Sekunde lang klar und unverrückt an. Dann besann er sich klugerweise wieder auf seinen Rausch und ließ sich hinausführen, begnügte sich damit, unterwegs einen Tisch zum Kampf herauszufordern und den Teppich zu beschimpfen. Er erreichte das Ende der Sauchiehall Street, als sei die Erde eine Scheibe, von der er runterzufallen drohte.

»Das Problem ist«, sagte der Mann mit der Narbe, als er sich wieder setzte, »dass er es wahrscheinlich für Pech hält, dass er rausgeschmissen wurde.«

»Egal«, sagte Airchie Stanley. »Wie sieht's aus?«

»Benimm dich«, sagte der Mann mit der Narbe. »Du hast zu viele Gangster-Filme gesehen.«

»Aber du kennst Leute. Ich weiß, dass du Leute kennst.«

»Was willst du damit sagen?«

»Ganz ruhig, nichts für ungut. Ich meine, ich weiß, dass du Beziehungen hast.«

»Du weißt gar nichts«, sagte der Mann mit der Narbe.

»Nur dass ich deine Cousine geheiratet habe. Und so wie du redest, glaube ich langsam, dass das eine schlechte Entscheidung war.«

Der Mann wirkte jetzt unverhältnismäßig wütend. Seine Narbe wurde beim Sprechen immer weißer, grellweiß wie ein Blitz. Bud Lawson saß zwischen den beiden, sagte nichts. Es war Airchie Stanleys Idee gewesen. Sollte er selbst sehen, wie er klarkam.

»Hast mich weggeholt«, sagte der Mann. »Und hergeschleppt, damit du Reden schwingen kannst wie ein amerikanischer Komiker. Dick Tracy oder so einer. Was wird hier gespielt?«

»Pass auf«, sagte Airchie. »Ich hab's dir doch erklärt. Offen und ehrlich. Du weißt, was Buds Kleiner zugestoßen ist.«

Der Mann trank seinen Whisky.

»Na, und du hörst doch so allerhand. Ich sag nur, wir wären dir sehr dankbar, wenn du uns Bescheid sagst, falls dir was zu Ohren kommt. Mir wär's lieber, Bud kriegt ihn, als die Polizei. Klar?«

Der Mann fuhr sich über die Narbe.

»Klar, wenn du für dreißig Jahre in den Knast willst.«

»Wer muss denn was davon erfahren?«

»Schau dich um«, sagte der Mann leise.

Airchie sah sich um. Außer trinkenden und plaudernden Gästen konnte er nichts entdecken. Er drehte sich wieder zu dem Mann um.

»Musst dir eine volle Bar aussuchen, um jemanden zum Morden anzustiften. So schlau bist du. Hast ein so loses Mundwerk, dass ich mich frage, wieso dir nicht die Zähne ausfallen. Warum gibst du's nicht gleich über die Lautsprecher im Hauptbahnhof durch?«

»Uns hört hier keiner zu.«

»Wie vielen hast du's schon erzählt?«

»Keinem. Das ist die Wahrheit, bei Gott. Hab den Jungs bei ihm zu Hause nur gesagt, dass wir an die frische Luft gehen.«

»Egal, das ist noch das Wenigste. Wie soll ich rauskriegen, wer's war und wo er steckt? Wird sogar der Polizei schwerfallen.«

»Hast doch Beziehungen.«

»Hör zu! Du kennst mich. Du weißt, wozu ich imstande bin.«

»Dir macht keiner was vor«, sagte Airchie rasch und versöhnlich.

»Genau. Aber du weißt auch, für wen ich arbeite. Und ich hab keine Angst. Aber ich weiß, wenn was unberechenbar ist. Ich brauch sein Okay. Der kann uns alle drei in einen Sack stecken und wie junge Katzen ersäufen. Dem Großen tretet ihr besser nicht auf die Füße.«

»Schon gut. Hab gedacht, ich frag mal.«

»Hast du ja jetzt gemacht. Und ich hab's dir gesagt.«

Airchie trank aus. Der Mann mit der Narbe musterte Bud Lawson. Er hatte nichts gesagt, auch nicht, als er ihm vorgestellt wurde. Der Mann war beeindruckt. Lawson saß da, starrte auf den Tisch, voller Kraft und absolut unbeweglich – wie Sprengstoff, der auf ein Streichholz wartet.

»Hör zu«, sagte der Mann. »Ich kann mir vorstellen, wie's in dir aussieht. Aber das ist eine abgefahrene Idee. Ich sag dir was. Wenn ich was höre – und die Chancen stehen eins zu hundert –, geb ich Bescheid. Mehr kann ich nicht versprechen. Und jetzt sollten wir uns trennen, bevor der Wirt beim Fernsehen anruft und Kameras bestellt.«

»Gut, Bud.« Sein Freund war aufgestanden, gab das Zeichen zum Aufbruch.

»Das reicht uns schon. Vielen Dank. Wir sehen uns. Cheerio.«

»Cheerio«, sagte der Mann. »Pass auf, dass du beim Rausgehen nicht über deine große Klappe stolperst.«

Bud Lawson hatte sein Glas nicht angerührt. Der Mann nahm es. So hatte ihm das Gespräch wenigstens ein bisschen was gebracht.

## VIERZEHN

»Wir waren alle schon mal am Meer«, sagte der Pfarrer. Kein unbedingt packender Einstieg. »Das Meer zieht uns an. Trotzdem halten wir nur selten inne und besinnen uns darauf, dass es der Quell allen Lebens ist. Meist ist es kaum mehr als ein Ort, an dem wir unsere Freizeit verbringen. Wenn es das Wetter erlaubt – und das ist in Schottland selten genug, höre ich Sie sagen –, packen wir Proviant und unsere Kinder ins Auto und fahren raus ans Meer. Wir spielen. Wir lachen. Wir spritzen uns gegenseitig nass. Wir essen unsere Sandwiches. Und nur, wenn der kleine Johnny in Schwierigkeiten gerät – oder die kleine Mary von der Strömung erfasst wird – oder vielleicht ein Fremder ertrinkt –, besinnen wir uns auf die Ehrfurcht gebietende Macht des Meeres. In mancherlei Hinsicht verhält es sich mit der Gegenwart Gottes genauso.«

Harkness fiel es schwer, er selbst zu bleiben. Er fand es unmöglich, zu Marys Mutter aufzuschließen, die ihm »ein Tässchen Tee« und selbst gebackene Ingwerkekse anbot. Er saß dort und knabberte Kekse, während ihn Jennifer Lawsons Foto runterzog, bleischwer wie ihre Leiche selbst, und Marys Vater *Late Call* im Fernsehen sah, als würde dort die Nachricht vom Jüngsten Tag verkündet.

Das Zimmer wirkte irreal wie ein Bühnenbild. Alle schienen ihren Text zu kennen. Er beobachtete Marys Vater, hoffte auf Anzeichen von Missbilligung angesichts dessen, was er zu hören bekam. Aber da war nichts. Marys Vater starrte feierlich auf den Fernseher, als würde ihn der Pfarrer persönlich ermahnen. Harkness fing an sich Sorgen um Marys Vater zu machen. Allmählich machte er sich auch Sorgen um Pfarrer, die ihre Hände über den Knien verschränkten und über Gott sprachen, als wären sie selbst dessen Onkel, der hoch und heilig gelobt, sein Neffe sei gar kein so schlechter Junge, man müsse ihn nur erst mal näher kennenlernen. Egal, was er in der Vergangenheit ausgefressen habe, in Zukunft wolle er es gut meinen. Auch um Marys Ingwerkekse backende Mutter machte er sich jetzt Sorgen und um Mary sowieso. Allmählich machte sich Harkness um alles Sorgen.

Er fühlte sich wund vor Widersprüchen. Der Ort, an dem er sich befand, sprach Hohn auf den, von dem er kam. Trotzdem war beides Glasgow. Er hatte die Stadt immer gemocht, aber nie hatte er sie deutlicher vor Augen gehabt als heute Abend. Ihre Stärke äußerte sich in Gegensätzen. Glasgow war selbst gebackene Ingwerkekse und die tote Jennifer Lawson im Park. Die salbungsvolle Freundlichkeit des Commanders und die gefährdete Aggressivität Laidlaws. Sie war Milligan, unsensibel wie ein wandelnder Zementklotz, und Mrs Lawson, besinnungslos vor Schmerz. Sie war die rechte Hand, die dich niederschlägt, und die linke, die dir wieder aufhilft, abwechselnd Entschuldigungen und Drohungen ausstoßend.

Morgen würde er an Laidlaws Seite zweifellos einiges zu sehen bekommen, das er so noch nie gesehen hatte. Eifersüchtig auf die eigene Liebe zu seiner Stadt rief er sich ins Bewusstsein, dass auch dies nur ein sehr kleiner Teil des Ganzen sein würde.

»Lassen Sie uns heute Abend einen Augenblick über das große Rätsel nachdenken, das uns umgibt«, sagte der Pfarrer.

Harkness' Gedanken waren weltliche Fußnoten zu den Worten des Pfarrers. Er beobachtete Marys Vater, der selbstzufrieden fernsah, ihre Mutter, die die *Sunday Post* las, Mary, die ihre Tasche für den Unterricht am nächsten Tag packte – alle hatten sie einen Finger in den Deich der eigenen Illusionen gesteckt. Erstaunt stellte er fest, dass er diese nicht teilen wollte. Er war nicht mehr so sicher, dass er sich mit Mary verloben wollte. Das Unbekannte, das sich draußen ereignete, erschien ihm realer als dieser Raum.

## FÜNFZEHN

Matt Mason genoss den Ausklang eines angenehmen Sonntags. Er hatte den Vormittag verschlafen und war dann für zwei Stunden mit Billy Tate aus Helensburgh mit dem Boot rausgefahren. Jetzt lauschte er seinen beiden Gästen, die sich wie gewohnt scherzhaft beleidigten.

»Weißt du«, sagte Roddy Stewart, »mir fällt es schwer, deinen Vater wiederzuerkennen, so wie du über ihn sprichst. Das alles hat mit dem neunzig Kilo schweren, vor Apathie nur so strotzenden Mann, den ich gekannt und gehasst habe, nichts zu tun.«

»Immerhin konnte er sich verständlich machen«, sagte Alice. »Dein Vater hat dagegen Englisch gesprochen wie ein Eingeborener. Bantu, würde ich sagen.«

Das Telefon klingelte. Im Aufstehen zwinkerte Matt Mason Billy Tate zu.

»Ende der Runde, ihr Lieben. Wenn ich wiederkomme, möchte ich eine kurze Zusammenfassung von dir hören, Billy.«

Das Telefon stand im Flur. Er schloss die Wohnzimmertür.

»Matt Mason am Apparat.«

»Hallo, Matt. Hier ist Harry.«

Der Name überfiel Mason wie ein Krampf.

»Ich hab dir doch gesagt, dass du hier nicht anrufen sollst«, sagte er. »Was ist los?«

»Um Gottes willen, Mann. Ich stecke in entsetzlichen Schwierigkeiten. Hast du kurz Zeit?«

»Aber nur kurz. Ich habe Besuch.«

Mason ließ die Stille auf sich beruhen, ignorierte sie wie einen Penner auf der Straße, der ihn um Geld anbettelt.

»Hör zu. Hast du von dem Mädchen gehört, das heute ermordet aufgefunden wurde?«

»Ich glaube nicht, dass ich sie gekannt habe.«

»Um Gottes willen, Matt, hör doch zu. Es ist ernst. Heute wurde ein Mädchen ermordet aufgefunden. Im Kelvingrove Park. Der Junge, der das getan hat... ist ein Freund von mir. Ich kenne ihn gut.«

Mason verzog das Gesicht, als müsste er gleich auf den Hörer kotzen.

»Wie gut? Meinst du, *sehr* gut?«

Pause.

»Sehr gut.«

»Ich denke, ich weiß, was das in deinem Fall bedeutet«, sagte Mason.

Erinnerungen setzten ihm zu wie der stinkende Atem eines Betrunkenen. Er sah sich im Flur um, die teuren Mäntel fielen ihm ins Auge, sie lagen auf dem Tisch, wo die Haushälterin sie hingelegt hatte. Erinnerungen bedrohten dieses Haus. Sie gehörten nicht hierher.

»Er hat sich verkrochen. Ich brauche deine Hilfe. Dringend.«

Im Wohnzimmer wurde gelacht. Mason beschloss, vorsichtig zu sein.

»Ich rufe dich morgen an«, sagte er.

»Machst du das, machst du das wirklich? Du musst unbedingt anrufen. Ich bin verzweifelt.«

»Ich rufe morgen an.« Sachte unterbrach Mason durch eine knappe Bewegung seines Fingers die Verbindung und sagte »schön, und vielen Dank auch für den Anruf« in die tote Leitung.

Er legte auf, kämpfte sich durch ein Gewitter möglicher Verwicklungen, hoffte, man würde ihm keine davon ansehen, und öffnete die Tür.

»Gut«, sagte er. »Entschuldigt, bitte.« Dann setzte er mit gespieltem englischen Akzent hinzu: »Geschäfte soll man nicht warten lassen.«

Von den anderen kam kaum eine Reaktion. Nur Roddy kniff fast unmerklich die Augen zusammen, vergewisserte sich durch einen Blick auf Matt, ob seine Dienste gefragt waren, bevor Alice erneut seine Aufmerksamkeit beanspruchte.

»So oder so«, sagte sie. »Er wäre erfolgreicher gewesen, hätte er sich keine Rippenfellentzündung zugezogen.«

»Ach, komm schon, Alice«, sagte Roddy. »Dein Vater hat sich keine Rippenfellentzündung zugezogen. Er hat sich darauf gestürzt. Mit beiden Lungenflügeln. Aus Angst, sie könnte flüchten.«

Billy lachte. Mason sah sich in der Gruppe um. Er war zufrieden mit sich. Roddy war einer der schlauesten Anwälte Schottlands. Billy Tate einer der besten Mittelstürmer in der Geschichte des schottischen Fußballs, bis er sich zur Ruhe gesetzt und ein Pub gekauft hatte. Kein schlechtes Zeichen, wenn solche Leute sonntags auf ein Getränk vorbeischauten. Die dazugehörigen Frauen waren durchaus ansehnlich, wobei Margaret als die mit Abstand Hübscheste im Raum gelten musste. Wie meistens. Mason begutachtete die Lage und fand, sie sei zu günstig und zu behaglich, um von der kalten Brise verdorben zu werden, die ihm gerade durchs Telefon entgegengeweht war. In seinem Sicherheitssystem hatte sich eine Lücke aufgetan, die geschlossen werden musste. Er erhob sich.

»Wenn ihr beiden zu Besuch bei mir seid«, sagte er zu Roddy und Alice, »komme ich mir nicht wie ein Gastgeber vor, sondern wir ein Ringrichter. Fächele ihnen Luft mit dem Handtuch zu, Billy. Ich hole noch was zu trinken.«

Alle lachten.

## SECHZEHN

Ena lag oben im Bett und hörte Laidlaw packen. Seine Bewegungen klangen so von sich selbst überzeugt. Entschlossenen Schrittes ging er auf und ab. In dem stillen Haus erweckte dies den Anschein, als würde jemand Wache schieben. Der Vorgang war ihr vertraut und sie kannte das Ritual bereits, das er daraus machte, als ginge es um mehr als nur darum, einen Koffer zu packen. Er stellte einen Baukasten zusammen – eine vergessene Zahnbürste, und schon konnte ein Verbrechen unaufgeklärt bleiben. Sie hoffte, er würde an seine Migräne-Pillen denken.

Sie fragte sich, wie oft er seinen Koffer schon gepackt hatte. Zuerst hatte sie es gehasst. Obwohl sie sich offiziell darüber beschwerte, war sie gar nicht sicher, ob sie nicht auch erleichtert war. Wahrscheinlich waren sie das, glaubte sie jetzt begriffen zu haben, was man unter unvereinbar verstand.

Es war so schwer, mit ihm zu leben. Am schwierigsten fand sie, was er von den Menschen forderte. Sittliche Aggression, nannte sie dies insgeheim. Als hätte sich seine Karriere als Amateurboxer weniger physisch als auf sein Sozialleben ausgewirkt. Betrat er den Raum, dachte sie: »Und in der roten Ecke haben wir ...«

Sie hörte Jackie quengeln. Bevor sie aufstehen konnte,

kam sein Vater schon die Treppe herauf. Sie rührte sich nicht. Jackie musste mal. Jack ging mit ihm aufs Klo und brachte ihn wieder zurück in das kleine Zimmer neben dem Schlafzimmer. Als Jackie ins Bett kletterte, hörte sie ihn.

»War's ein Monster, Daddy?«

»Was meinst du, mein Kleiner?«

»An der Tür, als Margaret allein zu Hause war. War's ein Monster?«

Jack antwortete sehr ernst.

»Ganz bestimmt nicht. Das war ein Mädchen aus derselben Straße, ein paar Häuser weiter. Sie sollte babysitten. Margaret hat sie reingelassen, und dann gab's auch wieder Strom. Sie hatten noch einen sehr schönen Abend zusammen.«

»Sandra hat gemeint, wahrscheinlich war's ein Monster.«

»Da kannst du mal sehen, wie schlau sie ist. Monster gibt's doch gar nicht, Jackie.«

»Gar keine?«

»Überhaupt gar keine.«

»Das ist gut. Da bin ich froh. Ich mag keine Monster, Daddy.«

»Da hast du sehr recht, mein Junge. Ich fänd's auch nicht schön, wenn hier welche wären. Aber hier gibt's nur Menschen.«

Ena wusste, dass die Gewissheit, mit der Jackies Vater sprach, sämtliche Monster aus dem Zimmer ihres Sohnes wie mit einem Schweißbrenner vertrieben hatte.

»Gute Nacht, Daddy.«

»Gute Nacht, Jackie.«

Sie hörte Jack nach unten gehen. Kurz überkam sie Sehnsucht danach, wie sie einst gewesen waren. Das unerbittlich Suchende in ihm, das sie zunächst so anziehend gefunden hatte, war jetzt, was sie auseinandertrieb, denn er machte vor nichts halt. Sie hatte geglaubt, seine Suche würde ihn an ein Ziel führen, von dem auch sie ein Teil sein könnte. Jetzt war sie überzeugt, dass er erst dann sein Ziel erreicht hatte, wenn man ihm die Lider zudrückte. Er würde so lange Bedenken haben, bis alles zu Staub zerfiel, und dann weiterziehen.

Sie hörte ihn wieder die Treppe raufkommen, ins Bett. Ein fahrender Ritter im Dienst der Verbrechensbekämpfung, dachte sie verbittert. Das Problem war nur, schoss ihr durch den Kopf, dass man nie sicher sein konnte, ob er sein Gegenüber für die Jungfrau oder den Drachen hielt.

## SIEBZEHN

Die St. Andrew's Parish Church wirkte trostlos, ein großer, klobiger Klotz, verriegelt und verrammelt, wie ein Lagerhaus voller aus der Mode gekommener Waren. Harkness fragte sich, ob die Kirche noch genutzt wurde. Selbst die Bäume auf beiden Seiten des Gebäudes wirkten auf den ersten Blick tot. Doch als er auf die sachte bebenden Äste starrte, entdeckte er die ersten Frühlingsknospen, winzige grüne Fäustchen.

Er stand vor dem grünen Eingang zur Polizeistation – einem Gebäude aus rotem Backstein an der Ecke St. Andrew's und Turnbull Street, in dem die Central Division und die Hauptverwaltung untergebracht waren. Er wartete lieber draußen auf Laidlaw, weil das Wetter so schön war, ein Vormittag, an dem man am liebsten Urlaub von sich selbst machen würde. Kein guter Tag, um Polizist zu sein, fand er. In der Luft lag ein Freifahrtschein für alles und jeden.

Er überquerte die Straße und spazierte im Sonnenschein einmal um die Kirche herum. Als er wieder zur Vorderseite kam, sah er zwei Männer über die Straße auf ihn zukommen. Einer war groß und trug eine Brille. Der andere war klein und untersetzt, im Ansatz bereits grau. Er trug eine Seemannsjacke.

»Tschuldigung. Hast du mal Feuer, Jimmy?«, fragte der Kleinere.

Harkness sah die unangezündeten Zigaretten in ihren Mundwinkeln.

»Tut mir leid«, sagte er. »Ich rauche nicht.«

»Vernünftig«, sagte der Große.

Der Kleine nahm die Zigarette aus dem Mund. Harkness sah, dass seine Hand zitterte.

»Wir kommen gerade von der Wache da«, sagte er. »Brauch jetzt erst mal dringend 'ne Kippe.«

»Um die Ecke in Saltmarket gibt's einen Imbiss«, sagte Harkness. »Da könnt ihr euch Streichhölzer holen.«

»Alles klar. Wenn wir zusammenlegen, reicht's vielleicht gerade so für eins.«

Harkness überlegte, ob er ihnen Geld für einen Tee anbieten sollte, aber sie waren schon weitergegangen. Sie hatten nicht gebettelt, sondern nur wie typische Glasgower einem Fremden unverlangt Rechenschaft über das eigene Vorankommen in der Welt abgelegt. Harkness hatte der kurze Wortwechsel Spaß gemacht, weil ihn die beiden offensichtlich nicht als Polizisten erkannt hatten. Wenn sein Vater das nächste Mal wieder behauptete, er würde täglich mehr wie ein Polizist aussehen, würde er ihm davon erzählen.

Als er sich umdrehte, fiel ihm plötzlich etwas an dem ersten kleinen Strauch rechts von der Kirche auf. Eine einzelne rote Beere. Aus der Laune des Augenblicks heraus verstand er ihn als Motto: Die Zukunft wächst unbemerkt heran. Er war sechsundzwanzig. Nicht neunzig. Er lehnte die Vorstellung seines Vaters ab, er habe bereits endgültige Entscheidungen über sein Leben getroffen. Er dachte an den Unbekannten, der tatsächlich eine endgültige Entscheidung getroffen hatte. Und an die Atmosphäre der Anmaßung gestern bei Mary zu Hause. Er war noch nicht bereit, sich festzulegen. Er erinnerte sich an die Monate, die er mit zwanzig in Spanien und in Frankreich verbracht hatte, besonders an die lange, träge Reise von Sitges nach Paris. Eine gute Zeit war das gewesen, ein scheinbar unbegrenztes Wartezimmer in eine unbestimmte Zukunft. Hier auf dem St. Andrew Square überkam ihn wieder dasselbe Gefühl wie damals. Noch war alles möglich. In der Zwischenzeit würde er seine berufliche Verpflichtung mit Leichtigkeit nehmen. Dann entdeckte er Laidlaw.

Er kam die Turnbull Street Richtung Wache auf ihn zu. Harkness hatte ihn sich schon einmal zeigen lassen, aber kennengelernt hatte er ihn noch nicht. Er erkannte die täuschend große Gestalt sofort – täuschend, weil ihn seine breiten Schultern kleiner wirken ließen, als er war – und die sehr markanten Züge, durch die sein Gesicht sogar aus der Ferne deutlich erkennbar war. Am auffälligsten an ihm aber war etwas, das Harkness jedes Mal an ihm bemerkt hatte – er wirkte stets geistesabwesend, ständig mit irgendetwas beschäftigt. Man traf ihn nie untätig an. Wäre ein Schiff gekommen, um ihn von einer einsamen Insel zu retten, hätte er garantiert vorher noch etwas zu erledigen gehabt. Man konnte ihn sich schwer schlendernd vorstellen, er hatte immer ein ganz bestimmtes Ziel. Harkness fiel ein, dass er selbst dieses jetzt war. Die unendlichen Möglichkeiten würden warten müssen.

Er überquerte die Straße und blieb vor Laidlaw stehen, vor dem Eingang zur Wache.

»Detective Inspector Laidlaw, Sir? D. C. Harkness meldet sich zum Dienst.«

»Hallo«, sagte Laidlaw. »Strammstehen ist nicht gut für Ihren Rücken. Wie heißen Sie mit Vornamen?«

»Brian.«

Sie gaben sich die Hand.

»Jack. Nennen Sie mich nicht ›Sir‹. Begegnen Sie mir mit Respekt, dann ist das wunderbar. Ich brauche keine Beteuerungen. Haben Sie schon gefrühstückt?«

»Ja.«

»Ich nicht. Lassen Sie uns was Essbares suchen.«

Sie gingen am Reviergebäude vorbei, die St. Andrew's Street hinunter, bogen nach Saltmarket ein, durch Trongate zur Argyle Street. Um das Schweigen zu brechen, erzählte Harkness Laidlaw von den beiden Männern, die ihn um Feuer gebeten hatten.

»Kein Wunder, dass die beiden auf die Wache mussten«, erwiderte Laidlaw. »Wenn die nicht gemerkt haben, dass Sie von der Polizei sind, dann weiß ich's auch nicht. Gerade eben hab ich noch gedacht, es wäre wohl diskreter, wenn ich mit der polizeilichen Blaskapelle unterwegs wäre. Wo kaufen Sie ein? In der Boutique für Zivilklamotten?«

Harkness brauchte einen Augenblick, um die Bemerkung zu verdauen. Ein schamlos kränkender Einbruch in einen schönen Moment. Die Argyle Street wirkte dank des Sonnenscheins und der Einkaufenden sehr freundlich. Vielleicht war es der Kontrast zwischen dem Mann, der vorgeschlagen hatte, sich mit Vornamen anzusprechen, und dem, dessen erster Kommentar gleich ein beleidigender war, oder vielleicht wirkte auch das Gefühl von Grenzenlosigkeit noch nach, das er vor der Begegnung mit Laidlaw gehabt hatte, auf jeden Fall antwortete Harkness nicht als Polizist, sondern als Person.

»Kann sein, dass mein Jackett nicht besonders schick ist. Aber ich kann es ganz schnell ausziehen.«

»Dann wird's aber mit dem Wiederanziehen schwer. Über den Gips drüber.«

»Wenn Sie Ihre Theorie überprüfen wollen – ich bin jederzeit bereit.«

Sie blieben beide stehen und sahen einander an. Laidlaw fing an zu lachen, und Harkness merkte, dass er einfiel.

»Herrgott noch mal«, sagte Laidlaw. »Das hat ja nicht lange gedauert. Sie drohen Ihrem Vorgesetzten fünf Minuten nach Dienstantritt schon mit Körperverletzung. Ich sag's mal so: Ich hasse Schleimscheißer, die nur auf Beförderung aus sind. Den Einstiegstest haben Sie gerade bestanden.«

Sie bogen in die Fußgängerzone auf der Buchanan Street ein.

Hier herrschte bereits reger Betrieb, vorbei an Blumen und Bänken, von denen selbst so früh am Vormittag schon einige besetzt waren. In der Gordon Street betraten sie den »Grill 'n' Riddle«.

Außer ihnen war niemand da. Laidlaw bestellte Eier, Toast und Kaffee. Harkness nur Kaffee.

»Tut mir leid«, sagte Laidlaw. »Vielleicht musste ich die Autopsie an Ihnen auslassen.«

»So schlimm?«

»Immer schlimm. Besonders, wenn Milligan ebenfalls anwesend ist und den Leichnam verbal bepisst.«

»Was hat Milligan gegen Sie?«

»Nicht halb so viel wie ich gegen ihn.«

Die Kellnerin brachte das Essen. Sie war eine gut aussehende Frau mit Brille. Sie schimpfte, weil immer noch keine Brötchen geliefert worden waren.

Beim Essen fragte Laidlaw: »Also, was haben Sie?«

Harkness schob ihm das Foto von Jennifer Lawson über den Tisch, gleich darauf einen Zettel mit Namen, Adresse und Arbeitsplatz von Sarah Stanley.

»Als Gegenleistung für die Informationen, die Sie Milligan gestern haben zukommen lassen«, sagte er. »Und heute Morgen habe ich im Büro rausgefunden, wem das ›Poppies‹ gehört, nämlich einem Mann namens Harry Rayburn.«

»Schon mal aktenkundig geworden?«

»Nichts bekannt.«

»Haben Sie gestern Abend Bud Lawson gesehen?«

»Nein, er war nicht da. Nur Mrs Lawson. Aber mehr haben wir nicht aus ihr rausbekommen.«

Laidlaw aß weiter. Er betrachtete das Foto auf dem Tisch.

»Kein Schlüpfer«, sagte er. »Was hat das Ihrer Ansicht nach zu bedeuten?«

»Dass sie keinen anhatte? Oder dass der Täter in Panik geraten ist. Vielleicht hat er gar nicht gemerkt, dass er ihn mitgenommen hat. Oder ein Fetischist?«

Laidlaw nickte, kaute immer noch.

»Der pathologische Bericht wird ergeben, dass die Vagina brutal aufgerissen wurde. Keine Spermaspuren dort. Dafür aber im Analbereich.«

»Das ist kein so wahnsinnig großer Unterschied.«

»Nein. Aber man könnte es so interpretieren, dass er sie dadurch irgendwie zum Neutrum gemacht hat, oder? Das Analgewebe lässt darauf schließen, dass sie bereits tot war, als er sich da unten zu schaffen machte. Das war seine zweite Attacke.«

Harkness wurde übel. Während sie sich unterhielten, hatte er die Kellnerin beobachtet, die in den vorderen Teil des Imbisses gegangen war, wo eine kleine grauhaarige Frau kassierte und Zigaretten und Süßigkeiten verkaufte. Sie erzählten einander von ihren Familien. John hatte sich verlobt und Kay hatte Spaß in der Schule, Michael wünschte sich einen Hund. Ihre hohlen Phrasen klangen in seinen Ohren so gesund, dass er sie fast riechen konnte, wie selbst gebackenes Brot. Hinter ihnen auf der Gordon Street gingen Menschen am Fenster vorbei durch die frische Morgenluft, als wollten sie für Normalität werben.

»Verflucht«, sagte Harkness. »Das ist hoffnungslos. Wie sollen wir uns in so jemanden reinversetzen? Wie können wir auch nur ansatzweise in sein Innerstes schauen?«

»Er ist längst in uns drin.«

»Sprechen Sie von sich selbst.«

»Wie meinen Sie das?«, fragte Laidlaw. »Wollen Sie sich von der Spezies lossagen?«

»Nein. Aber er.«

»So einfach ist das nicht.«

»Für mich schon.«

»Dann sind Sie ein Idiot. Gleich wollen Sie mir weismachen, dass Sie an Monster glauben. Ich habe einen kleinen Jungen von sechs Jahren, der hat dasselbe Problem.«

»Sie nicht?«

»Würde ich an Monster glauben, müsste ich auch an Feen glauben. Und dazu bin ich eigentlich nicht bereit.«

»Wie meinen Sie das?«

Laidlaw hatte aufgegessen. Er nahm einen Schluck Kaffee.

»Sehen Sie mal«, sagte er. »Gräueltaten entstehen aus einem falschen Verständnis von Anstand. Das eine ist ohne das andere nicht denkbar. Keine Feen, keine Monster. Nur Menschen. Wissen Sie, was dieses Verbrechen so entsetzlich macht? Es ist der Preis für die Unwirklichkeit, in der wir beschlossen haben zu leben. Es ist die Angst vor uns selbst.«

Harkness dachte darüber nach.

»Und was heißt das für uns?«

»Wir sind Stellvertreter. Andere können es sich erlauben, solche Menschen als ›Monster‹ zu bezeichnen und in die Hölle zu verbannen. Wahrscheinlich kann sich die Gesellschaft gar nicht erlauben, anders zu verfahren, sonst würde sie nicht funktionieren. Man muss so tun, als würden solche Taten nicht von Menschen verübt. Aber wir können uns das nicht leisten. Wir sind das beschissene Mensch gewordene urbane Getriebe. Wir sind Polizisten.«

Harkness grub den braunen Zucker sachte mit dem Löffel um.

»Kommen Sie schon«, sagte er. »Gehen Sie mal raus vor die Tür. Draußen ist herrlicher Frühling. Die Leute, die da rumspazieren, führen ein anderes Leben als dieser Typ.«

»Aber sie sprechen dieselbe Sprache!«, sagte Laidlaw. »Wie man zu leben hat, wird einem beigebracht. Man drückt sich damit aus. Aber jede Sprache verdeckt genauso viel, wie sie offenbart. Und es gibt viele Sprachen. Alle sind sie menschlich. Dieser Mord ist eine sehr menschliche Botschaft. Allerdings ist sie verschlüsselt. Wir müssen versuchen, den Code zu knacken, und dürfen nicht vergessen, dass das, wonach wir suchen, Teil von uns ist. Wenn Sie das nicht begreifen, brauchen Sie gar nicht erst anzufangen.«

»Verzeihen Sie, wenn mir von diesem Teil von uns schlecht wird.«

»Das ist in Ordnung«, sagte Laidlaw. »Sie dürfen sogar weinen, wenn Sie möchten. Das klärt den Blick.«

Laidlaw zündete sich eine Zigarette an. Er steckte Foto und Zettel in die kleine Brieftasche mit seinem Ausweis. Harkness sah ihm zu.

»Ich verstehe nicht, wie uns das weiterbringen soll«, sagte Harkness.

Laidlaw lächelte.

»Nicht viel, stimmt schon«, sagte er. »Aber etwas Wichtiges ergibt sich daraus. Und es verhindert, dass wir den Fehler begehen, den die meisten Menschen machen, wenn sie über einen Mord wie diesen nachdenken.«

»Und der ist?«

»Sie betrachten ihn als Endpunkt einer außergewöhnlichen Abfolge von Ereignissen. Aber das gilt nur für das Opfer. Für alle anderen – den Mörder, die Menschen, die mit ihm in Verbindung stehen, die Menschen im Umfeld des Opfers – ist er der *Anfang* von etwas.«

»Und?«

»Und hier endet Lektion Nummer eins. Sie haben gefragt, wie wir uns in den Täter hineinversetzen sollen. Genau so. Milligan und seine Leute rekonstruieren das Verbrechen. Wir machen etwas sehr Einfaches. Wir halten Ausschau nach dem, der es begangen hat. Seine Tat muss Folgen für ihn und sein Leben haben. Und danach suchen wir, indem wir mit den Menschen im näheren Umfeld sprechen. Bei Harry Rayburn fangen wir an.«

»Am besten fragen wir ihn, ob er einen Mann mit einem

Schlüpfer in der Hand und einem Transparent gesehen hat, auf dem steht: ›Ich bin sexuell verunsichert.‹«

Laidlaw sah ihn an.

»Frag ihn das mal«, sagte er.

## ACHTZEHN

*Im Kelvingrove Park wurde gestern die Leiche eines achtzehnjährigen Mädchens gefunden. Nach Angaben der Polizei wurde das Mädchen, Jennifer Lawson, sexuell missbraucht. Detective Inspector Ernest Milligan sprach von einem außerordentlich brutalen Mord. Knapp hundert Polizisten führten in der Umgebung Befragungen durch, und am Tatort wurde ein Sonderstützpunkt der Mordkommission eingerichtet.*

*Detective Inspector Milligan hat die Anwohner gewarnt, Frauen seien nach Einbruch der Dunkelheit alleine in der Umgebung nicht sicher, solange der Mörder sich auf freiem Fuß befände.*

*Das tote Mädchen war die einzige Tochter von Mr und Mrs William Lawson, wohnhaft Ardmore Crescent 24 in Drumchapel. Todesursache war vermutlich Erwürgen.*

Matt Mason legte den *Glasgow Herald* sehr vorsichtig auf den Tisch. Ebenso wie die anderen beiden Zeitungen war auch diese eine Verunreinigung auf dem dunklen polierten Holz, ein Schandfleck auf seinem Leben. »TEENAGER BRUTAL ERMORDET – der Tanz des Todes.« »DIE BESTIE IM PARK.« Er spießte ein Stück Speck auf, schob es sich in den Mund, und es hätte nicht schlechter schmecken können, wäre er Rabbi gewesen.

Er erhob sich und ging ans Fenster. Dieser Raum hier war der einzige im Haus ohne Teppichboden, er hatte nämlich in einer farbigen Beilage ein Esszimmer mit Holzfußboden abgebildet gesehen. Trotzdem gab es kaum Geräusche beim Gehen. Obwohl er klein war und allmählich an Gewicht zulegte, bewegte er sich leichtfüßig. Roddy Stewart hatte mal gescherzt, er könne wohl über Schnee gehen, ohne Spuren zu hinterlassen. »Selbst den Mutterschoß habe ich auf Zehenspitzen verlassen«, hatte Mason erwidert.

Er stand am Fenster – ein kleiner gedrungener Mann, dem allmählich die Haare ausgingen, wegen der vorstädtischen Sorgen, könnte man meinen – und starrte auf einen halben Hektar Garten. Für den schönen Morgen hatte er keine Augen, vielmehr grollte er ihm. Auf einen solchen Tag konnte er gut verzichten. Niemand hatte darum gebeten.

Auf der ausgedehnten Rasenfläche landete eine Amsel, suchte mit ihrem goldenen Schnabel ihr Gleichgewicht, dann hob sie wieder ab, als legte sie auf seine Gesellschaft keinen Wert. Sie musste in der Gegend geboren und aufgewachsen sein, dachte er, eine echte Bearsden-Amsel. Hier kamen alle mit hoch erhobener Nase zur Welt. Einst war das Viertel ein grün überwuchertes Dorf am nordwestlichen Rand von Glasgow, nur ein einziger steiniger Weg führte hierher – über unwegsames Grenzland. Wenn der Arzt ein Neugeborenes an den Füßen hochhielt und ihm einen Klaps auf den Hintern gab, dann schrie es nicht, es hüstelte höflich. Die Kinder trugen beim Fangenspielen vornehme Handschuhe. Er gehörte nicht zu diesen Leuten, aber jetzt war er hier und wohnte in einem ebenso großen Haus wie alle anderen auch. Und er würde bleiben.

Er lauschte Mrs McGarrity bei der Hausarbeit. Bitter stieß ihm auf, dass dies eigentlich die beste Zeit des Tages sein sollte. Gerne kam er hier herein und fand das Frühstück auf der Anrichte, die Warmhalteplatte, den Kaffee, die Gerichte, wie in einem Film mit Ronald Colman. Sein größtes Laster war die Eitelkeit, in der er sich hier morgens sonnte, alleine mit sich, so wie er es im Prinzip immer gewesen war, und sich an der Größe und Beständigkeit dessen erfreute, was aus den unausgegorenen Träumen des kleinen Jungen aus Gallowgate geworden war, als hätte er höchstpersönlich einen Baustein auf den anderen gesetzt. Zerlumpt, rotznasig und hungrig hätte er damals nie geglaubt, dass er es einmal so weit bringen würde. Die einzige ihm zur Verfügung stehende Vorlage für ein anderes Leben hatte er in den Filmen aus Hollywood gefunden. Ihnen hatte er sein Leben so bewusst nachempfunden wie eine Filmkulisse.

Er machte sich keine Illusionen darüber, wie glaubwürdig er in den Augen seiner Nachbarn war. Er wusste, dass einige in seinem näheren Umfeld ihn als vulgär und untragbar betrachteten. Aber das machte ihm nicht allzu viel aus. Eine stille Gewissheit machte ihn unempfindlich gegenüber ihrer Arroganz. Wie ein Geheimnis, das jenen verborgen bleibt, die in dieses Milieu hineingeboren werden, kannte er den genauen Preis. Der Preis war Leben. Das wusste er, weil er das eine oder andere hatte beenden müssen. Nicht mehr, denn mehr war nicht nötig gewesen. Aber der Umstand, dass er jederzeit dazu bereit war, machte ihn für das Überlegenheitsgetue anderer Leute mehr oder weniger unempfänglich.

Er durchquerte den Raum, nahm erneut Platz an dem langen Mahagonitisch, eröffnete eine Vorstandssitzung mit nur einem Teilnehmer. Es galt Entscheidungen zu treffen. Er nahm eine frische Tasse und schenkte sich noch mehr Kaffee ein. Harry Rayburn gehörte der Vergangenheit an. Mason hatte nur mit ihm gearbeitet, weil er Margarets Cousin war. Man hatte ihn fair behandelt und pünktlich bezahlt. Jetzt verlangte er mehr, war im Begriff, ihn in etwas hineinzuziehen, das Masons Sicherheit gefährdete. Wie eine Forderung nach doppeltem Lohn. Das war dumm. Als hätte Rayburn vergessen, wer Matt Mason war.

Dummköpfe neigten dazu, sich öfter als nur einmal dumm zu verhalten, und das machte ihn gefährlich.

Wie jemand, der Notizen durchsieht, erstellte Mason mental eine Liste seiner Errungenschaften, als wäre dies ein ganz normaler Morgen. Das Haus war über vierzigtausend Pfund wert. Es gab eine Haushälterin, die im Haus lebte und alles erledigte, nur ans Telefon ging sie nicht. Margaret lag noch oben im Bett, bereitete sich vermutlich darauf vor, Kopfschmerzen zu haben. Die anstrengendste Tätigkeit, der sie nachging, war das Sitzen unter einer elektrischen Trockenhaube. Einst hatte ihn ihre Nutzlosigkeit gestört, besonders wenn er an Anne dachte, die gestorben war, gerade als er es allmählich zu etwas gebracht hatte. Aber jetzt war er sehr stolz auf sie. Nicht jeder konnte sich eine Ehefrau leisten, deren einziges Talent im Bett lag. Wenn er sauer war, konnte er sie als Migräne mit Titten diffamieren. Wobei sie tolle Titten hatte. Und dann waren da die Geschäfte und Matt und Eric auf der Privatschule.

Er rechnete alles zusammen. Die Antwort war meilenweit entfernt von Gallowgate, viel zu weit, um jemals zurückzukehren.

Er nahm einen Schluck Kaffee, der jetzt kalt war. Dann warf er erneut einen Blick auf die Zeitungen, die ihm wie Erpresserschreiben vorkamen. Drohungen durfte man nicht nachgeben, aber man musste sie ernst nehmen. Wäre Harry Rayburn bei klarem Verstand, hätte er die Angelegenheit selbst in die Hand genommen. Aber er hatte darauf bestanden, Mason ins Spiel zu bringen. Und was für ein Spiel; Tennis mit einer Handgranate statt eines Balls. Mason wusste immer noch nicht recht, was er machen sollte. Aber er wusste, auf wessen Seite das Ding liegen würde, wenn es explodierte.

Mason schätzte das Problem ruhig ein. Die einzige Verbindung zwischen ihm und Rayburn bestand darin, dass er irgendwann mal in das »Poppies« investiert hatte. Aber das hatte er nicht in der *Financial Times* annonciert. Über Rayburn würde die Polizei nicht auf ihn kommen.

Wenn Harry es vermasselte und sich als Mittäter ins Verderben ziehen ließ, inwiefern sollte das für Mason zum Problem werden? Das war allein Harrys Problem.

Er verließ das Esszimmer. Obwohl er das Telefon in dem Zimmer benutzte, das er als sein Arbeitszimmer bezeichnete, achtete er darauf, dass Mrs McGarrity oben war, bevor er die Tür zuzog. Oben gab es keine Telefone. Beim zweiten Klingeln wurde abgehoben.

»Hallo.«

»Harry? Matt Mason.«

»Gott, ich bin froh, dass du dich meldest. Ich schwitze Blut und Wasser. Fast hätte ich bei dir angerufen.«

»Schon gut. Ich möchte keine Opernkarte kaufen. Sag einfach, was du willst.«

Angespannt versuchte Mason, Rayburns Schweigen zu deuten. Er wusste, dass Harry sich, wenn er in der Stimmung dafür war, dominieren ließ, wie sonst nur Frauen es zulassen. Die Ruhe in Rayburns Stimme, als dieser endlich doch etwas sagte, ließ Mason vermuten, dass dies gerade der Fall war.

»Ich hab gestern Nacht schon versucht es dir zu sagen: Ich weiß, wer die kleine Lawson getötet hat.«

»Wer?«

»Niemand, den du kennst. Wäre sinnlos, dir den Namen zu nennen.«

»Na schön. Von mir aus können wir's gerne dabei belassen. Cheerio.«

»Matt!«

Mason dachte gar nicht daran, aufzulegen.

»Matt. Ich weiß, wo er ist. Und ich will ihn aus der Stadt rausschaffen.«

»Dafür gibt es Busse.«

»Komm schon. Du hast keine Karte für die Oper gekauft, also mach auch kein Theater.«

Jetzt, da beide festgestellt hatten, was sie nicht wollten, schwiegen sie sich an. Mason spürte die Macht unterdrückter Hysterie in Rayburns Stimme. Wenn er es auf die Spitze trieb, würden gleich die Fetzen fliegen.

»Was willst du?«, fragte er.

»Ich will deine Hilfe.«

»Einfach so.«

»Matt. Ich habe lange mit dir gearbeitet.«

»Dafür hast du auch ein gutes Auskommen. Ein Pub, um genau zu sein.«

»Ich dachte, es ginge nicht nur ums Geld.«

»Es geht immer nur ums Geld.«

»Ich meine, ich dachte, wir sind Freunde.«

»Und ich dachte, du hättest was im Hirn. Harry, du redest wieder wie ein Romeo. Aber du bist Schnee von gestern.«

Mason wartete ab, ob er eine andere Tonlage würde anschlagen müssen.

»Matt. Ich brauche deine Hilfe.«

»Du brauchst keine Hilfe von mir. Wenn du deinen Freund aus Glasgow rausschaffen willst, brauchst du Houdini und den Heiligen Geist. Einer von beiden alleine kriegt das nicht hin. Die werden alles auf den Kopf stellen, um den Kerl zu finden.«

»So schwer ist das nicht, und das weißt du. Matt, ich will deine Hilfe.«

»Tut mir leid. Ich muss selbst sehen, wo ich bleibe.«

Mason versuchte möglichst beiläufig das Gespräch zu Ende zu bringen, wollte die Tür zuschlagen, aber gleichzeitig wartete er ab, ob Rayburn sich dagegenstemmen würde.

»Das meine ich ja, Matt. Schon aus eigenem Interesse solltest du mir helfen.«

Masons Schweigen war so tief, dass man eine Leiche darin hätte versenken können.

»Ich glaube, die Verbindung ist schlecht«, sagte er.

»Nein. Du hast mich ganz genau verstanden, Matt. Weißt du, ich hab ihm Sachen erzählt. Jede Menge. Unter anderem auch von deinen Methoden. Er weiß mehr über dich als deine eigene Mutter. Und wenn ihn die Polizei in die Finger bekommt, säh das gar nicht gut für dich aus.«

Beschimpfungen schossen Mason durch den Kopf, aber keine kam ihm über die Lippen. Er wusste nicht, ob Rayburn die Wahrheit sagte, aber im Prinzip spielte das keine Rolle. Die Verzweiflung, sich so etwas auszudenken, war mindestens so gefährlich wie das Eingeständnis, dass es stimmte. So oder so, die Bombe musste entschärft werden.

»Dann ist das ja geklärt«, sagte er. »Warum um etwas bitten, wenn man es auch fordern kann?«

»Das hast du mir beigebracht, Matt. Hast immer gesagt, erst mal freundlich. Hauptsache man weiß, dass die schweren Brocken mit der Post kommen.«

Ein schöner Anlass, nostalgisch zu werden – danke für die Erinnerung.

»Du bist ein gelehriger Schüler«, sagte Mason. Der Ton war genau richtig, dachte er – verbittert, aber schicksalsergeben. Er sollte Harry glauben lassen, dass er sich darauf einlassen würde, wenn auch nicht gerne. »Dann erzähl mir lieber mal, wer es ist und wo er sich aufhält. Dann will ich sehen, was sich machen lässt.«

»Nein, Matt. So läuft das nicht.«

»Hör zu. Du hast gerade gesagt, dass auch für mich etwas auf dem Spiel steht. Also sei mir ein bisschen behilflich.«

»Später, Matt. Später.«

»Das verstehe ich nicht.«

»Es gibt Komplikationen.«

Mason stieß auf, dass sich die gesamte Situation gedreht hatte, sodass jetzt Rayburn die Fäden in der Hand hielt. Letzterer wusste um seine Macht, und Mason entschied augenblicklich, dass dies ein vorübergehender Zustand sein sollte. Er hielt seinen Zorn im Zaum.

»Die Sache ist die, ich kann ihn im Moment nicht dazu bewegen, woandershin zu gehen. Er ist besinnungslos vor

Angst. Für ihn ist nur eins real und das ist ihr Schlüpfer, den er nicht hergibt. Er will sich nicht von der Stelle rühren.«

Mason dachte daran, dass manche Leute einfach zu empfindsam waren, um zu morden. Aber er sagte nichts. Wenn Rayburn glaubte, alle Karten in der Hand zu halten, dann sollte er sie erst mal schön ausspielen.

»Ich versuche ihn dazu zu bringen, dass er mitspielt. Aber das wird nicht leicht. Vielleicht bleibt mir nicht mehr viel Zeit, bis die Polizei zu mir kommt. Dann bin ich nicht mehr besonders nützlich. Ich meine, ich muss mich von ihm fernhalten. Und dann kommst du ins Spiel. Du bist meine Versicherung, Matt. Und ich bin natürlich auch deine. Ich will nur, dass du bereit bist, sobald ich dich bitte, ihn rauszuholen. Ich weiß, dass er bei dir sicher ist. Weil ich der Polizei nichts erzählen werde. Hab ich recht? Matt?«

Mason gefiel, dass Harry den Nerv besaß, ihn so ausgeklügelt unter Druck zu setzen. Aber das war auch schon alles, was ihm gefiel.

»Okay«, sagte er.

»Danke, Matt. Ich melde mich.«

Mason stand auf, den Hörer noch in der Hand. Er fragte sich, ob Rayburn sich vielleicht verwählt und gedacht hatte, er spreche mit Pickford Removals, Ltd. Jetzt legte er den Hörer auf die Gabel.

Er sah sich im Raum um, sah sich selbst und addierte erneut seine Errungenschaften. Diesmal kam er auf ein anderes Ergebnis. Alles zusammen ergab einen toten Mann. So einfach war das.

**NEUNZEHN**

Das »Poppies« lag in einem Hof abseits der Buchanan Street, neben ein paar obskuren Betrieben und einem anonymen Secondhand-Buchladen. Es war die neueste

Glasgower Version eines Pubs mit angegliederter Disco, jedenfalls so neu, dass Harkness noch nie davon gehört hatte. Er kannte das »Griffin« und »Joanna's« in der Bath Street, das »Waves« und das »Spankies« am Customs House Quay. Das Pub, »The Maverick«, war geschlossen, aber die Tür zum »Poppies« stand offen.

Sie stiegen die Steintreppe hinauf und hörten ein Brummen. Die doppelte Schwingtür fiel hinter ihnen zu und ließ sie in grünen Filz eintauchen. Das Leitmotiv hier war Glücksspiel. Entlang der Wände standen gepolsterte Würfel als Sitzhocker. Jede Wandleuchte war mit einer gläsernen Pokerhand verziert. Der Boden der kleinen Bühne der Go-go-Tänzerinnen war ein Mosaik, das einen Roulettekessel darstellte. Die Bar ganz hinten im Saal sah aus wie ein riesiger Dominostein, eine doppelte Sechs.

»Liebe ist wohl ein Lotteriespiel«, sagte Laidlaw.

Der Lärm kam von einem Staubsauger. Die Frau, die ihn bediente, kehrte ihnen den Rücken zu. Das Umfeld verlieh ihr etwas unbewusst Schmerzliches. Sie war alt und dick. Jedes ihrer beiden nackten Beine war ein komplexes Geflecht aus Krampfadern, die Folge zu vieler Kinder. Durch ihre bloße Anwesenheit gab sie einen ironischen Kommentar zur großtuerischen Eleganz der Umgebung ab.

Laidlaw ging auf sie zu und tippte ihr auf die Schulter. Fast wäre sie an die Decke gesprungen, bevor sie begriff, was los war. Dank eines Fußtritts schaltete sich der Staubsauger ab, wie nach einem mechanischen Herzinfarkt.

»O Gott«, sagte sie. »Sagen Sie lieber meinen Angehörigen vorher Bescheid, wenn Sie so was noch mal machen wollen.«

Doch hinter ihrer femininen Schreckhaftigkeit lächelte sie längst wieder, ein Gesicht so einladend wie ein offenes Feuer.

»Tut mir leid«, sagte Laidlaw. »Wir suchen Mr Rayburn.«

»Ja, der ist da. Oben in seinem Büro wahrscheinlich.

Oje, so hab ich mich in meinem ganzen Leben noch nicht erschreckt.«

Sie stiegen die wenigen mit Teppichläufer bedeckten Stufen in den Barbereich hinauf. Von dort führte ein Gang nach links. Hinter der dritten Tür, an die sie klopften, rief eine Stimme: »Hallo, herein!«

Laidlaw öffnete die Tür. Der Raum war mit Teppichboden und Vorhängen ausgestattet, hübsch möbliert. Ihnen gegenüber saß ein junger Mann auf einem Drehstuhl an seinem Schreibtisch. Er war blass im Gesicht und sein strähniges Haar war fettiger als eine Frittierpfanne. Eine schwarze Lederjacke hing ihm wie eine Ritterrüstung am Körper. Seine wadenhohen Stiefel lagen auf der Tischplatte und er säuberte sich die Fingernägel mit einem verzierten Messer.

»Hallo, was gibt's?«

»Wir möchten Mr Rayburn sprechen«, sagte Laidlaw.

»Haben Sie einen Termin?«

»Wieso?«, fragte Laidlaw. »Ist er Zahnarzt?«

Der junge Mann konzentrierte sich darauf, möglichst hart zu wirken.

»Hören Sie auf zu grinsen«, sagte Laidlaw. »Es friert schon ein. Heben Sie sich das lieber für eine bessere Gelegenheit auf.«

Der junge Mann schwang die Füße auf den Boden und erhob sich ohne Hast, womit er, wie er anscheinend glaubte, die Spannung steigerte. Dann trat er hinter dem Schreibtisch hervor, das Messer lässig in der Hand. Laidlaw ließ seinen Dienstausweis aufblitzen.

»Keine schlechte Retourkutsche, oder?«, sagte er. »Mein Lieber, Sie sind kurz davor, gleich doppelt zu verlieren: Wenn Sie nicht sofort aufhören, hier Jack the Ripper zu markieren, nehme ich Ihnen den Brieföffner ab und schiebe ihn Ihnen in den Arsch. Im Krankenwagen werde ich Sie dann verhaften. Sagen Sie Rayburn, er soll aus seinem Loch kriechen.«

Der junge Mann legte das Messer auf den Tisch.

»Ich soll mir die Leute ansehen, die zu Harry wollen.« Er war wie ein Junge, der sich darüber beschwert, dass die Spielregeln nicht eingehalten wurden. »Hier kommen manchmal ganz schön komische Vögel vorbei.«

»Das sehe ich«, sagte Laidlaw und wartete.

»Harry! Die Polizei.«

Die Tür auf der anderen Seite des Raums öffnete sich und Harry Rayburn tauchte auf. Er war Mitte vierzig, groß und wirkte müde, das schwarze lockige Haar trug er lang, an einigen Stellen war es bereits sehr vorteilhaft grau meliert. Sein Hemd erinnerte an Action-Painting, die Ärmel waren hochgekrempelt und entblößten beeindruckend behaarte Unterarme. Eingeschmolzen hätte die Silberschnalle seines Gürtels das Land aus der Wirtschaftskrise gerettet.

»Mr Rayburn?« Laidlaw zeigte auch ihm seinen Ausweis. »Ich bin Detective Inspector Laidlaw. Crime Squad. Das hier ist Detective Constable Harkness. Wir ermitteln in einem Mordfall.«

Rayburn nickte.

»Und was haben wir damit zu tun?«

»Es geht um ein Mädchen namens Jennifer Lawson aus Drumchapel. Sie wurde Samstagnacht ermordet. Wir glauben, dass sie vorher hier tanzen war. Wenn ja, halten wir es für sehr wahrscheinlich, dass sie ihren Mörder auch hier kennengelernt hat.«

»Wir nehmen Geld von unseren Gästen, aber wir machen keine Fotos. Stimmt's, Harry?« Laidlaw sah den jungen Mann an, als wäre er ein Kopfschmerz. Harry Rayburn wirkte imposant genervt.

»Hör auf, Lennie! Das Mädchen ist tot.« Dann zu Laidlaw: »Inwiefern können wir behilflich sein?«

»Das ist sie.« Laidlaw überreichte ihm das Foto. »Die Chancen stehen eins zu einer Million, aber wir müssen es versuchen.«

Harry Rayburn schüttelte den Kopf.

»Tut mir leid. Aber diese jungen Dinger sehen in meinen Augen alle aus wie vom Fließband gerutscht. Hat man eine gesehen, hat man alle gesehen.«

Laidlaw reichte das Foto an Lennie weiter, der einen Blick darauf warf und es auf den Tisch legte.

»Wie viele Mitarbeiter sind hier abends beschäftigt?«

»Das ist ganz unterschiedlich. In der Regel, sagen wir mal, drei am Tresen.« Anscheinend fiel es ihm schwer auszurechnen. »Zwei Go-go-Tänzerinnen, wenn wir welche haben. Die wechseln sich ab. Zwei Leute an der Tür. Dann vielleicht noch zwei zusätzliche Kellner.«

Lennie schüttelte sich vor stimmlosem Gelächter und brummte »Kellner« vor sich hin, schüttelte dabei den Kopf.

»Können Sie mir eine Liste geben?«

Offensichtlich war das problematisch.

»Nicht aus dem Stegreif. Ein paar arbeiten hier nur gelegentlich, verdienen sich was nebenbei. Ohne Vertrag. Wissen Sie? Das kann dauern. Der Mann, der sich sonst drum kümmert, ist nicht da.«

»Dann sind Sie gar nicht der Geschäftsführer? Der Laden gehört doch Ihnen?«

Harry Rayburn lächelte.

»Jeder Riss in der Decke ist bezahlt. Ich hab vor Jahren mit dem ›Maverick‹ angefangen. Und jetzt kam noch dieser Laden dazu.«

»Na schön. Danke für Ihre Hilfe. Ich fürchte, Sie werden noch mal Besuch bekommen. Wir holen dann die Informationen ab.«

Er nahm das Foto.

»Sie kennen sie also nicht?«, fragte Harkness.

»Nein«, sagte Lennie. »Hübsch, aber da komme ich wohl zu spät.«

»Und was ist mit diesem so ungeheuer feinfühligen jungen Mann?«, fragte Laidlaw. »Was genau macht er für Sie, Mr Rayburn?«

»Lennie ist nur vormittags da. Er kümmert sich um die angelieferten Lebensmittel, Getränke und so.«

Rayburn schien seine Verärgerung nur mühsam im Zaum zu halten. Als Laidlaw und Harkness die Tür hinter sich zugezogen hatten, hörten sie, wie sich seine Wut über Lennies Kopf entlud.

»Ich denke, dass Harry Rayburn knallhart sein kann«, sagte Harkness.

»Komm schon, Brian. Knallhart? Der ist doch Mary Poppins mit Haaren auf der Brust.«

»Wie kommen Sie darauf?«

»Ich hab gesehen, wie er an der Tür seine ernste Miene aufgesetzt hat. Steht ihm nicht. Wie im Lehrbuch. Abbildung eins: hochgezogene Oberlippe. Zeigt an, dass er uns was verheimlicht.«

»Und was?«

»Wir machen noch einen Besuch, bei jemandem, den ich sprechen möchte, dann können Sie erst mal Bericht erstatten. Mal sehen, was da los ist.«

»Was verheimlicht er?«

»Was er verheimlicht?«, wiederholte Laidlaw. »Wenn Sie draufkommen, schreiben Sie's auf.«

## ZWANZIG

Mittagessen in der Innenstadt war für Harkness gleichbedeutend mit einem Besuch im Pub. Auswahl gab es hier genug. Das »Mirandas« aber war ein altmodisches Restaurant ohne Schanklizenz. Er war noch nie hier gewesen. Was er keinesfalls bedauerte. Frauen mit Einkaufstüten und ein paar Geschäftsleute, die aussahen, als würden sie nicht viele Geschäfte machen. Die Kellnerinnen trugen Schwarz mit weißen Kragen und Manschetten.

Harkness trank ein Glas Grapefruitsaft, der so ölig war, dass man damit hätte braten können, und sagte: »Also, was soll das hier?« Laidlaw blickte von seiner Suppe auf. Harkness sah sich im Restaurant um.

»Das vergessene Gasthaus. Was haben Sie bloß gegen sich?«

»Es gibt Frauen«, sagte Laidlaw, »die nehmen nach einem Fünf-Gänge-Menü Süßstoff in den Kaffee. Und das hier ist meine leere Geste. Das Beste an der Speisekarte ist, dass kein Alkohol draufsteht. Haben Sie was erfahren?«

»Bis jetzt nicht. Ich habe mit Bob Lilley gesprochen und soll Ihnen ausrichten, dass die Typen in Dumfries jetzt sitzen. Und wissen Sie, wie sie's gemacht haben? Sehr schlau. Die haben ihren eigenen Wagen stehen lassen und dann zwei andere gestohlen. Damit sind sie nach England gefahren, haben die Brüche gemacht, sich dann wiedergetroffen, alles in einen Wagen umgeladen, den anderen stehen lassen. Anschließend den ganzen Kram nach Dumfries gefahren, ein letztes Mal umgeladen und den zweiten gestohlenen Wagen auch stehen lassen.«

»Eigentlich ganz einfach«, sagte Laidlaw. »Ich wünschte, unser Fall hier wäre ebenso leicht zu durchschauen.«

»Heute Morgen haben wir nicht viel rausbekommen, oder?«

»Wie auch? Wir fischen im Trüben.«

»Genau genommen gar nichts.«

»Das ist schwer zu sagen. Wir müssen im Moment alle Möglichkeiten in Betracht ziehen. Keine aus dem Blick verlieren, weiter die Runde machen und mit den Leuten sprechen.«

»Fragen stellen.«

»Die Fragen, die man nicht stellt, auf die kommt es an. Man bekommt keine Antworten. Vielmehr verraten sich die Leute. Wenn sie glauben, eine Frage zu beantworten, beantworten sie in Wirklichkeit eine ganz andere. Unser Problem ist, dass wir noch nicht genug wissen, um draufzukommen, was sie uns sagen. Deshalb müssen wir möglichst alles im Kopf behalten, bis die Sache Gestalt annimmt. Bislang wissen wir nur, dass Harry Rayburn unorganisiert ist, lässig, knallhart. Vielleicht bedeutet das was, vielleicht auch nicht.«

Die Kellnerin stellte Laidlaws Roastbeef und Harkness' Fisch auf den Tisch.

»Was ist Ihr Geheimnis, großer Mann?«, fragte Harkness.

»Köpfchen. Lassen Sie uns essen.« Er betrachtete sein Roastbeef. »Sozusagen.«

Ein paar Gabeln später sagte Laidlaw: »John Rhodes. Wir werden ihn besuchen. Ein ehrenwerter Verbrecher. Solche Morde gefallen ihm nicht. Vielleicht hält er eine Woche lang Augen und Ohren für uns offen.«

»Ich hab von ihm gehört.«

»Das hoffe ich. Sind Sie ihm schon mal begegnet?«

»Nein.«

»Weil Sie von knallharten Typen gesprochen haben. Ich zeige Ihnen, was knallhart ist. Wenn Rhodes schlechte Laune hat, muss die Armee anrücken.«

## EINUNDZWANZIG

Lennie sagte: »Der Oberarsch hieß Laidlaw. Der andere Harkness.«

Matt Mason saß reglos am Tisch. Nur seine rechte Hand bewegte sich, schob die Kanten der drei Bürokalender, die völlig frei von Einträgen waren, exakt aufeinander, rückte sein nie benutztes Fülleretui zurecht. Er brauchte keine Kalender, er hatte ein Gedächtnis wie ein Telefonbuch. Und für die Stifte hatte er auch keine Verwendung, da er Schecks mündlich ausstellte und Mahnungen per Kopfnicken versandte. Aber als Inventar gefielen sie ihm, so wie der Aktenschrank, den niemand außer ihm selbst je von innen gesehen hatte, die Bar in der Ecke und die Rennbahnbilder an den Wänden.

Lennie blickte aus dem Fenster. Weil das Büro im Keller lag, konnte er von der West Regent Street nicht mehr als vorübereilende Beine sehen. Er vertrieb sich die Zeit, indem er überlegte, zwischen welches Paar er sich gerne schieben würde. An der Wand des Hauptbüros wisperte die Sprechanlage einen Kommentar zum Zwei-Uhr-Rennen in Newmarket.

»Laidlaw ist eine Nummer«, sagte Mason. »Das kannst du mir glauben. Ich hab nicht vor, mich mit dem anzulegen. Der macht nur Ärger. Wie hat ihn Harry angefasst?«

»Ganz ruhig. Ich glaube, Harry hat die Hosen voll. Aber ich nicht.«

Lennie lachte. Mason nicht.

»Sehr schlau«, sagte Mason. »Was hast du gesagt?«

Lennie zuckte mit den Schultern. Er spürte Masons Misstrauen, konnte das Prahlen aber nicht lassen.

»Geht mir am Arsch vorbei, wenn's irgendeine Schnalle erwischt. Das hab ich ihm auch gesagt.«

»Kasper!« Die Beschimpfung kam wie aus der Pistole geschossen.

»Wieso, was ist falsch dran, Boss?«

»Du hast kein Hirn, Junge, das ist los. Wenn du Goliath begegnest, gibst du ihm 'ne Kopfnuss auf die Kniescheibe. Wieso willst du Ärger machen? Wozu soll das gut sein? Die Leute mögen so was nicht. Sei nett. Wenn du dann mal nicht nett bist, schlägt es mit umso mehr Wucht ein.«

»Nett sein zu den Bullen? Wirst du jetzt weich, Boss?«

Lennies Gelächter prallte an der Stille ab. Er versuchte es erneut, »äh-hä«, als würde man an die Tür eines leeren Raums klopfen.

»Willst du's austesten?« Masons Stimme war so sanft, er hätte kein Spinnennetz damit durchtrennen können.

»Was ist los? Ich hab doch bloß ...«

Mason hob den rechten Zeigefinger.

»Damit könnte ich dich fertigmachen.«

»Aber, hör mal ...«

Der Finger zeigte jetzt auf Lennie.

»Nein. Du hörst mir zu. Du. Kleiner. Dummer. Junge. Wenn du mir weiter frech kommst, streich ich dir das Taschengeld. Sieh zu, dass du dein Hirn einschaltest. Auch wenn du vorher welches klauen musst. Ich bezahl dich nicht fürs Blödsein.«

Lennie sagte nichts, blieb absolut stumm, wusste, dass er über dem tiefen Abgrund von Masons Zorn hing. Mason beugte sich über seinen Tisch, starrte darauf.

»Umgeben von Vollidioten«, sagte er und ließ die Glasplatte beschlagen. »Wer bin ich denn?«

Lennie sagte nichts. Er war es gewohnt, dass Mason Menschen wie einen Spiegel benutzte, um sich selbst darin zu betrachten. Und Spiegel gaben keine Worte.

»Ich bin Buchmacher. Ich habe Läden. Ich führe Geschäfte. Schön und gut. Aber du und ich, wir wissen, dass ich außerdem noch andere Interessen verfolge. Und wenn *wir* das wissen, meinst du, der C.I.D. hat keine Ahnung? Ich habe überall meine Finger drin. Verliere ich einen, verliere ich alles. Weil die Blutspur zu mir führt. Und das könnte hässlich werden. Ich musste eine Art Unfallversicherung abschließen. Manche Leute sind furchtbar leichtsinnig. Du darfst die Polizei niemals unterschätzen, mein Sohn. Die sind nicht blöd. Die warten nur auf mich. Und ich möchte sie noch lange warten lassen.«

Lennie hielt den Mund.

»Ich will sie nicht ermutigen, ich will sie höflich abweisen. Ich lebe in einem großen eleganten Haus, mein Sohn. Jeder einzelne Mauerstein birgt Sprengstoff. Explodiert auch nur einer davon, stürzt das gesamte Gebäude ein. Fingerspitzengefühl. Das brauchst du jetzt. Deshalb steh ich nicht auf dein Theater. Und deshalb ist die ganze Angelegenheit mit dem Mädchen so ein elendes Durcheinander. Das kann uns alles um die Ohren fliegen.«

Mason nahm eine Zigarette, warf auch Lennie eine zu. Als er sich vorbeugte, um sie anzuzünden, glaubte er damit auch Sprecherlaubnis erhalten zu haben. Aber er hatte keine Ahnung, was er sagen sollte, weil er nicht mal im Ansatz begriff, worin das Problem bestand. In seinen Augen machte sich Mason grundlos Sorgen.

»Aber was hat denn das Mädchen mit uns zu tun?«, fragte er. »Ich kapier's nicht, Boss.«

Mason rauchte, sah ihn an.

»Wie lange bist du jetzt schon bei Rayburn? Ein paar Monate, oder? Was machst du da?«

»Ich behalt ihn im Auge. Ohne dass er's mitkriegt.«

»Kleiner Test, mein Sohn«, sagte Mason. »Will nur mal sehen, ob du deine Arbeit ordentlich machst. Heute Morgen. Hat Harry Rayburn da irgendwas Ungewöhnliches gemacht?«

Lennie überlegte.

»Kam mir irgendwie nervös vor.«

Mason wartete. Lennie wusste, dass er sich was einfallen lassen musste.

»Da war was. Nicht viel. Er wollte, dass ich rausgeh und ihm was zu essen hole. Und dann hat er sich's anders überlegt. Hat gemeint, wär nicht nötig. So was hat der noch nie gemacht.«

Mason nickte.

»Das Essen«, sagte Mason, »war für den Kerl, der die Kleine aus Drumchapel auf dem Gewissen hat.«

Mason sah Lennies Blick, sah, wie die möglichen Konsequenzen vor Lennies geistigem Auge wild übereinanderfielen wie Fußballfans, die alle gleichzeitig durchs Stadiontor drängen. Er setzte sich und ließ es geschehen.

»Aber. Du meinst ...«

Mason nickte noch mal und löste den Andrang auf.

»Harrys Freund hat sie umgebracht.«

»Und das bedeutet?«

»Das bedeutet, dass er mir gefährlich werden kann. Ich will wissen, wo er ist. Rayburn wird heute noch hingehen und ihn besuchen. Er wird es nicht schaffen, sich fernzuhalten. Du folgst ihm und sagst mir, wo der Junge sich versteckt.«

Lennie, der plötzlich begriff, dass er in einem Drama mitwirkte, von dessen Existenz er gar nichts gewusst hatte, rang um einen Standpunkt, der zum Geschehen passte. Am liebsten wäre er mitten auf die Bühne gestürmt.

»Ich könnte Harry ein bisschen aufmischen«, sagte er. »Und es auf die Art aus ihm rausholen.«

»Werd erwachsen, Kleiner«, Mason war sehr sauer. »Was anderes hast du nicht im Kopf. Leute verprügeln. Hör zu und pass gut auf. Das Letzte, was du machst, ist, Big Harry Rayburn auf irgendeine Art zu verärgern. Wenn du das machst, bist du geliefert. Wenn er auch nur den Verdacht schöpft, dass du dich für die Sache interessierst, nimmst du lieber gleich den nächsten Zug zum Mond. Du hast heute und mehr nicht. Heute Abend sagst du mir, wo der Junge ist. Sieh zu, dass du das hinkriegst.«

Lennie war immer noch wie gelähmt bei dem Gedanken an die Folgen.

»Wenn du ihn findest«, sagte er. »Wirst du ihn ...?«

Er hatte die Augen in begeisterter Vorausschau auf die künftigen brutalen Ereignisse weit aufgerissen. Für ihn war es das, was für andere ein Orgasmus war, dachte Mason.

»Lennie!« Mason hob beide Hände. »Denk nicht weiter als an das, was du heute zu tun hast. Ich will nicht, dass du zwei Sachen gleichzeitig im Kopf hast. Mach einfach, was ich dir gesagt habe. Und mach's gut. Wenn du rausgehst, sag Eddie Bescheid, dass er reinkommen soll.«

Das Wettbüro war gut besucht. Das war einer der Gründe, weshalb Lennie Eddie nicht gleich entdeckte. Der andere Grund war Eddie. Ganz natürlich fügte er sich in Menschenansammlungen ein, war ein typischer, beinahe austauschbarer Mann mittleren Alters. Er gehörte zu denjenigen, deren Gesichtszüge mit zunehmender Erfahrung keinerlei Eigenheiten annahmen, sondern einfach in Anonymität abglitten. Lennie fand ihn nicht. Eddie fand Lennie.

»Leute, die wetten, sind Idioten«, sagte Eddie in Lennies Ohr. »Oder?«

»Der Boss will dich sprechen«, sagte Lennie.

Eddie wandte sich um und ging. Lennie bahnte sich einen Weg durch die Menschen im Laden und trat vorsichtig auf die West Regent Street hinaus, als würde er von unsichtbaren Kameras verfolgt. Im Hinterzimmer wartete Eddie geduldig, während Mason die gläserne Tischplatte anstarrte. Der Raum war frostig vor Stille. Eddie war froh, weil Mason nicht über ihn nachdachte.

»Eddie. Schlimme Situation. Harry Rayburns Freund hat die Kleine aus Drumchapel ermordet.«

»Eine aus deinem Stall?«

»Nein. Aber die Polizei könnte trotzdem auf uns kommen.«

»Harry Rayburn steht in keiner direkten Verbindung zu uns.«

»Stand er aber. Okay, er hat eine Abfindung kassiert. Aber sein Erinnerungsvermögen hat er nicht am Kassenschalter abgegeben.«

»Meinst du, Big Harry würde dich verraten? Wo will der denn den Mumm dazu hernehmen? Der hat so wenig Arsch in der Hose, dass er in eine Kontaktlinse passt.«

Mason hatte nichts gegen Eddies Fragen. Sie gehörten zu den Vermessungen, die ein guter Handwerker vornehmen muss, bevor er sich an die Arbeit macht. Eddie war ein Geschäftspartner, den Mason respektierte, ein kompetenter Mann für alle Fälle, dessen Neugier das Notwendige niemals überschritt. Er ging seine Aufgaben ebenso entspannt an wie ein Klempner. Er war ein zufriedener Mensch, der seine Arbeit machte und seinen Lohn kassierte, gerne etwas trinken ging und fernsah.

»Ich weiß nicht. Aber dieser Freund vielleicht.«

»Weiß er von dir?«

»Da bin ich nicht sicher. Aber es hat Bettgeflüster gegeben. Wer weiß, was der Große erzählt hat, während es ihm der Wichser von hinten besorgt hat? Möglicherweise ist es aus ihm herausgesprudelt wie aus einem Gebirgsbach.«

»Riskant«, sagte Eddie.

»Und ich hab keine Lust zu wetten. Ich bin Buchmacher. Wir müssen ihn aus dem Verkehr ziehen.«

Eddie zog die Augenbrauen hoch und senkte sie wieder. Die Botschaft war angekommen.

»Lennie ist los und findet raus, wo sich der Junge versteckt. Ich brauche jemanden, der die Information zu nutzen weiß.«

Eddie dachte nach.

»So wie ich das sehe«, sagte Mason, »wirbelt ein Toter keinen Staub auf. Harry wird uns keinen Ärger mehr machen, wenn der Junge erst mal weg ist. Dann fällt ihm sicher wieder ein, dass er eigentlich Angst haben müsste. Das tut jedem mal ganz gut. Wir müssen nur sicherstellen, dass niemand eine Verbindung zu uns herstellen kann. Nicht der C.I.D. und Harry Rayburn auch nicht.«

Eddie wartete auf den entscheidenden Satz.

»Ich will, dass du mir jemanden besorgst, der den Mann aus dem Weg räumt, ohne Fragen zu stellen. Er darf auf keinen Fall schon mal was mit uns zu tun gehabt haben. Am allerbesten wär's, wenn er so was überhaupt noch nie gemacht hat. Und er muss alleine arbeiten.«

Zum ersten Mal machte sich etwas anderes als bedingungsloses Einverständnis in Eddies Blick bemerkbar.

»Dann frag mal an, ob sich der liebe Gott erbarmt«, sagte er.

»Die Bezahlung ist gut. Aber sprich nicht über Geld, bevor du nicht mit mir gesprochen hast.«

»Das ist eine große Aufgabe.«

»Ist auch ein großes Problem«, sagte Mason. »Halt mich

auf dem Laufenden. Du kannst auch eine Liste mit möglichen Kandidaten entwerfen.«

»Hast du ein bisschen Konfetti?«, fragte Eddie.

Mason grinste. Eddie gefiel ihm gut.

## ZWEIUNDZWANZIG

»Kommen sie mal kurz«, sagte Laidlaw.

Sie standen an Glasgow Cross. Nach einer Weile gelang es ihnen, die Straße zur Fußgängerzone vor dem Krazy House zu überqueren. Laidlaw machte vor dem kleinen grauen Gebäude halt, das Harkness immer für das alte Zollhaus gehalten hatte – eine Art Zwergenturm mit einer kleinen Balustrade, über der die Figur eines Einhorns prangte.

»Was halten Sie davon?«, fragte er.

Harkness war verdattert.

»Von der Inschrift«, half ihm Laidlaw auf die Sprünge.

Harkness las die in den Stein gravierten Worte: »*nemo me impune lacessit*.« Er wusste, dass es Latein war, aber nicht, was es bedeutete.

»Niemand wird mich straflos überfallen«, sagte Laidlaw. »*Wha daur meddle wi me* auf Schottisch. Wussten Sie, dass das da steht?«

Harkness schüttelte den Kopf.

»Mir gefällt das bürgerlich Aufrichtige daran.« Laidlaw grinste. »Das ist die Botschaft, die Glasgow im Herzen brennt. Besuchern wird geraten, sich bloß nicht zu viel herauszunehmen.«

Als sie das Glasgow Cross hinter sich gelassen hatten, nahm die Botschaft an Eindringlichkeit zu. Trongate teilte sich in zwei Straßen Richtung Osten, Gallowgate im Norden und die London Road im Süden. Der Eindruck, man habe die Wahl, täuschte. Beide führen zu derselben heruntergekommenen Wohngegend, von hoffnungsfrohen Sanierungsmaßnahmen durchsetzt, wie hübsche verzierte Brunnen in der Wüste.

Sie gingen über die London Road weiter in eine Gegend namens Calton. Harkness überkam ein Gefühl, das ihn immer beschlich, wenn er sich in östlicher Richtung am Cross vorbeibewegte, ein Gefühl der Belagerung.

Kleine Läden und Cafés hatten ihre Schaufenster mit Maschendraht geschützt. Einige Pubs wandten der Straße nur kahle Mauern mit kleinen, ebenfalls mit Maschendraht vergitterten Fenstern circa drei Meter über dem Boden zu. Trostlose Wohnhäuser vergammelten zwischen kargen Brachen. Auf der Straße gehfähige Verletzte.

Laidlaw hatte im Vorbeigehen in ein paar Pubs gespäht, er suchte einen Mann namens Wee Eck. Im Gehen fuhr er fort.

»Little Rhodesia«, sagte er.

»Wie meinen Sie das?«

»Das ist hier größtenteils das Gebiet von Rhodes. Eine Art Staat im Staat. John hat hier einseitig seine Unabhängigkeit erklärt, lange bevor Ian Smith auf dieselbe Idee gekommen ist.«

»Ach, kommen Sie.«

»Na schön. Aber wenn ich Sie wäre, würde ich mich in keinem dieser Pubs an den Tresen stellen und schlecht über ihn sprechen.«

Die Vorstellung wäre Harkness sehr viel bizarrer erschienen, wäre er nicht gerade vor Ort gewesen. Wenn man hier alleine unterwegs war, musste man sich offenkundig sehr genau überlegen, wie man andere ansah.

»Dann regiert hier die Angst, oder wie?«, fragte Harkness.

»Nicht ausschließlich. Obwohl Angst wahrscheinlich eine sehr intelligente Reaktion auf John wäre. Aber es ist komplizierter. Er hat gewisse Regeln aufgestellt. Fair ist er nicht, aber es gibt schon so was wie Gerechtigkeit bei ihm. Er könnte ein sehr viel schlimmerer Verbrecher sein.

Bestimmte Dinge sind bei ihm einfach nicht drin. Damit hat er sich auf ein Maß an Gaunerei eingeschossen, das ihm den Luxus von Moral erlaubt.«

»Was sind das für Regeln?«

»Ach, viel zu kompliziert, als dass ich sie nachvollziehen könnte. Nur John und der liebe Gott blicken da durch. Und ich glaube, Gott guckt größtenteils auch ziemlich ratlos zu. Alleine der Versuch, sich freundlich mit John zu unterhalten, ist, als wolle man ein Minenfeld überqueren. Aber ich weiß, dass es diese Regeln gibt. Ich durfte hier und da Einblick nehmen. Zum Beispiel habe ich mal von einem Dummkopf gehört, der sich John gegenüber einiges herausgenommen hat, und trotzdem hat er nichts gegen ihn unternommen.«

»Warum nicht?«

»Er war Zivilist. John weiß, wie eigen er in der Hinsicht ist. Er merkt, wenn sich jemand Freiheiten nimmt. Und das tun fast alle. Aber er bringt nie jemanden zu Hause um. Frauen und Kinder sind ihm heilig. Und Sex ist auch so eine Sache. Er ist ungefähr so tolerant wie John Knox.«

»Klingt nach einem sehr speziellen Zeitgenossen.«

»Wollen wir hoffen, dass Sie sich bald selbst ein Bild machen können. Aber vergessen Sie Ihren Sturzhelm nicht.«

Sie standen vor einem Pub, das von außen so einladend wirkte wie eine öffentliche Bedürfnisanstalt. Die kleinen Fenster weit über Augenhöhe schienen dem Tageslicht zu misstrauen. Die Wände waren grob und grau verputzt, anscheinend erst kürzlich, gleichzeitig eine Sanierungs- wie eine Bewehrungsmaßnahme. »The Gay Laddie« stand dort in altmodischer Schrift, der Name stammte noch von früher.

»Tun Sie sich einen Gefallen«, sagte Laidlaw. »Verstehen Sie den Namen nicht falsch.«

Die Gefahr bestand nicht. Was sie vorfanden, war mehr als ein Lokal. Es war der Ausdruck eines Lebensgefühls. Die Umgebung, aus der sie draußen kamen, sickerte durch die altmodischen Schwingtüren in den Raum und manifestierte sich dort. Hier hatten sich die Dreißigerjahre ungebrochen erhalten, die Zeit der Wirtschaftskrise, als kriminelle Messerstecherbanden wie Pilze aus dem Boden schossen und King Billy of Bridgeton Berühmtheit erlangte. Der Hauptbaustoff war Holz, von dem langen schmutzigen Tresen bis zu den im Raum verteilten Tischen. Die Erfindung der Resopalplatte hatte hier noch nicht Einzug gehalten.

Fast genauso greifbar wie die Einrichtung und ebenso unnachgiebig in ihrer Verfestigung war die Atmosphäre. Als Neuankömmling versuchte Harkness sie zu definieren. Die spürbare Anspannung hatte nichts mit kriminellem Potenzial zu tun, mit der Angst überfallen oder ausgeraubt zu werden. Sie war viel unmittelbarer. Sie entstand aus dem Wissen heraus, dass man sich von großem physischen Stolz umgeben sah, einer Zusammenballung desselben, sodass man das Gefühl hatte, sich vorsichtig fortbewegen zu müssen, um nur niemandes Ego anzurempeln. Dieser Raum war der Zufluchtsort von Männern, die außer ihrem Selbstbewusstsein nicht viel hatten, und sie waren nicht geneigt, dieses geschmälert zu sehen.

Harkness kannte die Erfahrung aus anderen Pubs im East End und begriff ganz genau, woher diese Spannung kam, nämlich aus der Erkenntnis, dass man durch bloßes Eintreten den Schutz durch den eigenen sozialen Status verlor. Die einzige Empfehlung, die hier Geltung hatte, war man selbst.

Drei junge Männer am Tresen waren gerade dabei, sich zu behaupten. Jeder trug ein kariertes Hemd, Jeansjacken im Uniformstil, weite Hosen mit hohem Bund und Stiefel. Es schien der Einheitslook ihrer Privatarmee zu sein, die im Moment den »Gay Laddie« mit jener jugendlichen Aggression erfüllte, die Ärger verheißt. Sie redeten nicht, sie sendeten Schwingungen und schienen rein körperlich sehr viel mehr Raum zu beanspruchen, als sie eigentlich gebraucht hätten. Für Harkness waren sie der Brennpunkt. Aber Laidlaw betrachtete sie als nebensächlich, wie zufällig hereingeschneite Touristen. Ihre sorglos provokante Art ließ ihn vermuten, dass sie aus einer Sozialsiedlung vom Saturn auf ein Getränk hergekommen waren. Das Herzstück der Kneipe entdeckte er in der verhältnismäßigen Stille, die sie alle umgab, in den wenigen anderen Gästen an den Tischen und dem einzigen anderen Mann am Tresen, abgesehen von den dreien. Laidlaw wusste nicht, wie er hieß, aber er erkannte ihn an der Narbe, die ihm über die linke Wange bis unters Kinn reichte.

Laidlaw ging ans hintere Ende des Tresens, zu einer Tür, die in ein Hinterzimmer führte. Der Barmann polierte ein Glas. Langsam kam er auf sie zu, ein alternder dicker Mann mit kräftigen Unterarmen und hochgekrempelten Ärmeln.

»War John Rhodes heute schon da?«, fragte Laidlaw leise.

Der Barmann polierte weiter, sah nicht auf.

»Wer will das wissen?«, fragte er.

»Verarsch mich nicht, Charlie«, sagte Laidlaw. »Ich bin nicht hier, weil ich Lust auf einen schlechten Western habe. Du weißt, wer ich bin.«

»Ich weiß, wer du bist. Aber wer will das wissen?«

Laidlaw schwieg, bis der Barmann endlich aufblickte, als wollte er sich vergewissern, dass Laidlaw noch da war.

»Vielleicht solltest du mir den Code verraten«, sagte Laidlaw. »Dann können wir drüber sprechen.«

»Wissen wollen und wissen wollen sind zwei verschiedene Dinge«, sagte der Barmann und widmete sich wieder dem Glas. »Willst du das als Laidlaw wissen, oder fragt die Polizei nach ihm?«

»Okay, ich bin Laidlaw und will's wissen. Ein Freund, der einen Freund besucht.«

»Dann ist dein Freund heute wahrscheinlich da. Was willst du trinken?«

Laidlaw lud Harkness auf ein kleines Bier ein und nahm selbst einen Whisky. Der Mann mit der Narbe ging raus. Der Barmann nickte sie ins Hinterzimmer. Es war leer. Sie setzten sich auf die abgewetzten Holzstühle. Laidlaw zwinkerte Harkness zu und wisperte gespielt ehrfürchtig: »Ich glaube, man gewährt uns Audienz.«

Wenige Minuten später kam der Mann mit der Narbe mit einem Bier herein. Er nickte und nahm abseits von ihnen Platz. Laidlaw unternahm nicht den Versuch, ihn anzusprechen. Dann trat ein weiterer Mann ein. Harkness beobachtete ihn.

Er schätzte ihn auf knapp eins achtzig, weder groß noch klein. Er wirkte durchtrainiert, aber nicht schwer. Der Anzug war nichts Besonderes, aber schön geschnitten. Sein Gesicht war beinahe frei von besonderen Kennzeichen – nur über die rechte Augenbraue zog sich eine Narbe, auf der keine Haare wuchsen. Er hatte volles Haar, schwarz, unmodern gelockt. Wahrscheinlich war er um die vierzig. Harkness rechnete eins und eins zusammen und kam auf die falsche Lösung.

»John ist in einer Minute da«, sagte der Mann mit den Locken und setzte sich neben den mit der Narbe.

John Rhodes tauchte auf, er war groß und blond. Seine Größe überraschte Harkness, der die Erfahrung gemacht hatte, dass die härtesten Kerle immer eher klein sind. Er hatte sich gefragt, ob es daran lag, dass große Männer sich ihren Status nicht erst erarbeiten mussten und deshalb nicht so versessen darauf waren, sich ständig mit allen anzulegen, was ja laut Straßendefinition einen harten Mann ausmacht. John Rhodes widerlegte jede Theorie. Er war ganz schlicht und einfach er selbst.

Die Art von Aufmerksamkeit, um die die drei jungen Männer am Tresen verzweifelt buhlten, verstand er als sein natürliches Recht. Im Inneren war er sehr beherrscht – er nickte Laidlaw kurz zu, sah Harkness an, eine knappe Geste an die beiden anderen Männer, die Fähigkeit, sich mit unangestrengter Präzision zu bewegen. Sein Gesicht war leicht pockennarbig. Die Augen angenehm blau.

»Hallo, du«, sagte er zu Laidlaw und setzte sich ihm gegenüber auf die andere Seite des Tisches. »Wollt ihr was trinken?«

»Einen Whisky für mich«, sagte Laidlaw. »Mit Wasser.«

»Für mich nichts, danke«, sagte Harkness.

Die blauen Augen richteten sich auf ihn wie zwei Schweißbrenner, die bereits heiß liefen, aber noch keine Stichflammen spuckten.

»Er nimmt ein großes Bier«, sagte Laidlaw. »Wenn's ums Trinken geht, macht dem keiner was vor. Er wollte bloß sagen, er bleibt beim Bier.«

»Ist er volljährig?«, fragte John Rhodes.

Harkness dachte nach. Als der Mann mit den Locken durch die Tür in den Nebenraum nickte, wurde ihm bewusst, dass John Rhodes kein Angebot, sondern eine Feststellung gemacht hatte. Sie waren Gäste in seinem Herrschaftsgebiet. Er stellte die Anstandsregeln auf. Harkness begriff, dass er und die anderen beiden Männer lediglich Zeugen einer ganz besonderen Konfrontation werden sollten. Die Atmosphäre war angespannt wie bei einem Wettkampf. Harkness kannte die Regeln nicht, aber er wusste, dass er Laidlaws Position bereits geschwächt hatte, indem er gegen eine davon verstoßen hatte. Er nahm sich vor, ihm nicht noch einmal Schande zu machen.

Der Barmann brachte die Getränke und schloss die Schiebetür auf dem Weg nach draußen. Harkness fühlte sich umstellt. Einen Augenblick tranken sie schweigend. John Rhodes trank Port, glaubte Harkness zu erkennen.

»Du wirst dich fragen, warum wir hier sind«, sagte Laidlaw.

»Ich dachte, vielleicht sagst du's mir.«

»Ich glaub, das mach ich. Du weißt, dass ein Mädchen ermordet wurde.«

»Stand in der Zeitung.«

»Darum geht's.«

»Unschuldig, Euer Ehren.«

Die anderen beiden Männer lachten und Harkness grinste. Laidlaw tat nichts außer warten.

»Darum geht's.«

»Du wiederholst dich.«

»Nein. Ich versuche nur, sarkastischen Einwürfen zum Trotz meinen Gedankengang zu Ende zu führen.«

Stille. Harkness merkte, dass der Begriff »sarkastisch« ihren frostigen Kern bildete. Ein Wort, dessen genaue Bedeutung John Rhodes nicht kannte. Genau deshalb hatte Laidlaw es gewählt.

»Na gut, College-Boy. Erzähl weiter.«

Laidlaw hatte seine Zigaretten ausgepackt und bot sie vergeblich ringsum an. Er nahm sich Feuer.

»Wann startet der Hauptfilm?«, fragte John Rhodes.

Die beiden Männer lachten.

»John«, sagte Laidlaw. »Ich kann drauf verzichten. Besonders auf dein persönlich mitgebrachtes Publikum.«

»Hinter dir ist die Tür«, sagte John Rhodes freundlich.

»Ach so.«

»Wenn du kein Kabarett magst, dann komm nicht ins Pub.«

Am meisten verdutzte Harkness, dass der scheinbar festgefahrenen Situation keine Bitterkeit anhaftete. Laidlaw und John Rhodes sahen einander an, schätzten sich gegenseitig ab. Zwei Dinge fielen Harkness auf: wie groß die Kluft zwischen beiden war und dass die Brücke, die ihnen ermöglichte, diese Kluft zu überbrücken, aus einer Art von Respekt bestand. Sie bewegten sich in gegensätzlichen Moralsphären, brachten einander aber trotzdem so etwas wie Anerkennung entgegen. Zwei unterschiedliche Arten von Macht, aber ebenbürtig.

»Wie du meinst«, sagte Laidlaw und trank aus. »Den Fehler mache ich kein zweites Mal.«

Bevor er aufstehen konnte, hatte ihm John Rhodes das

Glas aus der Hand genommen und es dem Mann mit den Locken überreicht.

»Vergiss das Wasser nicht«, sagte er. »Der überempfindliche Jack Laidlaw. Komm schon. Du wolltest mich was fragen.«

»Ich will dich um einen Gefallen bitten«, sagte Laidlaw. »Aber ich bitte dich. Ich bettle nicht.«

Der Mann kam mit dem Whisky zurück und stellte ihn vor Laidlaw. John Rhodes grinste über Laidlaws Bemerkung.

»Na schön, Jack«, sagte er.

Laidlaw nahm das Foto und schob es John Rhodes zu, der es genau betrachtete und nickte, dann sanft lächelte.

»Wisst ihr, wem sie ähnlich sieht?«, fragte er. Er gab das Foto an die anderen beiden weiter. »Wisst ihr, wem sie richtig ähnlich sieht?« Sie überlegten. »Habt ihr mal die Kleine von unserer Jeanie gesehen?«

»Ach ja. Wirklich«, sagte der Mann mit den Locken.

»Wie aus dem Gesicht geschnitten«, sagte John Rhodes. »Karen ist nur ein bisschen blonder. War ein hübsches kleines Ding.«

Der Mann mit der Narbe legte das Foto auf den Tisch neben John Rhodes, und Laidlaw ließ es dort liegen.

»Siebzehn«, sagte Laidlaw. »Das einzige Kind. Sie war alles, was ihre Mutter und ihr Vater hatten. Sie hat nichts verbrochen, wollte nur tanzen gehen. Und du hättest sie mal sehen sollen, als wir sie gefunden haben. Er hat sie benutzt wie ein Klo und anschließend getötet.«

Harkness sah, dass John Rhodes erneut einen Blick auf das Foto warf.

»Deshalb bin ich hier. In dieser Stadt gibt es viele Töchter.«

John Rhodes hob langsam den Blick.

»Wir müssen den Mann so schnell wie möglich aus dem Verkehr ziehen. Ich weiß, du hast nicht unbedingt viel übrig für die Polizei. Aber in dem Fall sind wir beide auf derselben Seite. Dir kommt so manches zu Ohren, was wir nicht mitbekommen. Ich bitte dich nur, wenn du was hörst, das uns helfen kann, lass es uns wissen.«

John Rhodes nahm das Foto noch einmal in die Hand.

»Das Problem ist«, sagte er, »dass ich mit solchen Leuten nichts zu tun habe.«

Er legte das Foto wieder hin. »Außerdem hab ich in meinem ganzen Leben noch nie jemanden an die Bullen verraten.«

»Es geht hier um keinen Rivalen, John. Das ist eine ganz andere Sache. Der ist kein Gangster. Die Polizei wird ab jetzt allen genau auf die Finger schauen. Bevor die Sache nicht vorbei ist, werden hier keine krummen Geschäfte mehr gemacht.«

»Für mich springt dabei nichts raus.«

»Nichts außer der Ehre.«

Beide grinsten.

»Die hab ich sowieso schon immer gehabt.«

»Ehre bekommt man nicht und behält sie. Man muss sie sich jeden Tag neu verdienen.«

John Rhodes gab Laidlaw das Bild zurück.

»Ich sag dir Bescheid«, sagte er.

»Diese Woche bin ich im Burleigh Hotel«, sagte Laidlaw. »Kann ich dich auf ein Getränk einladen?«

»Nein. Ich hab einen Ruf zu verlieren.«

Das Gespräch war vorbei. Harkness kippte den Rest seines Biers herunter, für den Fall, dass Stehenlassen gegen die Etikette verstieß. Er hatte die Tür des Nebenraums bereits aufgezogen und gesehen, dass die drei jungen Männer immer noch Härte demonstrierten, als Laidlaw sagte: »Brian.« Anschließend traten sie durch eine Tür im Hinterzimmer direkt nach draußen.

Im Gehen sagte Harkness: »Das war vielleicht eine komische Unterhaltung.«

»So was gehört zu Johns Hobbys. Wie Armdrücken, bloß ohne Arme. Vielleicht ist er so gut in der Anwendung von Gewalt, dass er diese jetzt auf eine geistige Ebene gehoben hat. Als würde man jemanden mit Yoga verprügeln.«

Sie kamen über Gallowgate wieder zum Cross zurück. Das »Happiness Chinese Restaurant« hatte seine Pforten für heute noch nicht geöffnet. Harkness versuchte immer noch zu begreifen, was er gerade erlebt hatte.

»Tut mir leid, das da am Anfang«, sagte Harkness. »Dass ich das Getränk abgelehnt habe. Sie hätten mir den Verhaltenskodex vielleicht besser vorher schriftlich gegeben.«

»Vergiss es. Er hätte ihn sowieso gleich wieder umgeschrieben. Ich meine, ich hab's ein bisschen auf die sanfte Tour probiert. Aber woher soll man bei John wissen, woran man ist? Man appelliert an sein Herz und läuft Gefahr, sich einen Kinnhaken einzufangen.«

»Das mit der Ehre fand ich erstaunlich.«

»Ja. Ganz schön dick aufgetragen, oder? Ich kam mir vor wie Baden Powell. Aber er schien drauf anzuspringen. Komischerweise. Na ja. D. C. Harkness, es ist Zeit, Sarah Stanley einen Besuch abzustatten.«

Das »Wee Horrurs« schien ziemlich erfolgreich Kinderkleidung zu vertreiben.

»Meinen Sie, er kann helfen?«, fragte Harkness.

»Wenn er kann, dann hilft er auch. Niemand hat bessere Chancen, etwas mitzubekommen. Er hat sein Ohr in vielen Pubs. Aber was er dann mit seinem Wissen anstellt, können wir nur raten.«

»Wo steht der Wagen?«, fragte Harkness.

»Welcher Wagen?«, erwiderte Laidlaw.

Im Hinterzimmer sagte John Rhodes: »Nicht schlecht, dieser Laidlaw. Für einen Polizisten.«

»Das war der Vater von der Kleinen, von dem ich dir erzählt hab«, sagte der Mann mit der Narbe. »Der mit dem anderen Idioten im Pub.«

»Ich weiß.«

»Geht uns nichts an, John«, sagte der Mann mit den Locken.

»Da hast du recht, geht uns nichts an«, sagte der mit der Narbe.

»Das entscheide ich.«

Sie blieben still sitzen, während er entschied.

»Ich will, dass ihr so viel wie möglich rausfindet.«

»John!« Der Mann mit der Narbe schüttelte den Kopf.

»Warum?«

»Überleg ich mir hinterher. Ich will, dass ihr was rausfindet. Nicht schleifen lassen. Ich will Ergebnisse. Und zwar heute noch.«

Sie gingen raus. John Rhodes trank aus und ging zur Bar. Er reichte dem Barmann sein Glas.

»Und gib mir die Zeitung, Charlie.«

Mit der Zeitung und einem neuen Getränk setzte er sich an einen Tisch. Gleich war Feierabend. Abgesehen von den drei jungen Männern waren keine Gäste mehr da. Sie waren betrunken und laut. Ihm fiel auf, dass sie alles getan hatten, um aufzufallen, fehlte nur, dass sie noch Knallfrösche zündeten. Der Gedanke bedeutete ihm nicht viel, Jungs waren nun mal so.

Er las noch einmal den Artikel über Jennifer Lawson. Er verabscheute so was. Er verabscheute Menschen, die zu so was fähig waren. Er dachte, man sollte sie einschläfern, wie tollwütige Köter. Aber das würde nicht passieren, wenn sie den Kerl schnappten. Er würde ein paar Jahre ins Gefängnis wandern oder so. Wenn man genug Geld klaute, sperrten die einen dreißig Jahre lang ein. Brachte man ein Mädchen um, wollten sie einen alle verstehen. Er hasste die Verlogenheit daran. Mit Geld konnte man alles kaufen, sogar den Luxus, so zu tun, als würden es alle nur gut meinen und das Böse sei reiner Zufall. Er wusste, dass es anders war. Nur dadurch hatte er überlebt.

Der Zorn überfiel ihn wie immer plötzlich, eine instinktive Reaktion, auf die er sich stärker verließ als auf alles andere. Immer wenn ihm die Widersprüche zu viel wurden, stand diese entsetzliche Wut bereit, die alles in Dringlichkeit und Konfrontation überführte. Ihre ungeheure Gewalt entstand aus seiner Bereitschaft, stets zu dem zu stehen, was er vertrat, wenigstens das. Darin enthalten war auch die Aufforderung an alle anderen, dasselbe zu tun. Das wäre zumindest, so glaubte er, auf gewisse Art ehrlich, denn was er am meisten hasste, waren falsche Vorspiegelungen, die Lügen, mit denen sich die Menschen durchs Leben stahlen – die Lüge, man sei hart, wenn man es nicht war, die Lüge, man sei ehrlich, wenn man es nicht war, der falsche Glaube an die Güte der anderen, obwohl man ihr wahres Gesicht nie gesehen hatte. Er konnte sich genau vorstellen, wie die Tatsachen vor Gericht verdreht würden. Das müsste verboten sein. Er wollte etwas dagegen unternehmen.

Charlie hatte Probleme, die Bar zu räumen. Die drei jungen Männer hatten immer noch Bier in den Gläsern.

»Kommt schon, Jungs«, sagte Charlie. »Ihr müsst jetzt gehen. Die Zeit ist um.«

»Verpiss dich«, sagte einer der jungen Männer. »Du hast uns das Zeug verkauft. Jetzt lass uns verdammt noch mal auch die Zeit, es zu trinken.«

»Schließ uns ein, wenn du willst«, sagte ein anderer. »Wir passen auf den Laden auf.«

Sie lachten.

»John?« Charlie übertrug jetzt ihm die Angelegenheit.

»Lasst den Mann in Frieden, Jungs«, sagte er, ohne von seiner Zeitung aufzublicken. »Er muss an seine Lizenz denken. Trinkt aus.«

»Oho«, sagte der Erste. »Der Chef hat gesprochen. Ich sehe nicht, dass *du* austrinkst.«

John Rhodes sah die drei jetzt an. Sie waren nur für den Tag in die Stadt gekommen, brauchten wahrscheinlich noch eine Geschichte, die sie wie ein Urlaubsfoto ihren Freunden zu Hause mitbringen konnten. Dem Anschein nach waren sie zu dritt, eigentlich aber sprach nur einer, der Junge in dem grün karierten Hemd, der zuerst den Mund aufgemacht hatte. Die anderen beiden waren Mitläufer.

»Ich arbeite hier«, sagte John Rhodes. »Und ihr verschwindet jetzt.«

Dann widmete er sich wieder seiner Zeitung.

»Fick dich!«

Kaum hatte der im grünen Hemd es gesagt, wussten alle, dass es ein schrecklicher Fehler gewesen war. Circa vier Sekunden lang herrschte absolute Stille. Dann zerknüllte John Rhodes die Zeitung, die er in Händen hielt. Das Knistern war erschreckend wie eine Explosion. Als er die Papierkugel zu Boden schmetterte, riss sie den Mut aller Anwesenden mit runter.

Er ging mit schnellen Schritten zur Tür. Sie stand offen, um die Gäste rauszulassen. Rhodes trat beide Flügel zu und schob den Riegel vor. Dann kam er zurück.

»Ihr habt es so gewollt«, sagte er. »Jetzt kommt ihr nicht mehr raus.«

Es war bereits zu spät, einen Gesichtsverlust zu verhindern. John Rhodes ließ den drei Männern keinen Verhandlungsspielraum. Ihnen blieb nichts anderes übrig, als sich selbst ihr Entsetzen einzugestehen. Der Schock ließ einen von ihnen nach Luft schnappen.

»Charlie. Hol einen Wischlappen und einen Eimer Wasser. Ich will die Arschlöcher hier durchs Pub prügeln.«

»Ach, John. Bitte, John«, sagte Charlie.

Die unglaubliche Wendung, dass der Mann, den sie ursprünglich beschimpft hatten, jetzt um ihre Unversehrtheit flehte, gab ihnen den Rest. Einer flüsterte: »Oh nein, Mister.« Der mit dem grünen Hemd wollte es nicht zugeben. Aber er warf einen Blick auf John Rhodes und wurde von nackter Angst erfasst. Das trübe Licht, das durch die kleinen hochliegenden Fenster drang, fing sich in Rhodes' blondem Haar, und seine blauen Augen loderten, er sah aus wie ein psychopathischer Engel.

»Bitte. Lassen Sie uns einfach gehen. Wir kommen auch nie wieder«, sagte der mit dem grünen Hemd.

Es entstand eine Pause, in der John Rhodes mit der eigenen Wut rang. Das komplette und ehrliche Eingeständnis ihrer Angst beruhigte ihn schließlich.

»Entschuldigt euch bei dem Mann«, sagte er.

Sie sprachen im Chor: »Tut uns leid, Entschuldigung«, als würden sie ein Gedicht aufsagen.

»Und uns tut's auch leid...«, fing der im grünen Hemd wieder an.

»Entschuldigt euch nicht bei mir«, sagte John Rhodes. »In meinen Augen habt ihr nur Bewährung.«

Er nickte Charlie zu. Charlie schloss die Tür auf und ließ sie raus, obwohl es ihm kaum noch nötig erschien. Die drei waren so aufgelöst vor Angst, dass Charlie sie auch mit dem Wischwasser unter der Tür hätte durchschwemmen können.

## DREIUNDZWANZIG

Als sie auf dem oberen Deck im Bus Platz genommen hatten, schüttelte Harkness immer noch den Kopf und seufzte leise.

»Also, ich sehe das folgendermaßen«, sagte Laidlaw. »Es gibt Touristen und Reisende. Touristen verbringen ihr Leben, als wär's eine Pauschalreise in die eigene Realität. Sie ignorieren die Slums. Reisende bewegen sich dagegen langsamer voran, achten aber auf mehr. Sie mischen sich unter die Einheimischen. Viele Mörder sind unter anderem Reisende. Für sich selbst sind sie erschreckend real. Ihr Leben kommt ihnen nicht mehr wie ein Hobby vor. Die armen Schweine. Um an sie heranzukommen, muss man selbst zum Reisenden werden. Betrachten Sie's als Übung, sich vom Tourismus zu verabschieden. Ein Auto ist psychologisch steril, ein mobiles Sauerstoffzelt. Ein

Bus ist mit Keimen verseucht. Man muss sich den Voreingenommenheiten anderer aussetzen, Gefahr laufen, von einem wahnsinnigen Schaffner mit dem Fahrkartenlocher totgeprügelt zu werden. Zwei Mal zwanzig Pence, bitte.«

»Haben Sie sich das gut überlegt?«, fragte der Schaffner. »Noch können Sie aussteigen. Am Ende der Strecke habe ich Pause, und normalerweise drehe ich mindestens einmal vorher durch.«

Laidlaw und Harkness lachten.

»Dann schlage ich Sie für den Ministry of Transport-Verdienstorden vor«, sagte der Schaffner.

Als er weg war, meinte Laidlaw: »Die U-Bahn ist natürlich viel schlimmer. Da wird man mit anderer Leute Marotten in eine rasende Röhre eingepfercht. Wie bei einem Laborexperiment.«

Harkness schüttelte den Kopf.

»Und ich dachte, Sie sitzen nur wegen der besseren Aussicht lieber oben im Bus.«

»Da ist was dran«, sagte Laidlaw. »Ich sitze gern ganz vorne und tu so, als wäre ich der Fahrer.«

Laidlaw zündete sich eine Zigarette an.

»Also gut. Man kann zwei grundlegende Vermutungen anstellen. Sehr grundlegend. Entweder war's ein Fall wie am Glücksspielautomaten. Schicksal, die geheimen Wendungen des Lebens und so weiter. Zwischen Opfer und Täter bestand keinerlei Verbindung. Abgesehen von Zeit und Ort. Das Mädchen wurde Opfer einer Art sexuellen Fahrerflucht. Na schön. Verhält es sich so, haben wir sowieso keine Chance. Dann muss Milligan mit seiner Ameisenarmee alles bis ins Kleinste auseinandernehmen. Wollte man allerdings Hoffnung auf Milligan setzen, wäre das in meinen Augen nur eine beschönigende Umschreibung für einen Akt schierer Verzweiflung.«

Harkness ärgerte die Bemerkung über Milligan, aber er ließ sie unwidersprochen.

»Damit wir uns also nützlich machen können, müssen

wir von der zweiten Annahme ausgehen. Dass es nämlich eine Verbindung gab. Was im Park geschah, kam nicht aus heiterem Himmel. Es hat eine Vorgeschichte. Und wir können diese finden. Also gehen wir von dieser Vermutung aus.«

»Gut. Dann ist das also unsere Vermutung«, erklärte Harkness.

»Schön. Wir wissen nicht, wer der Kerl ist. Mit ihm kommen wir nicht weiter. Wir kennen das Mädchen, aber auch sie sagt nicht viel. Anders ist es mit den Leuten, die sie kannten. Wenn sie in irgendeiner Verbindung zu dem Mann stand, muss es jemanden in ihrem Umfeld geben, der davon wusste. Muss. Aber wer?«

»Ihre nächsten Angehörigen«, sagte Harkness.

»Haben Sie den Vater gestern Abend nicht erlebt?«, fragte Laidlaw.

»Nein. Nur die Mutter.«

»Ich hab sie gestern gesehen. Jedenfalls das, was von ihr übrig ist, nachdem Bud Lawson jahrelang ihr Ego zerschreddert hat. Der große Mann ist ein unglaublicher Monolith. Ein Vater, der seine Jungen frisst, um sie vor der Welt zu beschützen. Falls irgendwas bei seiner Tochter im Busch war, dann ist er der Letzte, der davon wusste. Könnte man die Mutter zum Reden bringen, hätte sie vielleicht was zu erzählen. Das würde ich gerne versuchen. Aber zuerst möchte ich noch mehr erfahren, damit wir wissen, worüber wir mit ihr reden können. Wir müssen was in der Hand haben, um ihr den Rest zu entlocken.«

»Vielleicht könnte Sarah Stanley an der Stelle ins Spiel kommen.«

»Das hoffe ich. Ihre Freunde sind natürlich die naheliegendsten Anlaufstellen. Nur dass sie anscheinend kaum welche hatte. Eine Freundin. Haben Sie gestern nicht mehr rausbekommen?«

»Nein. Sie meinte, sie sei ein sehr stilles Mädchen gewesen. Sehr zurückhaltend, hat sie gesagt.«

»Eine Freundin. Wieso gibt es nicht mehr? Oder gibt es mehr? Muss ein komisches kleines Mädchen gewesen sein.«

»Na ja, wenn Ihre Theorie hinhaut, dann hängt von der kleinen Sarah Stanley einiges ab.«

»Ja. Wir müssen sehr gründlich bei Sarah vorgehen. Für zweideutige Antworten gibt's in dieser Klassenarbeit keine Punkte.«

## VIERUNDZWANZIG

Es war Lennies erster Buchladenbesuch. Auf dem Weg vom »Poppies« und zurück hatte er das Geschäft schon häufig gesehen, war aber nie reingegangen. Drinnen herrschte eine komische Atmosphäre. Der Muff drückte ihn nieder. Dass Leute kamen und diesen Schrott kauften, war unglaublich. Ihn überkam ein Unbehagen, wie man es verspürt, wenn man sich von Dingen umgeben sieht, die man nicht versteht. Sein ganzes Leben lang hatte er versucht, eine bestimmte, ihm zugewiesene Rolle zu spielen: den knallharten Glasgower Mann. In unbekanntem Fahrwasser aber vergaß er seinen Text.

Durch die anderen beiden Leute in dem Laden wurde es nicht besser. Da stand ein großer Mann mit Mütze und Aktentasche vor einem der Regale. Er hatte Lennie den Rücken zugekehrt. Ansonsten war da nur noch der alte Mann an der Kasse, der Lennie beim Eintreten über den Rand seiner Brille gemustert hatte. Durch die beiden kam sich Lennie vor wie ein Schauspieler, der aus Versehen ins falsche Stück spaziert war.

Er bezog Stellung an dem Regal neben dem Fenster und versteckte sich hinter einem Buch. Er hatte sich für ein großes entschieden, eins, das sich hervorragend für Liegestütze eignete, hatte es aufgeschlagen und hochgehalten, ohne einen Blick hineinzuwerfen. Er konzentrierte sich darauf, das »Poppies« auf der anderen Seite des Hofs im Auge zu behalten. Und dafür war einiges an Konzentration nötig. Ihm schoss durch den Kopf, dass man auf der Glasscheibe Kartoffeln hätte pflanzen können, so dreckig war sie. Er wusste, dass Harry Rayburn gleich rauskommen würde, er war absichtlich kurz vor ihm gegangen. Lennie würde nicht lange warten müssen. Hin und wieder blätterte er um.

»Das Buch lässt sich leichter lesen, wenn du's richtig rum hältst, mein Sohn.«

Lennie wandte sich einem Gesicht zu, das Walt Disneys Vorstellung von einem Großvater entsprochen hätte. Die Rolle des alten Mannes in Pinocchio hätte ihm ausgezeichnet gestanden.

»Ich bin Chinese«, sagte Lennie. »Okay?«

Aber er drehte das Buch um. Der alte Mann lächelte, zog weiter Bücher heraus und stellte sie genau an dieselbe Stelle wieder zurück ins Regal. Dann fing er melodielos an zu pfeifen. Das passte nicht zu ihm. Viel zu fröhlich.

»Ganz hinten.«

Lennie war erst nicht sicher, ob er richtig gehört hatte. Der Alte pfiff wieder wahllos herum. Lennie dachte, er habe es sich eingebildet. Aber da war es wieder, sehr leise und kurz, versteckt zwischen seinem Pfeifen.

»Die stehen ganz hinten.«

Lennie sah den alten Mann an. Jetzt nickte er auch noch dabei. Lennie sah sich um. Der Mann mit der Mütze stand noch am selben Fleck, kehrte ihnen immer noch den Rücken zu. Lennie sah wieder den Alten an.

Seine Lippen formten ein »Okay?«. Dann zwinkerte er. Lennie schüttelte den Kopf. Dann setzte der Alte erneut mit dem Pfeifen an und Lennie wusste, dass er noch etwas sagen wollte. Lennie verstand es nicht. Anscheinend konnte er sich nur pfeifend verständigen. Wie eine besondere Art von Behinderung. Jetzt pfiff er munter drauflos.

»Die Spezialbücher sind ganz hinten«, zischte ihm der alte Mann zu und pfiff weiter.

Als Lennie den Blick von ihm abwandte, sah er plötzlich Harry Rayburn aus dem »Poppies« kommen. Er wartete ab, in welcher Richtung er davongehen würde, und rechnete sich aus, dass ihm gerade noch genug Zeit blieb, diesen irren alten Pisser in seine Schranken zu weisen. Er überlegte sich seinen Spruch und stellte das Buch ungestüm zurück.

»Du hast sie ja nicht mehr alle«, fuhr Lennie ihn an. »Deine Bücher sind alt und gebraucht. Hier gibt's kein einziges neues.«

Als er an der Tür war, rief ihm der Mann verhalten hinterher: »Mach, dass du wegkommst, du Blödmann!« Und nickte anschließend dem Mann grinsend zu, der sich jetzt umgedreht hatte.

Rayburn ging sehr schnell. Lennie gelang es, gerade noch die Argyle Street zu überqueren, ohne überfahren zu werden. Weil ein Auto laut hupte, sprang er schnell in einen Ladeneingang und zählte bis fünf. Als er wieder hervorspähte, ging Rayburn weiter geradeaus. Er hatte nichts gemerkt. Lennie grinste in sich hinein und beeilte sich, bis er circa zwanzig Meter hinter ihm war.

Dann überquerte Rayburn die Argyle Street und ging zu Marks and Spencer hinein. Lennie packte die Panik. Er wollte nicht riskieren, reinzugehen und Rayburn über den Weg zu laufen. Aber er wusste auch nicht, wie viele Ausgänge das Kaufhaus hatte. Er sprintete um das Gebäude. Es gab drei verschiedene Ausgänge. Er wirbelte herum wie jemand, der in einer Drehtür feststeckt. Nach einigem Zögern rannte er wieder zum ersten Ausgang. Nichts. Er rannte zur zweiten Tür, holte tief Luft und kehrte zur ersten zurück. Immer noch nichts. Er wartete. Angst überkam ihn, dass Rayburn inzwischen seelenruhig aus einem anderen Ausgang spazieren und aus seinem Blickfeld verschwinden könnte. Lennie raste weiter, sein ganzer Körper unter Hochspannung. Nichts. Allmählich lief ihm der Schweiß. Was kaufte der da? Er rannte zum dritten Ausgang. Auch hier immer noch keine Spur von Rayburn. Lennie flitzte wieder zurück. Er lehnte sich gerade an eine Wand, kurz vor dem Kollaps, als Rayburn direkt vor seiner Nase mit einer Plastiktüte in der Hand auf die Straße trat.

Lennie richtete sich auf. Der Rest war einfach, nur dass Lennie Rayburn nicht aus den Augen ließ, deshalb eine alte Frau anrempelte, von ihr aufgehalten wurde und fast nicht mitbekommen hätte, dass Rayburn um eine Ecke bog, aber es ging noch mal gut.

Rayburn führte ihn über ausgeklügelte Umwege nach Bridgegate. Lennie konnte kaum glauben, dass er die ganze Zeit so nah gewesen war. Rayburn ging an einem verlassenen Gebäude entlang und war plötzlich verschwunden. Lennie brauchte ein paar Sekunden, um zu kapieren, dass Rayburn hineingegangen war.

Leise näherte sich Lennie dem Haus, hielt sich dicht an der Wand. Vor dem Eingang blieb er stehen, ging in die Hocke, als wollte er sich die Schnürsenkel binden, dabei hatten seine Stiefel gar keine Schnürsenkel. Eine junge Frau spähte in einen Laden für Gebrauchtmöbel, kehrte ihm aber den Rücken zu. Er bog das Blech am Eingang beiseite und zwängte sich durch den Spalt hinein. Drinnen war es modrig und es stank. Er lauschte. Kein Geräusch. Er ging weiter, lauschte immer noch, hörte aber nichts. Ganz vorsichtig stieg er die Treppe hinauf. Er legte eine Hand auf das Geländer und es gab nach, woraufhin er die Hand erschrocken zurückzog, als hätte er sich verbrannt. Dann wartete er wieder.

Die Treppe war nicht sicher. Er schaffte es bis in den ersten Stock und wartete eine Minute. Immer noch nichts. Je weiter er ging, desto schlechter wurde der Zustand der Treppe. An einer Stelle fand er das Risiko ernsthaft bedenklich und blieb stehen. Gerade als er glaubte, das sei ein Fehler gewesen, hörte er die Stimmen. Leise, eindringliche Stimmen, unheimlich. In einem Gebäude, in dem sich eigentlich niemand aufhalten dürfte.

Lennie beugte sich vor, um ein Kichern zu unterdrücken. Als er sich wieder aufrichtete, blickte er nach oben, formte mit zwei Fingern einen Pistolenlauf und sagte leise: »Peng!«

Wie ein kleiner Junge, dessen Finger echte Kugeln verschießen.

## FÜNFUNDZWANZIG

»Du hättest dich auch in einem Haus mit einem etwas abgelegeneren Eingang niederlassen können«, sagte er.

Der Scherz war schlecht, aber gute gab es hier sowieso nicht. Die Bemerkung war so tot, dass sie für Harry zur Stimmgabel wurde. Außer der Stille wirkte hier alles wie ein Missklang.

Tommy stand an der Wand. Er war unrasiert und seine Kleidung voller Staub. Seine Augen waren rot vor Schlaflosigkeit und wirkten, als könnten sie keine fünf Zentimeter weit sehen. Er wirkte ebenso heruntergekommen wie das Gebäude. Als Harry hereinkam, hatte er an der Wand gekauert und war aufgestanden, als die Tür aufging. Die Angst hatte ihm eine Sekunde lang geistige Klarheit geschenkt. Doch sie verflog sofort wieder und er blickte geisterhaft an Harry vorbei, hatte vergessen, warum er aufgestanden war.

Harry glaubte zu verstehen, weshalb Tommy nicht auf ihn reagierte. Harry Rayburn hatte den Raum gar nicht betreten. Vielmehr war er das Nichterscheinen des Angstmonsters, das Tommy in seinem Kopf erschaffen hatte, und daher war er selbst irrelevant, denn Tommys Obsession ließ außer sich selbst nichts anderes zu.

»Ich hab was mitgebracht. Hast du inzwischen was gegessen?«

Tommy nickte vage. Aber das Essen, das Harry ihm gestern hingestellt hatte, war kaum weniger geworden. Ein Brötchen lag auf dem Boden, einmal abgebissen. Es war nicht belegt, ein trockenes Brötchen.

»Tommy«, sagte Harry. »Lass mich dich heute Abend hier rausbringen. Ja?«

Tommy sah ihn nicht an.

»Bitte.«

Er schob sich an der Wand entlang, bis er in der hintersten Ecke des Raums stand. Eine Art Antwort.

»Die Polizei war bei mir.«

Tommys Blick flatterte zu Harry und wieder davon. Seine Reglosigkeit trat an die Stelle seiner Fragen. Er wartete ab, was es außerdem gab.

»Sie wissen nichts, aber sie suchen. Wenn du hierbleibst, finden sie dich. Du musst weg von hier, Tommy. Raus aus der Stadt.«

Tommy blieb vollkommen reglos. Harry beobachtete ihn, ihm gingen die Worte aus. Sein Blick wurde unscharf und er sah nur noch Tommy, der ins Unermessliche anzuwachsen schien. Er hörte den Verkehr, jemand brüllte etwas und Tommy war ganz und gar allein inmitten all dessen. Er konnte nicht sprechen.

»Es gibt keinen Ort weg von hier.«

Er sagte es leise – beiläufig. Im sanften Ton absoluter Gewissheit, als habe die Behauptung keinerlei Nachdruck nötig. Für Harry, dem man beigebracht hatte, dass Verzweiflung die notwendige Folge seiner selbst war, klang dieser Ton so vertraut, dass er ihm nicht wie ein Ausdruck von Tommys Tat vorkam, sondern dessen, was man ihn gezwungen hatte, von sich selbst zu halten. Die Route interessierte Harry nicht besonders, weil er wusste, dass das Ziel vorherbestimmt war. Tommy befand sich dort, wo viele Menschen Homosexuelle am liebsten sehen wollten: in einem Getto der Selbstverachtung.

Er hatte oft genug miterlebt, wie Menschen, die ihm

etwas bedeuteten, dies widerfuhr. Sie setzten dem Dünkel anderer die Realität ihrer selbst entgegen, bis der Druck zu groß für sie wurde. Dann verwandelten sie sich in Karikaturen ihrer selbst, waren zu nichts in der Lage, außer der Welt den Hintern hinzuhalten, wie Tiere, die sich in Beschwichtigung flüchten.

Er verabscheute das. Man hatte ihn Verzweiflung gelehrt, aber er hatte Ungehorsam gelernt. Aus dieser Spannung heraus hatte er ein Bild von sich selbst entwickelt. Er war keine Schwuchtel, die das eigene Selbstverständnis aus dem gescheiterten Versuch gewann, etwas anderes zu sein. Er war nicht schwul, bekannte sich nicht öffentlich zu einer Uniformität, die im Privaten keine Bedeutung hatte. Er war homosexuell und, wie jeder andere auch, einzigartig.

Das war das Schwerste überhaupt, und jetzt, wo er Tommy betrachtete, schmerzte es ihn erneut, ließ seine Liebe zu ihm weiter wachsen. Er sah ein Wesen, das von Ansprüchen getrieben wurde, die mit der Realität unvereinbar waren. Er erinnerte sich, wie gut es mit ihm im Bett gewesen war, so gut, dass Tommy eine Definition angeboten bekam, die ihm Angst machte. Als er merkte, dass er das eine wurde, hatte er sich verzweifelt das andere beweisen wollen. Harry glaubte zu verstehen, worin der Druck bestand, der ihn dazu veranlasst hatte. Er schenkte ihm Absolution, zumindest was ihn betraf. Viele Menschen waren für diesen Mord verantwortlich. Warum sollte nur einer dafür büßen?

Tommy sprach jetzt – seltsame, unzusammenhängende Sätze.

»Thomasina. So haben sie mich genannt.« »Einmal ist mein Onkel mit mir was trinken gegangen.« »Aber es war ihm peinlich. Nur weil ich war, wie ich bin.« »Ich hatte immer das Gefühl, allen beweisen zu müssen, dass sie sich irren.« »Ich erinnere mich, wie ich einmal mit einem Jungen gespielt habe und mich das erregt hat, ohne dass ich wusste, warum. Wie er mich angesehen hat. Als hätte ich ein Muttermal, das mir selbst unbekannt war.« »Sie hatten recht.« »Ich kann nirgendwohin, Harry.«

Das Unverbundene verstörte Harry, bis er zwei weggeworfene Zettel auf dem Boden entdeckte und glaubte, dass ihm Tommy Brocken aus seiner Vergangenheit hinwarf, die er zu verstehen versucht hatte, indem er sie aufschrieb. Er wollte begreifen, was geschehen war, und jeder Augenblick seiner Leidensgeschichte, an den er sich erinnerte, vergrößerte seine Verzweiflung. Neben der Ungeheuerlichkeit seiner Tat wirkte das alles trivial. Darauf konnte die Verteidigung nicht aufbauen. Andererseits aber, so dachte Harry, galt das für jedermanns Erfahrungen, es sei denn, sie wurden durch das Mitgefühl eines anderen beseelt.

»Doch, es gibt Orte, wo du hinkannst, Tommy«, sagte Harry. »Ganz bestimmt. Ich werde alles arrangieren. Ich will dich nur von hier wegbringen. Ich habe einem Freund Bescheid gesagt. Er wird uns helfen. Wir holen dich hier raus. Es wird alles gut.«

Tommy schüttelte den Kopf. Aber Harry war es gelungen, sich selbst zu überzeugen. Seine Liebe war an Tommys Hilflosigkeit gewachsen. Es würde passieren. Egal, was er getan hatte, sie hatten sich das Recht verdient, zusammen zu sein.

Der trostlose leere Raum, in dem sie jetzt standen, war für Harry eine Art natürlicher Ausdruck ihrer Erfahrungen, ihr Anteil am Getöse und der sie umgebenden Geschäftigkeit. In diesem Moment verfestigte sich in ihm das Eingeständnis eines Wissens, das zu erwerben er sehr lange gebraucht hatte. Er wusste um die Gemeinheit öffentlichen Moralempfindens, wie es sich trotz der Verkehrung ins Gegenteil hartnäckig fortsetzt. Er stellte eine einfache Regel für sich auf: Irgendwann wird unverdientes Leid zum Freifahrtschein für den Leidenden. Sie würden ihren einfordern.

»Du kommst hier raus, Tommy«, sagte er. »Du kommst hier raus. Und später komme ich zu dir. Wir ziehen weg. Zusammen. Alles wird gut. Und das ist die Wahrheit.«

Für ihn war es nicht das vage Versprechen eines Liebenden. Seine Erfahrungen machten ein solches unmöglich. Er wusste um die Gefahr, von der Polizei geschnappt zu werden. Er kannte das Risiko, das er einging, indem er Matt Mason einbezog. Aber er wusste auch ganz genau, wo seine eigene Stärke lag, nämlich in der Zurückweisung aller anderen und in der Einsamkeit, die ihn diese gelehrt hatten.

Er wunderte sich, dass er in der Lage war, ein totes Mädchen gleichgültig zu begraben und sämtliche Skrupel mit ihr. Aber seine Lektion hatte gesessen.

»Alles wird gut«, sagt er noch einmal.

Tommy wartete.


## SECHSUNDZWANZIG

An fremde Türen zu klopfen faszinierte Harkness immer noch. Als Teenager war er manchmal abends in den wohlhabenderen Vierteln spazieren gegangen, hatte sich vorgestellt, welche Dramen sich hinter den Panoramafenstern abspielten. Der anschließende Verdacht, dass dort niemand etwas Aufregenderes getan hatte, als Instantkaffee aufzugießen, beschäftigte ihn dann allerdings nicht mehr allzu lange.

Zu den Vorzügen seines Berufs zählte auch die Erlaubnis, dieser jugendlichen Neugier nachzugeben. Man klingelte, zeigte seinen Ausweis und wurde in das exotische Reich anderer vorgelassen. Natürlich hielten sie sich bedeckt. Doch in den Dunstschwaden unterbrochener Gespräche und den kaum merklichen Umorientierungen, die die eigene Anwesenheit auslöste, bekam man Seltsames zu Gesicht. In diesem Fall hatte er ein besonderes Interesse, weil er sich an Mrs Stanley erinnerte.

»Die Frau sieht umwerfend aus«, sagte er an der Tür.

»Ganz ruhig, Brauner«, sagte Laidlaw und dachte, als die Tür aufging, er hätte sich besser selbst ermahnt.

Harkness hatte recht. Sie trug einen Overall aus Nylon, war ungeschminkt und ihr schwarzes Haar leicht zerzaust. Da sie vollkommen ohne die käuflichen Accessoires der Schönheit auskam, ließ sie diese schlicht irrelevant erscheinen. Sie mochte um die vierzig sein und war im Gesicht schmaler, als allgemein akzeptabel sein sollte. Aber sie akzeptierten es. Entscheidend war die Intensität ihres Blicks. Beide Augen suchten. Was auch immer sie gerade vorgehabt hatte, sie hatte es noch nicht getan.

»Ja?«

»Mrs Stanley?«, fragte Laidlaw.

»Die bin ich.«

»Wir sind von der Polizei, Mrs Stanley.« Er zeigte ihr seinen Ausweis. »Ich bin Detective Inspector Laidlaw. Das ist Detective Constable Harkness. Es geht um den Tod von Jennifer Lawson.«

»Oh, da kommen Sie besser rein.«

Bevor sie die Tür schloss, warf sie einen Blick nach draußen, um zu sehen, ob sie jemand beobachtete. Harkness gefiel das Wohnzimmer. Es war heimelig, aufgeräumt, aber bewohnt. Seine Besitzer hatten sich in ihrem Stolz den Verhältnissen nicht gebeugt.

»Ich hab Sie doch gestern Abend schon gesehen, oder?«, fragte sie Harkness.

Harkness nickte, freute sich, weil sie sich erinnerte. Sie machte ihnen Zeichen, sich zu setzen.

»Eigentlich wollten wir mit Sarah sprechen«, sagte Laidlaw. »Ist das bitte möglich?«

»Oh, Sarah ist noch auf der Arbeit.«

»Auf der Arbeit?«

»Mein Mann und ich dachten, das wär das Beste«, sagte sie, die Verwunderung in Laidlaws Ton abwehrend. Sie ging zur Tür und machte sie zu. »Mein Mann hat Nachtschicht. Sarah wär fast durchgedreht. Also haben wir sie rausgeschickt. Mein Gott, das ist so schrecklich. Man darf sich das gar nicht vorstellen. Schon gar nicht in Sarahs Alter.«

»Wenn ich das richtig verstanden habe, war sie Jennifers beste Freundin.«

»Das war sie eine ganze Weile lang. Es gab eine Zeit, da dachte ich, die beiden könnte man bloß noch durch eine Operation trennen. Wie siamesische Zwillinge.«

»Aber in letzter Zeit nicht mehr?«

»Na ja, nicht mehr so sehr.«

»Warum nicht?«

»Menschen verändern sich. Werden erwachsen. Unterschiedlich schnell.«

»Und wer wurde schneller erwachsen? Jennifer oder Sarah?«

Mrs Stanley lächelte. Ein wunderschönes Lächeln, traurig, gedankenversunken, unbefangen. Es traf Harkness wie eine Strahlenkanone und atomisierte seine Konzentrationsfähigkeit. Er ertappte sich bei der Vorstellung, wie sie vor schätzungsweise fünfzehn Jahren ausgesehen haben musste.

»Jennifer war ein seltsames Mädchen. Manchmal ist sie einfach hergekommen. Hat da gesessen. Hat zugehört und zugeguckt. Ich glaube, sie hat Vergleiche angestellt.«

»Mit ihrem eigenen Zuhause?«

Mrs Stanley sah zu Laidlaw auf, beeindruckt, wie schnell er verstand.

»Ich glaube schon. Aber in letzter Zeit hatte sie sich verändert. Als hätte sie eine Entscheidung getroffen. Ich glaube, sie hat uns nicht mehr gebraucht. Nicht mal Sarah. Trotzdem sind die beiden manchmal noch zusammen weg. Sarah war am Samstag mit ihr in der Disco.«

Die Wohnzimmertür flog auf. Der Mann, der sich im Eingang die Augen rieb, trug nur Unterhemd und Hose. Ein Bauch wie ein Fass hing über dem offenen Gürtel.

Seine Füße waren nackt. Verwuscheltes, am Ansatz ausgedünntes Haar und ein Igelkinn rundeten sein Erscheinungsbild ab. Die Schöne und das Biest, dachte Harkness.

»Haben wir dich geweckt, Airchie?«, fragte Mrs Stanley.
»Ja. Hab euch reden hören.«
»Die Polizei will mit Sarah sprechen.«
»Geht um Buds Mädchen, oder?«

Airchie würdigte Laidlaw und Harkness keines Grußes. Während sich eine Hand quer über seinen Bauch schob, gähnte er ausgiebig.

Dann setzte er sich an den Kamin.

»Sarah war Samstagabend mit Jennifer zusammen«, sagte Laidlaw.
»Ja, aber sie hat sie nicht mehr gesehen.«
»Wie meinen Sie das?«
»Na ja, die gehen da ja nicht wegen der Mädchen hin, oder? Jennifer hat jemanden kennengelernt.«
»Hat Sarah ihn gesehen?«
»Nein. Sie sagt, sie hat Jennifer schon ganz früh aus den Augen verloren.«

Das Schweigen war kein Zufall. Mit Airchie war auch Spannung in den Raum getreten. Er saß zwanglos da, hatte die Arme auf den Bauch gelegt, auf einen Unterarm war ein Anker tätowiert, auf den anderen ein Dolch. Er starrte seine nackten Füße an. Er sah aus, als wollte er seine Zehen zählen.

Die Anspannung irritierte Harkness. Er hatte das Gefühl, Mrs Stanley habe etwas gesagt, das Laidlaw zu denken gab, er wusste nicht, was es war. Er spürte, dass Airchies Anwesenheit seiner Frau eine Warnung war. Er fragte sich, wie speziell diese Warnung war, ob sie vielleicht nur aus dem Reflex entstand, auf keinen Fall der Polizei etwas zu erzählen. Das hätte so was wie ein geheimer Leitspruch auf dem Wappen von Drumchapel sein können.

»Sie hatten darüber gesprochen, dass Jennifer Vergleiche zu ihrer eigenen Familie anstellte«, sagte Laidlaw. »Stimmte was nicht bei ihr zu Hause?«

Kaum hatte Laidlaw das gesagt, begriff Harkness, was Eingebung war. Nämlich genau im richtigen Moment genau die richtige Frage zu stellen, dann bekam man keine Antwort, sondern eine unvorbereitete Reaktion.

»Was hast du erzählt?«

Airchies Ärger war erwacht. Seine Frau ignorierte ihn vorsichtig.

»Ich meine, ich glaube nicht, dass sie zu Hause glücklich war.«

»Wieso nicht?«

»Ihr Vater hat ihr keine Luft zum Atmen gelassen. Der herrscht zu Hause wie über ein Gefangenenlager.«

»Jetzt reicht's!«, schrie Airchie.

»Eine streunende Katze hat ein besseres Leben als ihre Mutter.«

»Ich hab gesagt, es reicht!«

»Nein. Es reicht nicht.«

Sie starrten einander an. Laidlaw und Harkness schwiegen. Es war kein Blick, in den man sich einmischen sollte. Darin enthalten waren ungefähr zwanzig Ehejahre mit empfindlicheren Lasten als auf einem Gefahrguttransport auf der M1. Jetzt ging es nicht mehr um ein totes Mädchen oder die Fragen der Polizei. Es ging um andere Arten von Tod. Darum, was einer Frau in einer Beziehung verwehrt blieb, obwohl sie bis heute immer anständig war und wie ein Mann Versprechen unterlief, von denen er nicht einmal mehr wusste, dass er sie gegeben hatte. Es ging um geretteten und verlorenen Stolz.

Durch diesen langen Blick definierten sie sich gegenseitig. Durch nichts war es ihm bislang gelungen, ihr den Hunger nach mehr auszutreiben, was auch immer dieses Mehr war. In ihren Augen flackerte ein Feuer, das er weder anfachen noch ersticken konnte. Der Einzige, der sich von seiner Schreierei einschüchtern ließ, war er selbst. Er hockte hinter seinem hoch aufgeworfenen Haufen an angetrunkenem Mut und fiel in sich zusammen. Durchaus würdevoll. Er hatte es seit Jahren geübt.

»Und einmal hat er Jennifer etwas angetan, was sie ihm nie vergessen hat.«

Sie sprach sehr deutlich, sehr bewusst, stach die Worte mit Bedacht in das Schweigen ihres Mannes. »Ich glaube, das war's, was sie so verändert hat.«

»Und was hat er ihr angetan?«

»Bud hat gemacht, was jeder andere auch gemacht hätte.«

Sie sahen ihn alle an. Auf der Suche nach schwelenden Resten, die sich anfachen ließen, stocherte er in der Asche seiner Selbstachtung.

»Sie hat sich mit einem Katholiken eingelassen. Und Bud hat der Sache ein Ende gemacht. Ich weiß nicht, was ihr beiden seid. Aber ich sag euch eins. Ich würde meine Tochter auch keinen Katholiken heiraten lassen. Nichts für ungut.«

»Sarah entscheidet selbst, wen sie heiratet«, sagte Mrs Stanley. »Das sag ich dir, das kannst du glauben.«

Angesichts der Aufrichtigkeit in ihrem Gesicht und der Intensität ihres Blickes, widmete sich Airchie der eindringlichen Betrachtung seines Bauches.

»Dann komme ich nicht zur Hochzeit«, teilte er mit.

»Der Einzige, der dich vermissen wird, ist der Barmann.«

Der Krieg war vorbei. Zwischen den Gefallenen hatten Laidlaw und Harkness etwas gefunden, von dem sie nicht einmal gewusst hatten, dass sie es suchten. Jetzt war es an der Zeit, die beiden sich selbst zu überlassen, damit sie Frieden schließen konnten.

Laidlaw stand auf.

»Na ja«, sagte er. »Tut mir leid, wenn wir Ihnen Umstände gemacht haben.«

»Bilden Sie sich bloß nichts ein«, sagte Mrs Stanley und lächelte. »Bei uns geht's immer so zu.«
»Wir besuchen Sarah an ihrem Arbeitsplatz.«
»Sie arbeitet bei MacLaughlan in der Druckerei.«
»Gut, die Adresse haben wir. Vielen Dank für Ihre Hilfe.«

Die Straße wirkte nach der angespannten Atmosphäre im Haus ungewöhnlich offen und breit, der Himmel grenzenlos.

»Meinen Sie, sie ist sicher?«, fragte Harkness. »Da drin mit ihm?«

»Keine Sorge«, sagte Laidlaw. »Die ist viel stärker als er.«

»Ich habe mich gefragt, was in Ihnen rumort hat. Dann hab ich's kapiert, als Sie die Frage nach Jennifers Zuhause gestellt haben.«

»Das hat aber gar nicht in mir rumort.«

»Was dann?«

»Was ganz anderes. Sie hat etwas gesagt, das nicht ins Bild passt. Nur eine Kleinigkeit. Aber das ist es ja meistens. Verräterisch ist immer die Art, wie Lügen miteinander verbunden werden. In Sarah Stanleys Geschichte gibt es eine falsche Erklärung.

»Sagen Sie schon, sagen Sie's.«

»Warte, bis wir mit Sarah gesprochen haben.«

An der Bushaltestelle stand bereits ein Mann, der klang, als würde er für die Weltmeisterschaft im Pfeifen trainieren. Die Darbietung war von erstaunlicher Kunstfertigkeit, durchsetzt von gekonnten Zwitscher- und gedehnten Flötentönen. Er hörte ganz plötzlich auf und sagte: »Kinder, Kinder. Auf der Strecke hier fahren keine Busse, glaub ich. Die setzen noch verfluchte Postkutschen ein.«

»Vielleicht wurden sie von Indianern aufgehalten«, sagte Laidlaw.

Es war zu kalt zum Rumstehen.

»Diese Mrs Stanley«, sagte Harkness und wärmte sich

an dem Gedanken, »weckt in mir den Wunsch nach einer Zeitmaschine.«

»Ich sehe schon, wir werden eiserne Unterwäsche für Sie anfordern müssen«, sagte Laidlaw. »Der April ist von allen Monaten der brutalste.«

## SIEBENUNDZWANZIG

MacLaughlans war ein kleines Familienunternehmen in der York Street. Wohin man sah, kahle Wände und verstaubte blinde Fenster. Oben befand sich ein großer Gemeinschaftsraum, der als Kantine diente, eine Umkleide und ein offener Raucherbereich. Hier warteten Laidlaw und Harkness jetzt zwischen öligen Jacken, dem Geruch von Druckerschwärze und benutzten tanninbraun verfärbten Teebechern.

Ein kleiner Mann im Overall kam herein.

»Guten Tag, meine Damen und Herren.«

Ein Varietékünstler hätte sein Publikum genauso begrüßt. Spontanes Theater. Er sah danach aus. Der Overall wirkte wie für jemand anders gemacht, als sei der Mann für den eigentlichen Besitzer eingesprungen. Die Originalfarbe war längst ausgewaschen und der Anzug war mit Ölflecken unterschiedlichster Intensität übersät, eine Collage seiner Vergangenheit. Die Kapuze blieb ihm wie durch ein Wunder am Hinterkopf haften. Im Gesicht zeigten sich geplatzte Whisky-Äderchen.

»Schnell noch vor Feierabend eine rauchen. Mir schmecken die Kippen nur in meiner Arbeitszeit.«

Er zog ein Bein seines Overalls hoch und kramte in der Seitentasche. Zum Vorschein kam ein ölverschmierter Zigarettenstummel. Er wischte ein paar Fusseln ab und zündete ihn an.

»Als würde man TNT rauchen«, nuschelte Laidlaw Harkness zu.

»Zugereist, oder? Hört mal, ich hab eine Geschichte für euch. Seht ihr die Druckerpresse da?«

Er zeigte auf einen großen begehbaren Schrank mit offener Tür.

»Ist eine wahre Geschichte. Nicht von letzter Woche, sondern von der Woche davor. Big Aly Simpson. Arbeitet hier. Verlegt gerne mal ein Rohr, wenn ihr versteht, was ich meine? Mir ist ja ein ordentliches Essen lieber. Aber egal, keiner ist perfekt. Mittagspause. Der Gong. Ran an die Töpfe. Nur Big Aly und Jinty nicht. Jinty ist ein großes Mädchen, arbeitet an einer der Maschinen. Na ja, so groß ist sie gar nicht, aber für mich sind alle groß. Bin mal vom Bordstein gefallen und hab mir ein Bein gebrochen. Jedenfalls ist Jinty dabei und die beiden warten in der Kantine hier und schließen ab. Wollen gerade loslegen, als sie hören, dass jemand versucht, die Tür aufzumachen. Dann hören sie Stimmen, die was von einem Schlüssel erzählen. Jetzt packt sie die Panik. Big Aly ist ein verheirateter Mann. Glaubt aber, alle anderen könnten nicht bis drei zählen. Also versteckt er sich in der Druckerpresse da. Jinty zupft sich die Klamotten zurecht und gähnt. Macht die Tür auf. ›Muss wohl eingeschlafen sein‹, sagt sie und blinzelt wie Schneewittchen. Wullie Anderson kommt rein. Was glaubst du, worauf er schnurstracks zusteuert? Die Druckerpresse natürlich. Will einen neuen Bürstenkopf holen. Macht die Tür auf. Und da steht Big Aly. Steht da wie Graf Dracula. Man sollte es nicht glauben. Und wisst ihr, was Big Aly sagt? Cool wie sonst was. ›Hält hier der Bus nach Maryhill?‹ Und das ist die Wahrheit.«

Während der kleine Mann lautlos lachte, sagte Laidlaw zu Harkness: »Das liebe ich so an Glasgow. Das ist hier keine Stadt, das ist permanentes Kabarett.«

Als der Vorarbeiter mit Sarah hereinkam, trat der kleine Mann seine Zigarette aus und verschwand schnell in dem Raum mit der Druckerpresse. Kurz tauchte er noch mal mit ein paar Lappen in der Hand auf und sagte: »Ich mach schnell vor Feierabend noch die Maschinen sauber, Charlie.«

Der Vorarbeiter hatte eine Hand väterlich auf Sarahs Schulter gelegt.

»Das ist heute schon das zweite Mal, dass jemand von der Polizei mit der armen Kleinen sprechen will«, sagte er. »Und ich hoffe, auch das letzte Mal.«

»Das hoffe ich auch«, sagte Laidlaw.

»Die sind von der Polizei?« Der kleine Mann stand mit seinen Lappen da und starrte sie an. »Ich dachte, das sind Besucher. Kein Wunder, dass die keinen Humor haben.«

Als sie mit ihnen alleine war, setzte Sarah sich und senkte den Blick. Sie war klein und auf eine sehr eigene Art attraktiv, ihr Gesichtsausdruck hatte etwas von Natur aus Freches, aber heute lag eine gewisse Zaghaftigkeit darin, wurde spürbar wie etwas, das sich hinter einer Milchglasscheibe bewegt.

Sie bestätigte die Schilderung ihrer Mutter. Ja, sie war mit Jennifer in die Disco gegangen, aber sie hatten sich bereits früh getrennt. Nein, sie hatte nicht gesehen, mit wem Jennifer weggegangen war. Jennifer und sie waren früher sehr eng befreundet gewesen, aber in letzter Zeit nicht mehr so sehr. Sie erzählte, was sie über Jennifer wusste, und erinnerte sich auch daran, dass Mr Lawson Jennifer verboten hatte, sich mit dem Katholiken zu verabreden. Jennifer schien darüber hinweg zu sein. Sie erzählte, bis Harkness die Konzentration verlor. Es war nichts Interessantes für sie dabei. Dann sagte Laidlaw etwas, dessen ruppige Unvermitteltheit Harkness aufhorchen ließ.

»Seit meiner Zeit hat sich das Tanzengehen offensichtlich ganz schön verändert. Das ›Poppies‹ ist ja nicht so wahnsinnig groß, oder?«

»Nein. Ist aber ganz okay.«

»Und du hast trotzdem nicht gesehen, mit wem sie weg ist? Meine Liebe, das nehme ich dir nicht ab.«

Sarah blickte angriffslustig auf, aber in ihren Augen lag ein Flimmern. Als habe sich fast unmerklich eine Kluft zwischen ihrer Fassade und ihrem Gefühl aufgetan. Laidlaw trieb einen Keil aus Worten hinein und stemmte sich dagegen.

»Zu meiner Zeit haben die Mädchen ihren Freundinnen stolz gezeigt, wenn sie eine Eroberung gemacht hatten. Man hat sich gegenseitig im Auge behalten. Jennifer hätte dich sehen lassen, wer sie mit nach Hause nimmt. Und du hättest alles drangesetzt, es mitzubekommen. Sie muss mit ihm auf der Tanzfläche gewesen sein. Du lügst, meine Kleine. Aber warum solltest du eine so dumme Lüge erfinden? Dafür gibt es keinen Grund, es sei denn, du vertuschst damit eine noch größere Lüge. Was hast du zu verbergen, Sarah? Was, meine Liebe?«

Er knackte sie wie ein Schalentier, aber im Inneren fand sich nur Pampe. Die Tränen verzerrten ihr Gesicht. Harkness konnte es kaum ertragen, sie anzusehen.

»Das ist die Wahrheit«, blubberte sie.

»Nein, ist es nicht.«

»Lassen Sie mich!«

»Das werde ich, das kannst du mir glauben. Wenn alle besten Freundinnen so wären wie du, würden wir alle in entsetzlichen Schwierigkeiten stecken. Jennifer ist tot. Sie ist so tot, toter geht's nicht. Hast du ihre Leiche gesehen, Kleines? Vielleicht kann ich das arrangieren.«

»Mein Daddy bringt mich um«, sagte sie durch die Tränen.

»Nein. Das genügt nicht, Sarah. Die Leute, die dein Vater umgebracht hat, leben alle noch. Aber Jennifer Lawson wurde ganz in echt ermordet. Also warum vergisst du nicht deine eigenen kleinen Sorgen und rückst mit der Wahrheit raus? Ihr beiden habt irgendwas im Schilde geführt, oder nicht? War's nicht so? War's so?«

»Sie war nicht im ›Poppies‹.«

Das Eingeständnis ließ alle Dämme brechen. Sie

schluchzte hysterisch. Laidlaw reichte ihr ein Taschentuch und wartete, während sie es mit Tränen tränkte.

»Na schön. Erzähl's uns, Liebes«, sagte er.

Jennifer hatte Sarah als Alibi benutzt. Sie hatte eine Verabredung mit einem gewissen Alan. Sarah konnte sich an den Nachnamen nicht erinnern, glaubte aber, es sei was wie MacIntosh oder MacKinley gewesen. Aber persönlich begegnet war sie ihm nie. Seit ihr Vater den Umgang mit dem Katholiken verboten hatte, hatte Jennifer alles vor ihren Eltern geheim gehalten. Sarah glaubte nicht, dass Alan ebenfalls Katholik war, aber sicher war sie nicht. Jennifer hatte ihr erzählt, sie habe ihn im »Muscular Arms« kennengelernt, dort ginge er öfter mal einen trinken. Sarah hatte zu viel Angst vor ihrem eigenen Vater gehabt, um gleich die Wahrheit zu sagen, und außerdem habe sie ja auch nur den Vornamen gewusst und nicht geglaubt, dass sich der ganze Ärger dafür lohnen würde. Sie dachte, wenn er's gewesen sei, dann würde er sowieso geschnappt. Er arbeitete am Flughafen, da war sie sicher. Sie schluchzte immer noch, jetzt aber leiser.

»Tut mir leid, aber das musste sein, Liebes«, sagte Laidlaw. Sie wollte ihm sein Taschentuch zurückgeben. »Nein. Schon in Ordnung. Aber du musst begreifen, dass es einen Unterschied gibt zwischen Problemen zu Hause und dem, womit wir's hier zu tun haben.«

Im Gang ging der Vorarbeiter an ihnen vorbei und nickte. Als er Sarah sah, stutzte er und rief: »Hey! Wartet mal, ihr zwei. Was habt ihr denn mit der Kleinen angestellt? Die weint ja.«

Als er auf sie zukam, spürte Harkness förmlich, wie Laidlaws Stimmung umschlug.

»Bleiben Sie, wo Sie sind!« Laidlaw zeigte auf den Vorarbeiter, der tatsächlich drei Meter vor ihnen stehen blieb. »Sparen Sie sich den verfluchten Weg. Das Mädchen heult, weil ich sie zum Heulen gebracht habe. Weil ich die Wahrheit über ihre tote Freundin erfahren musste. Die kann nämlich nicht mehr heulen. Und jetzt gehen Sie und ölen Sie Ihre beschissenen Maschinen. Und mischen Sie sich vor allem nicht in meine Arbeit ein. Ich hab schon genug Ärger, auch ohne dass mich Leute wie Sie mit ihren *Sunday Post*-Gefühlen volllabern.«

Als sie sich abwandten, sah der Vorarbeiter aus wie Lots Frau. Laidlaws Verärgerung hatte sie auf die Straße getrieben, sie überquerten sie und blieben stehen.

»Hören Sie«, sagte Laidlaw. »Sie sollten jetzt besser Bericht erstatten. Gehen Sie zu Milligan. Lieber Sie als ich. Aber schützen Sie sich mit einem Schild. So wie Perseus bei den Gorgonen. Und essen Sie was. Danach holen Sie mich im Burleigh ab. Erzählen Sie denen vom ›Poppies‹ und von Alan MacDingsbums. Und finden Sie raus, was die anderen inzwischen haben. Ach! Dieser Job kann einen ganz schön dünnhäutig machen.« Er blickte auf die andere Straßenseite. »Aber das hilft ein bisschen, oder?«

»Was?«

»Das.«

Die Arbeiter strömten aus MacLaughlans. Sie drängelten und lachten. Jemand ließ eine Aludose fallen, die davonklapperte, und es entspann sich eine lustige Kettenreaktion, bis die Dose wieder eingefangen war. Harkness sah Laidlaw an, der grinste.

## ACHTUNDZWANZIG

Wer braucht schon Raketen, um zum Mond zu fliegen?, dachte er. Wir kommen auch mit dem Auto hin.

Der Mann mit der Narbe fuhr am »Seven Ways« und am »Square Ring« vorbei. Für ihn waren das nicht nur Pubs. Sie waren Teile eines seltsamen, persönlichen Horoskops all jener Dinge, die ihn zu dem gemacht hatten, was er war. Aber daran dachte er jetzt nicht. Er war lange nicht mehr in einer der beiden Kneipen gewesen, aber das spielte keine Rolle. An sechs Abenden der Woche wurden hier Aggressionen und Kopfschmerzen produziert, Menschen auf die Straße gespült, wo sich das chaotische Klima fortsetzte, das sein natürlicher Lebensraum war. Er hatte dieses Klima nie infrage gestellt, nur gelernt, darin zu leben. So war er. Als er durch die Straßen fuhr, nahm er nichts außer Bereitschaft wahr. Der Verfall um ihn herum löste nicht Mitleid, Wut oder zärtliche Gefühle aus, sondern markierte lediglich den Weg. So wie sein Gesicht von einer Wunde beherrscht wurde, einer Narbe mit Gesicht drum herum, so war sein Charakter eine reflexhafte Reaktion auf das, was er durchgemacht hatte.

Er parkte den Wagen nicht auf der Brache, sondern unter einer Laterne auf der Straße daneben. Geschuldet war dies weniger einer Absicht als einer Gewohnheit, denn es war nicht dunkel. Ein paar Jungs trieben sich hier herum. Dem größten in dem zerrissenen Anorak warf er zehn Pence zu.

»Kein Problem, Mister«, sagte der Junge.

Aber das stimmte nicht, es gab sehr wohl ein Problem und er ging direkt darauf zu. Von außen war das Wohnhaus alt und schäbig. Sein Inneres aber war für ihn eine Aneinanderreihung vertrauter Überraschungen. Da waren der ordentlich gestrichene Eingangsbereich und das Treppenhaus, die frisch lackierte Haustür. Dann der wunderschön gestrichene Flur, der dicke Teppich, die bunten Gemälde – wie in Ali Babas Höhle.

»Hallo, Onkel.« Das war Maureen in lila Schlaghosen und dazu passendem Wollpulli. »Wir wollen ins Kino.«

»Schön, mein Mäuschen.«

Sie nannte ihn immer noch Onkel, obwohl sie inzwischen dreizehn war und wusste, dass sie eigentlich gar nicht verwandt waren. Ihm gefiel das. Er ging weiter ins Wohnzimmer, wo er auf die letzte Überraschung stieß, die das Haus zu bieten hatte – John Rhodes saß am Kamin, in Häuslichkeit geerdete Brutalität, bekleidet mit Strickjacke und Pantoffeln. John sah über seine Zeitung hinweg und zwinkerte zur Begrüßung.

Der Mann mit der Narbe setzte sich ihm gegenüber. Er kannte die Regeln. Wenn die Familie da war, durfte auf keinen Fall über Geschäftliches gesprochen werden.

»Wie sind die Pferde heute gelaufen, John?«

»Rückwärts. Lauter lahme Klepper. Hast du auch gewettet?«

»Nichts gefunden. Hab bei Matt Mason ins Rennprogramm geguckt.«

John Rhodes sah kurz auf und versenkte den Blick anschließend sofort wieder in seiner Zeitung. Die Botschaft war angekommen. Er wollte nichts hören, auch nicht verschlüsselt, solange seine Familie noch im Haus war.

Dem Mann mit der Narbe war's recht. Wenn sie überhaupt nicht zum Geschäft kämen, würde es ihm auch nichts ausmachen. Die ganze Sache war nichts, worauf er stand. Er blieb einfach sitzen und genoss das Gewusel von Annie, Johns Frau, und den beiden Mädchen, die sich fürs Kino fertig machten. John badete im Kielwasser ihrer Geschäftigkeit. Häuslichkeit war bei ihm nicht gespielt. Seine Familie war das Allerwichtigste in seinem Leben, der ganze Rest diente ausschließlich ihrer Verteidigung.

Maureen und Sandra gaben John zum Abschied ein Küsschen und Annie meinte, es würde nicht spät werden, aber wenn er noch mal losmüsste, wolle er dann bitte den Funkenschutz vor den Kamin stellen. Maureen gab auch dem Mann mit der Narbe ein Küsschen. Sie war ein liebes Mädchen und konnte es nicht mitansehen, wenn jemand ausgeschlossen wurde.

Nachdem sie gegangen waren, las John noch ein bisschen länger die Zeitung. Als wollte er sich die Zeit vertreiben, bis der Nachhall familiärer Anwesenheit verflogen war. Der Mann mit der Narbe wartete. Zu trinken würde es nichts geben, weil John grundsätzlich nichts im Haus hatte.

»Und?«

»Hab gehört, ein Freund von Harry Rayburn ist es gewesen. Ein junger Kerl.«

»Aber Harry Rayburn ist schwul.«

»Hab ich auch gehört.«

»Du meinst, er hat was mit dem.«

»Sieht so aus.«

»Was wollte die Schwuchtel denn von dem Mädchen?«

»Vielleicht fährt er doppelgleisig.«

»Ich kann Schwule nicht ausstehen.«

Eine kühle schlichte Feststellung. Das Urteil war gefallen. Er wartete. Der Mann mit der Narbe zögerte. Er wusste genau, welchen Ausgang er sich wünschte, aber es würde ihm nicht gut bekommen, Rhodes jetzt reinzureden. Er betrachtete ihn, wie er ins Feuer starrte, das Gesicht verzerrt vor Abscheu. Grausam unbeweglich. Rhodes' Wut war barbarischer, als er es je bei einem anderen erlebt hatte. Er hatte zugesehen, wie die Hände, die jetzt entspannt auf den Armlehnen ruhten, einen Mann blind geschlagen hatten. Ohne jedes Bedauern.

»Ich weiß nicht, wie er heißt. Aber er ist noch in der Stadt.«

»Wo kann er sein?«

»Keine Ahnung.«

»Das ist aber nicht sehr schlau.«

»Herrgott noch mal, John, bin ich Hellseher, oder was?«

»Ich weiß, wer du bist. Vergiss nicht, wer ich bin. Du wirst dafür bezahlt, dass du's rausfindest, nicht fürs Witzigsein. Wenn ich einen Komiker brauche, stell ich einen ein. Und du kommst nicht in die engere Wahl.«

»Ich glaub, es gibt eine Möglichkeit, das rauszufinden, aber einfach ist es nicht.«

John Rhodes sah ihn an und lächelte.

»Nicht so schüchtern.«

»Lennie Wilson.«

»Wer ist Lennie Wilson?«

»Ein Junge, ein großer dummer Junge.«

»Das sind die Besten.«

»Arbeitet für Matt Mason. Das Komische ist, dass er jetzt auch für Harry Rayburn arbeitet.«

John Rhodes nickte.

»Mh-hm. Was will er von dem? Außer ihn für Mason ausspionieren.«

»Genau, das meine ich.«

»Sieht so aus. Glaubst du, der weiß was?«

»Ich denke, er müsste.«

»Na gut. Wenn so ein Junge was weiß, dann wird er's uns erzählen, wie einer von der Infozentrale. Das ist unser Mann.«

»Gibt ein Aber.«

John Rhodes wartete. Er musste nichts übergehen, denn es gab nichts, womit er nicht klargekommen wäre. Der Mann mit der Narbe war sehr vorsichtig. John zu widersprechen war so einfach, wie sich an einem Bullen in einem Gehege vorbeizuschleichen. Er hatte unendlichen Respekt vor ihm. In einer Stadt, in der man jederzeit eine Schlägerei anzetteln konnte, wenn man wollte und meist auch wenn nicht, hatte er nie jemanden erlebt, der härter, schneller oder angstfreier war. Aber in gewisser Hinsicht war das auch ein Problem. John war in seiner Brutalität nie an Grenzen gestoßen. Und jetzt fürchtete er, dass John irgendwann alles zerstören würde, was sie hatten, indem er diese austestete. Jetzt konnte der Moment gekommen sein.

»Wir überfahren Matt Mason, John. Wofür?«

»Wenn ich jemanden überfahre, bedeutet das, dass er mir im Weg steht. Und wessen Schuld ist das? Warte mit Lennie Wilson bis morgen. Heute Abend bringst du mir diesen Lawson in den ›Gay Laddie‹. Dann holst du mich hier ab. Ich will wissen, wie der drauf ist.«

Der Mann mit der Narbe war nicht sicher, wie das Urteil lautete. Aber zu sagen gab es nichts mehr. John

Rhodes stand auf und hob ein paar Schuhe auf, die Maureen stehen gelassen hatte. Er stellte sie ordentlich unter einen Stuhl. Der Mann mit der Narbe ging.

## NEUNUNDZWANZIG

Das Burleigh Hotel befand sich am westlichen Ende der Sauchiehall Street. Ein sehr schmutziges viktorianisches Gebäude, das sehr aufwendig mit Schnörkeln und allerhand Schnickschnack verziert war, wodurch es vor allem zu einem riesigen Schmutzfänger für umherwirbelnden Ruß und anderen Dreck aus der Luft wurde. Von der eigenen Fassade fast verschlungen, niedergedrückt nach so vielen Jahren in Glasgow, stand es jetzt da, der obere Bereich ein Denkmal für die Spatzen, die einst die Innenstadt bedeckt hatten wie ein Schirm aus durchgedrehten Harpyien.

Die Glaskassettentür ließ sich durch den Zugluftschutz gebremst nur schwer öffnen, als würde sich das Haus zieren, Besucher einzulassen. Das Foyer war geräumig, der meeresgrüne Teppich erstickte in einer Sargassosee abgewetzter Fäden. Harkness wollte sich nicht ausmalen, was ihn so schäbig gemacht hatte.

Er marschierte darüber hinweg zur Rezeption. Am Schlüsselbrett hing mehr Metall als in einem Waffenlager. Die Postfächer waren vollgestopft mit Leere. Er konnte Laidlaws Namen nicht entdecken und drückte auf die Klingel. Sie brummte barsch, als wäre sie aus der Übung.

Völlig unerwartet trat eine Frau aus einem Kämmerchen. Frauen wie sie erschienen immer unerwartet. Sie war Mitte zwanzig, attraktiv und wirkte in ihrer Weiblichkeit auf eine Weise kompetent, die Männer dazu bringt, die eigenen Hormone abzuzählen. Sie lächelte Harkness kurz zu und er wünschte sofort, sie würde ein zweites Mal lächeln.

»Ich vermute mal, bei Ihnen ist kein Zimmer mehr frei«, sagte er und nickte Richtung Schlüsselbrett.

Noch bevor er ausgesprochen hatte, hatte sie sich auf seine scherzhafte Ungezwungenheit eingestellt.

»Ist schon das ganze Jahr sehr ruhig«, sagte sie.

»Eigentlich suche ich Mr Laidlaw. Würden Sie mir seine Zimmernummer verraten, bitte?«

Das zweite Lächeln machte ihm nicht so viel Freude, wie er gedacht hätte, denn er verstand es nicht. Ihn überfiel das Unbehagen, das man in einem teuren Restaurant verspürt, das man betreten hat, ohne vorher einen Blick in die eigene Brieftasche geworfen zu haben.

»Sie sind nicht zufällig Mr Harkness, oder?«

»Genau der.«

»Ihr Geheimnis ist bei mir sicher«, flüsterte sie mit hochgezogenen Augenbrauen. »Laidlaw ist oben. In der Residents' Lounge.«

Harkness zögerte, wollte den Augenblick nicht loslassen, wartete darauf, dass ihm etwas Geistreiches über die Lippen käme.

»Danke«, sagte er.

»Wenn Sie müde Füße haben, können Sie auch den Fahrstuhl nehmen.«

Harkness drehte sich um und sah den Fahrstuhl, eisenvergittert und schwarz wie ein Folterinstrument. Er erinnerte sich an eine elende Stunde, die er einst in einem stecken gebliebenen Fahrstuhl in San Sebastian verbracht hatte. Seinen Füßen ging es wunderbar.

»Sie wollen ihn uns doch nicht schon wieder wegnehmen, oder?«

Am Fuß der Treppe drehte sich Harkness noch einmal um.

»Warum? Würden Sie ihn vermissen?«

Sie lachte und konzentrierte sich auf die Unterlagen vor sich. Die Geste ließ ihn glauben, dass sie in festen Händen war, und so blieb ihm nichts anderes übrig, als die mit welligem Teppichboden belegten Treppenstufen emporzusteigen. Die Residents' Lounge befand sich links.

Sie war ein riesiger Farbfernseher mit einem Zimmer ringsum. In dem Apparat lief Golf, Peter Oosterhuis rutschte genial über den Platz. Laidlaw saß mit vier anderen dort. Zwei von ihnen trugen Pantoffeln. Einer hatte ein Glas mit Flaschenbier vor sich, hin und wieder nahm er einen Schluck, als sei's Medizin. Die Atmosphäre war gediegen, aber gemütlich. Die Anwesenden hatten sich ihre Heimeligkeit selbst mitgebracht. Sie waren die Handlungsreisenden, über die man keine Witze macht.

Harkness schob sich auf einen Rattanstuhl neben Laidlaw. Das Kissen war dünn, und schon nach wenigen Sekunden spürte Harkness, wie sich das Geflecht in seinen Hintern grub. Laidlaw hob die Augenbrauen und nickte. Er trank von seinem Whisky, hob das Glas und sah Harkness fragend an. Harkness schüttelte den Kopf.

Der Mann mit dem Bier schlug die Beine andersherum übereinander. In der Stille des Raums wirkte dies wie ein Ereignis. Er gehörte zu den Männern, die Kahlköpfigkeit für einen Gemütszustand halten. Knapp über den Achseln hatte er einen Scheitel gezogen und die Strähnen so gelegt, dass sie sich wie Clematis quer über seinen Schädel rankten. »Schlag«, sagte er. »Hm«, fielen die anderen ein. Harkness dachte, dass zehn Minuten Golf genügten, um jeden zum Greis zu machen.

Er sah, wie Oosterhuis gleichzog, und sagte zu Laidlaw: »Mögen Sie Golf?«

»Ja und nein«, antwortete Laidlaw.

Harkness sagte nichts. Er war nicht in der Stimmung für Rätsel.

»Ist ein gutes Spiel«, erklärte Laidlaw leise. »Aber Profisportler sind mir grundsätzlich nicht geheuer. Erwachsene Männer, die ihr Leben einem Spiel widmen, sind die Tempelhuren des Kapitalismus.«

Harkness sagte nichts. Im Verlauf ihrer kurzen Bekanntschaft hatte er bereits begriffen, was ihn an Laidlaws Art herunterzog. Wenn Laidlaw in Stimmung war, sagte man ihm Hallo und er analysierte die Aussage erst, bevor er den Gruß erwiderte. Das konnte sehr anstrengend sein.

Harkness war froh, als Laidlaw vorschlug, auf sein Zimmer zu gehen. Sie gingen nach oben, trotteten durch düstere Korridore, Harkness merkte, wie schwierig es war, über die schiefen alten Bodendielen zu gehen, wie an Deck eines schwankenden Schiffs. Die Geister alter Gerüche waberten ihnen entgegen, das Lysol hatte sie nicht vertreiben können.

Zimmer zweiundfünfzig unterschied sich von den anderen durch nichts außer der Nummer. Es sah aus, als sei Laidlaw hier weniger eingezogen als vielmehr eingebrochen – ein elektrischer Rasierapparat, ein Handtuch, ein Hemd auf dem Bett, eine aufgeschraubte Zahnpastatube im Waschbecken, der Inhalt eines Koffers über einem Stuhl ausgeleert. Laidlaw zündete sich eine Zigarette an und setzte sich aufs Bett. Harkness reichte ihm Milligans Liste.

»Rayburns Mitarbeiter«, sagte Laidlaw. »Sehr gut. Alphabetisch sortiert, auch das noch. Angefangen bei D und abschließend mit T. Sehr schön. Aber im Moment hilft uns das nicht weiter als ein Telefonbuch. Milligan wird sowieso alle abklappern.«

Laidlaw gab Harkness das Blatt zurück und konzentrierte sich aufs Rauchen. Seine Laune war gelöst. Er war kein Polizist, nur ein müder Mann in einem fremden Hotelzimmer mit einem Kollegen, den er erst am selben Tag kennengelernt hatte. Harkness, noch immer erfüllt von der Grenzenlosigkeit des Frühlings, die ihn sich an andere Orte wünschen ließ, passte sich der Stimmung an. Dem Anschein nach hatten sie nicht mehr gemein als die Vergeblichkeit des Tages. Auf der Wache war Harkness aufgefallen, wie geschäftig und zielgerichtet verfahren wurde. Er fühlte sich dadurch an den Rand gedrängt. Um die Schuld dafür nicht Laidlaw zuzuschieben, versuchte er, sich dessen Verfassung anzueignen. Er blickte aus dem Fenster.

»Irgendwo da draußen ist er«, sagte er. »In der Stadt. Vielleicht trifft er sich gerade mit anderen Menschen. Läuft rum. Unterhält sich. Aber wo?«

Laidlaw stand auf und schenkte sich einen weiteren Drink ein. Dazu nahm er Wasser aus der Leitung.

»Außerhalb Ihrer Hörweite, wenn er Glück hat«, sagte er. »Schreiben Sie bloß keine Seifenopern, noch dazu während der Dienstzeit.«

Das genügte. Harkness war froh. Seine Frustration hatte einen Angriffspunkt. Er selbst war ein einziger Streit, der lediglich noch einen Vorwand suchte. Und jetzt hatte ihm Laidlaw den Gefallen getan.

»Na klar, vielleicht löst Milligan den Fall«, sagte er, »damit würde er uns eine Menge Aufwand ersparen. Und vielleicht kann man auch mit einem Kran Gänseblümchen pflücken.«

»Warum lassen Sie Milligan nicht einfach in Ruhe?«, fragte Harkness.

Laidlaw, der sich wieder aufs Bett gesetzt hatte, blickte zu ihm auf.

»Ich wusste nicht, dass Sie so empfindlich sind.«

»Sie können mich mal!«

In der darauffolgenden Stille ging draußen im Flur jemand vorbei.

»Vielleicht möchten Sie mir die Bemerkung übersetzen«, sagte Laidlaw.

»Ja, das möchte ich. Ich habe keine Lust mehr, mir Ihre ständige Rumhackerei auf Milligan anzuhören.«

»Sie sind überempfindlich.«

»Das glaube ich kaum. Ich habe ein Jahr lang mit ihm zusammengearbeitet. Und ich mag ihn ganz gerne.«

»Dann haben Sie nichts begriffen.«

»Erklären Sie's mir«, sagte Harkness. »Erklären Sie mir, was Sie gegen Milligan haben.«

Laidlaw nahm einen Schluck und nickte.

»Vielleicht mache ich das«, sagte er. »Aber nur aus einem einzigen Grund. Um zu Ihrer Bildung beizutragen. Nicht um mich vor Ihnen zu rechtfertigen. Welche Meinung Sie von mir haben, beunruhigt mich derzeit ungefähr so wie einen Geköpften seine Schuppen. Ich muss mich vor Ihnen nicht rechtfertigen, sondern vor mir selbst. Und das ist verdammt noch mal schwieriger. Und wenn Sie das nächste Mal einen Anfall von selbstgerechter Loyalität in sich aufsteigen spüren, gehen Sie damit doch einfach woandershin.«

Sie sahen einander an, nur ein Augenzwinkern von Handgreiflichkeiten entfernt.

»Schön«, sagte Harkness. »Aber Sie haben sich immer noch nicht zur Sache geäußert.«

»Milligan kennt keinen Zweifel.«

»Wie meinen Sie das?«

»Ich meine, würden morgen früh alle mit dem Mut ihrer Zweifel, nicht dem ihrer Überzeugungen, aufwachen, wäre das wahrhaftig der Beginn eines neuen glorreichen Zeitalters. Falsche Überzeugungen sind das, was uns zerstört. Und Milligan ist voll davon. Er ist die wandelnde Unbedingtheit. Was ist Mord anderes als ein bewusst herbeigeführtes Unbedingtes, eine künstlich geschaffene Gewissheit? Ein existenzielles Nervenversagen. Wir sollten das Verbrechen durch unsere Reaktion darauf nicht noch schlimmer machen. Aber das geschieht immer wieder. Angesichts der Ungeheuerlichkeit einer solchen Tat verlieren viele die Nerven und erschaffen ein Monster, anstatt einen Menschen zu sehen. Das ist eine soziale Industrie. Und Milligan ist einer ihrer Spitzenunternehmer. Davon gibt es viele, aber Milligan kommt mir nun mal immer wieder in die Quere. Wie ein dicker fetter Staubklumpen.«

»Das ist mir ein bisschen zu drastisch.«

»Ihr Problem«, sagte Laidlaw. »Sie haben mich gefragt.«

Harkness stand da und ließ das Gesagte sacken. Wie beim Golf, dachte er. Man warf Laidlaw eine Frage beiläufig wie einen Schneeball zu und bekam eine Lawine zurück.

»Ein beeindruckender Vorwurf«, sagte Harkness. »Aber wo sind die Beweise?«

»Hier.« Laidlaw tippte sich an den Kopf. »Sie kennen ihn erst seit einem Jahr. Ich kenne ihn viel länger. Ich habe gesehen, wie er in anderer Leute Trauer planscht wie ein Kind in seichtem Küstenwasser. Nur um eine Festnahme zu machen. Ich habe gesehen, wie er einen sechzehnjährigen Halbstarken in einer dunklen Seitenstraße verhört. Rippe für Rippe.«

»Manchmal geht's nicht anders.«

»Mag sein. Aber wenn es anfängt, Spaß zu machen, hat man ausgespielt, dann gibt's nur noch Trauermärsche.«

»So schlimm ist er nicht.«

»Man sollte um ihn herum weiträumig absperren. Aus seinen Nüstern dringt Atomstaub.«

Harkness setzte sich auf den einzigen Stuhl, schüttelte den Kopf und spürte die Komplexität von Laidlaws Persönlichkeit. Er hatte das Gefühl, dass alles viel einfacher war, als Laidlaw es darstellte, aber er konnte es nicht beweisen. Sie ließen ihre gemeinsame Niedergeschlagenheit in die Stille bluten.

»Egal«, sagte Laidlaw schließlich. »Heute hat sich eines zu meiner Zufriedenheit erwiesen. Wen auch immer wir suchen, Jennifer hat ihn gekannt. Und wenn sie ihn kannte, dann hat ihn auch jemand anders gekannt, an den wir herankommen können. Was haben die anderen zum geheimnisvollen Alan gesagt?«

Harkness musste sich aus der Ferne zurückbeordern.

»Sie wollen, dass wir ihn ausfindig machen und zur Vernehmung vorladen.«

»Schön. Wir fangen im ›Muscular Arms‹ an. Ich denke, Sie gehen am besten alleine hin. Ist doch eher ein Kindergarten, oder? Popmusik und Pickel. Wenn jemand in meinem Alter auftaucht, halten die das gleich für eine Razzia. Aber Sie werden nicht auffallen. Vor allem jetzt nicht mehr, wo Sie sich umgezogen haben. Sehen Sie mal, was Sie dort rauskriegen. Ich möchte noch mit jemand anders sprechen. Wir treffen uns auf der Gordon-Street-Seite an der Central Station. Sagen wir in einer Stunde. In Ordnung?«

Harkness nickte, fragte sich, wie Laidlaw dann drauf sein würde.

»Ob ich Sie dann wiedererkenne?«, fragte er.

Laidlaw schüttelte den Kopf und grinste reumütig zu Boden.

»Ich bin derjenige, der die Leute auf der Straße aufhält und fragt, wo's zum nächsten Mörder geht.«

Erst als Harkness sich entfernte, wurde ihm bewusst, dass Laidlaw während des gesamten Streits kein einziges Mal auf seinen übergeordneten Rang verwiesen hatte. Seine Wut verwandelte sich erneut in Sympathie. Aber er war nicht sicher, ob er froh darüber war.

In seinem Zimmer genehmigte sich Laidlaw einen weiteren Drink. Er dachte, und das nicht zum ersten Mal, dass ein gegebener Zusammenhang Definitionen setzt. Auseinandersetzungen schaffen Gewissheiten, von denen man gar nicht wusste, dass man sie besaß. Allein mit sich selbst, überfielen ihn Zweifel. Harkness hatte nicht ganz unrecht. Milligan war mehr, als ihm Laidlaw zugestand. Aber man musste sich ihm und dem, was er tat, widersetzen – als hätte ihn der Feind ersonnen.

Er nahm noch einen Schluck. Am liebsten hätte er telefoniert und gehört, wie es den Kindern ging. Er wollte ihre Stimmen hören. Aber das würde er später machen. Im Moment kam er mit der emotionalen Verkehrsblockade nicht klar, die ein schlichter Anruf bei seiner Frau ausgelöst hätte. Er war zu empfindlich.

Stattdessen wusch er sich und zog sich an, eine Therapie, die ihn davon überzeugen sollte, dass er mit allem Bevorstehenden klarkommen würde. Und es funktionierte auch dieses Mal. Sauber und sich seines guten Aussehens bewusst, ging er nach unten. An der Rezeption zwinkerte er der jungen Frau zu. Ein Ausdruck grotesken Draufgängertums.

»Wann kommst du?«, fragte sie.
»Jan«, sagte er, »wer weiß?«
»Gott, wie abgedroschen.«
»Das Geheimnis meines Charmes.«
»Die Zimmernummer weißt du noch, oder?«
Er lachte. Sie lächelte seinem Rücken hinterher.

## DREISSIG

Lennie kam sich vor wie ein Todesengel und genoss das Gefühl. Er stand an der Bar des »Burns Howff«, trank Bier und vermaß das, was vom Leben eines Menschen übrig war. Matt Mason hatte vor, sich des Bewohners von Bridgegate 17 zu entledigen, da war er sicher. Das bedeutete, dass Lennie in diesem Moment Macht über Leben oder Tod eines anderen hatte.

Er achtete darauf, nicht zu grinsen, möglichst unschuldig und ausdruckslos zu wirken, ein ganz normaler Gast, der ein Bier trank. Matt Mason seine Informationen zu übermitteln hatte er erst mal aufgeschoben. Er war durch die Innenstadt spaziert und hatte sich gefragt, wie viele der Vorübergehenden wohl erraten hätten, was sich gerade abspielte. Ausnahmsweise störte ihn ihre Gleichgültigkeit nicht. Er trug sein Geheimnis mit sich herum wie eine Million Pfund.

Das Gefühl entschädigte ihn für vieles. All die knallharten Jungs, mit denen er in Blackhill aufgewachsen war, würden ihre Meinung über ihn ändern, wenn sie davon wüssten. Sie hatten ihn nie richtig ernst genommen. Er erinnerte sich noch, wie Mickey Doolan meinte: »Knack lieber den Gaszähler deiner Oma, Lennie. Das ist eher deine Kragenweite.«

Jetzt sollten sie ihn mal sehen.

Er sah sich im Pub um, gab eine Privatvorstellung. Die Leute saßen vor der kahlen Wand, gestikulierten und überschrien die »Pony Express Disco«. Einige von denen bildeten sich wahrscheinlich ein, sie wüssten, was Härte ist. Dagegen fand er sich selbst ganz großartig, wie er dort still am Tresen stand, ein Profi unter Amateuren.

Aber die Zeit war um. Er wusste, Matt würde noch im Büro sein, aber nicht mehr lange. Lennie verließ das Pub so still, wie er es betreten hatte. Einen kleinen Rest ließ er im Glas. Manche Leute hatten schließlich außer Saufen auch noch was anderes zu tun.

Er blieb auf derselben Straßenseite, ging die West Regent Street hinauf. Der Laden war abgeschlossen. Als er klopfte, ließ ihn Matt höchstpersönlich rein. Sie gingen nach hinten in sein Büro.

Lennie erstattete Bericht und war enttäuscht, weil Eddie nicht da war und er ihn nicht beeindrucken konnte.

»Bist du sicher?«

»Ich bin sicher. Jedenfalls war er heute den ganzen Tag da. Inzwischen kann er natürlich auch schon woandershin sein.«

»Auf keinen Fall. Nach dem, was Big Harry gesagt hat, rührt er sich nicht vom Fleck. Big Harry hat dich aber nicht gesehen, oder? Bist du ganz sicher?«

»Der hat keine Ahnung«, sagte Lennie.

»Sehr schön.« Er nahm ein Bündel und schälte zwei Fünf-Pfund-Scheine ab. »Hier. Kauf dir ein paar Comics. Ach, kauf dir das Beano-Jahresheft. Hast du gut gemacht.«

Lennie freute sich über das Geld, war aber schrecklich enttäuscht. Das lag nicht nur an der Art, wie Mason ihn behandelte – er fühlte sich gekränkt wie ein Geheimagent, der eine Spielzeugpistole ausgehändigt bekommt –, sondern daran, dass die Realität gegenüber seinen eigenen lebhaften Vorstellungen zwangsläufig zurückblieb.

Dann sagte Mason: »Wir haben den richtigen Mann für den Job«, und Lennies Fantasie wurde erneut geweckt. Er konnte den Ereignissen verzeihen, dass sie ihn zum Statisten machten, weil sie so aufregend waren.

»Wer ist es?«

Mason ließ ihn einen Augenblick warten. Die Pause war der Teil der Umsicht, nach deren Maßgabe Mason lebte. Gehen bedeutete für ihn immer gleichzeitig eine Überprüfung des Bodens. In allen Korridoren, die er sich baute, gab es stets genug Türen.

In Bezug auf Lennie hatte er sich längst entschieden, aber noch war Zeit, den Beschluss zu ändern, sollte sein Instinkt ihm dies eingeben. Mason wollte Lennie weiter in dieser Sache einsetzen. Was nicht ganz frei von Risiken war. Er näherte sich der Frage mit der Feinfühligkeit eines Raubüberfalls. Eddie wäre die naheliegendere Lösung gewesen. Aber Lennie wusste bereits, was los war. Und sogar er konnte zwei und zwei zusammenzählen. Wollte man, dass jemand den Mund hielt, musste man ihn nur möglichst tief selbst in die Sache verwickeln. Mason wusste, dass Lennies Gier nach Gewalt eine tief sitzende Angst davor zugrunde lag. Schubste man ihn ein bisschen näher ran, würde er dadurch möglicherweise sehr wirkungsvoll zum Schweigen gebracht. Und sollte das nicht funktionieren, gab es auch noch andere Möglichkeiten, ihn zu Tode zu erschrecken.

»Du weißt, worin der Job besteht, oder?«

Lennie nickte und erkannte an Masons Reaktion, dass dies genau die richtige Antwort war. Profis mussten nicht immer alles aussprechen.

»Du wirst helfen. Der Mann kommt heute Abend hierher. Ich möchte, dass du ihn triffst. Du zeigst ihm dann, wo's langgeht.«

Mason sah, wie Lennie sein Ego mit Bedeutsamkeit fütterte. Sinnlos, ihm jetzt zu erklären, welchen Preis er möglicherweise dafür würde zahlen müssen. Soll er das Gefühl ruhig erst mal genießen. Mason beschloss großzügig, das Erlebnis mit Geheimniskrämerei aufzupeppen.

»Wer ist es, Boss?«, fragte Lennie.

»Du würdest nicht draufkommen.«

Lennie spreizte die Finger.

»Nein. Du könntest eine Woche lang raten und würdest nicht mal annähernd draufkommen. Deshalb ist es ja so gut.«

»Wer ist es?«

»Minty McGregor.«

Ihm gefiel, wie Lennie den Namen vorsichtig umkreiste, den Witz daran zu fassen versuchte.

»Aber Minty war nie ein Hitman.« Anscheinend hatte Lennie einen Mafia-Film gesehen.

»Perfekt, oder? Damit sind wir so weit von der Sache entfernt wie der Mond selbst. Wer würde jemals darauf kommen, dass Minty McGregor dahintersteckt? Und selbst wenn, wer würde je von ihm auf uns kommen?«

Lennies Verwunderung über Minty bestätigte Masons Argument.

»Aber Minty hat so was noch nie gemacht. Der ist Einbrecher. Immer gewesen. Warum sollte er das jetzt ändern?«

»Er hat Krebs«, sagte Mason, als würde das alles erklären.

In Lennies Augen tat es das nicht.

»Was hat das damit zu tun?«

»Bei jedem gibt es einen Punkt, Lennie, wenn man den erreicht hat, ist man zu allem bereit. Und da ist Minty jetzt.«

»Wie meinst du das?«

»Er macht sich Sorgen um seine Familie. Einbrecher bekommen keine Rente. Wir sind seine Lebensversicherung. Und er unsere. Denn wenn sie den Täter schnappen wollen, müssen sie sich beeilen. Und selbst wenn sie ihn kriegen, was hat er zu verlieren? Für ihn springt nichts raus, wenn er uns verrät. Das ist eine bombensichere Investition. Überleg dir das mal.«

Das tat Lennie. Der Gedanke flößte ihm Ehrfurcht ein – ein Mann, der nichts zu verlieren hatte und sich deshalb alles erlauben konnte.

»Das ist Wahnsinn«, flüsterte er.

»Jedenfalls nicht schlecht«, gestand Mason bescheiden.

An die Tür zur Straße wurde geklopft.

»Das wird er sein«, sagte Mason. »Eddie hat ihn hergebracht. Lass sie rein.«

Lennie eilte durch den Laden. In seiner Hast, Minty zu begrüßen, als wäre es das erste Mal, fingerte er nervös am Schloss herum. Aber als er die Tür endlich aufgeschlossen hatte, trat mit Eddie nicht mehr als ein Schwall kalte Luft herein.

»Wo ist Minty?«

»In meiner Jackentasche«, sagte Eddie.

Lennie folgte ihm nach hinten ins Büro, wo Mason sie anscheinend erst mal beide durchzählte.

»Was soll das?«, fragte er.

»Minty tritt heute Abend nicht an«, sagte Eddie.

»Und was soll das?«

»Er muss langsam machen, hat er gesagt. Er nimmt Medikamente. Morgen früh wird's ihm besser gehen.«

»Bist du sicher, dass er fit genug ist?«

»Er ist böse genug. Mehr braucht man für so einen Job nicht. Ist lange her, dass ich mit einem grausameren Mann gesprochen hab. So wie der drauf ist, ist der Krebs wahrscheinlich noch das Gesundeste an ihm. Aber du kannst dir selbst ein Bild machen. Er will dich morgen sehen. Im ›Ambassador‹. Da kennt ihn keiner. Und dich auch nicht. Er sagt, wenn das Geld stimmt, macht er's.«

»Das Geld wird stimmen. Bist du sicher, dass er's macht?«

»Ich würde sogar sagen, er ist heiß drauf.«

Mason nickte.

»Dann ist es das. Heute Nacht wäre besser gewesen. Ich lasse diesem Laidlaw nicht gerne Spielraum. Aber Minty kann es auch morgen erledigen. Lennie hat den anderen ausfindig gemacht. Von uns aus kann's losgehen.«

Er nahm eine Flasche Glenfiddich und zwei Gläser aus dem Schrank.

»Hol dir einen Becher vorne im Laden, Lennie.«

Als Lennie zurückkam, tranken sie im Stehen. Eine Totenfeier ohne Leichnam. Lennie hörte den ahnungslos auf der Straße vorbeirauschenden Verkehr und kam sich vor wie ein Angehöriger einer Geheimgesellschaft. Heute Abend würde er mit ein paar Freunden was trinken gehen. Er würde sich schwer in Acht nehmen müssen, damit ihm bloß nichts rausrutschte.

## EINUNDDREISSIG

James Cagney und van Johnson im Fummel. Fred Astaire und Ginger Rogers eine Treppe heruntertanzend, wer hätte das gedacht. Aus dem Stamm eines Blechbaums sprossen Regenbogen. Die Sterne an der Decke waren permanent erloschen. Ein Mädchen sagte leise zu ihrer Freundin: »Zwei Mal hat er's gemacht. Zwei Mal. Ich wär vor Schreck fast in Ohnmacht gefallen. Absolut unglaublich. Bei British Home Stores. Zwei Mal.«

Obwohl er den Starlite Room im »Muscular Arms« kannte und mochte, kam sich Harkness heute Abend deplatziert darin vor. Die Bilder der Filmstars deprimierten ihn wie Reiseprospekte von Orten, die er niemals sehen würde, besonders Jane Russell direkt neben der Damentoilette. Der Gesprächsfetzen, den er mitgehört hatte, schien ihm entsprechend verwunderlich. Die Fremdheit all dessen stürmte auf ihn ein.

Das war die Wirkung, die Laidlaw auf ihn hatte, glaubte

er. Ein Tag mit ihm genügte, um alle eigenen Überzeugungen über den Haufen zu werfen und sich von sich selbst zu entfremden. Laidlaw war ein so komplizierter Mistkerl, dass man in dem Versuch, sich seiner Komplexität anzupassen, unwillkürlich die eigene entdeckte. Harkness fiel etwas ein, das er mal irgendwo gelesen oder gehört hatte: »Man steigt nie zweimal in denselben Fluss.«

Heute Abend glaubte er es.

Für ihn bedeutete das, dass er heute Abend nicht mehr derselbe Polizist war wie gestern. Der Job war ein anderer und er auch. Er erinnerte sich, dass Milligan Laidlaw als Amateur bezeichnet hatte. Harkness glaubte jetzt besser zu begreifen, was Milligan damit gemeint hatte, auch wenn er ihm nicht recht gab. Milligan war ein Profi. Er erledigte schwierige Aufgaben und wusste wie, dafür kassierte er ein Gehalt. Er tat Laidlaw ab, weil dieser den professionellen Methoden abgeschworen hatte, auf die sich Leute wie Milligan voll und ganz verließen.

Aber es gab im Grunde zwei Arten von Profis, wie Harkness in einem Moment der Erleuchtung, zu dem er sich selbst beglückwünschte, messerscharf erkannte. Einerseits ist da die Professionalität, etwas so gut zu machen, dass man damit seinen Lebensunterhalt bestreiten kann. Andererseits die, die mit einer so intensiven Hingabe einhergeht, dass das Bestreiten eines Lebensunterhalts beinahe nebensächlich erscheint. Hier geht es nicht um Entlohnung, sondern darum, etwas so gut zu machen, wie es überhaupt nur gemacht werden kann.

Laidlaw gehörte zur zweiten Sorte Profis. Harkness wurde bewusst, wie schwierig und unangenehm das sein konnte, denn in dem Beruf, für den sie sich entschieden hatten, bezog sich »gut« nicht nur auf Ergebnisse, sondern auch moralisch auf die Frage, wie man zu diesen gelangt war. Er dachte daran, dass Laidlaw ständig alles, was er tat, in Zweifel zog, es aber dennoch zu tun versuchte. Der Druck musste ganz erheblich sein.

Etwas davon übertrug sich wie ein Virus auf Harkness. Um dem entgegenzuwirken, versuchte er, sich auf das unmittelbar vorliegende Problem zu konzentrieren. Er fragte sich, ob er hätte unten bleiben sollen. Vielleicht hatte Laidlaw gewollt, dass er das Problem frontal anging, erklärte, wer er war, und dann die entsprechenden Fragen stellte. Aber hätte er das gewollt, hätte er auch selbst mitkommen können.

Harkness bestellte ein weiteres Getränk und zögerte. Viel war hier heute Abend nicht los. Einen Augenblick lang sah er sich wie in einem Albtraum sitzen, bis er blau war, ohne etwas herausgefunden zu haben. Seit ungefähr zehn Minuten belauschte er das Barmädchen, das sich mit einer der Kellnerinnen unterhielt, in der erbärmlichen Hoffnung, dass dabei rein zufällig die ganze Wahrheit ans Licht käme.

»Alan?« »Du weißt schon, der Alan, der hier öfter mal einen trinkt. Der mit Jennifer Lawson ausgegangen ist.« »Ach, ja, *der* Alan.« »Heute bleibt er wohl den ganzen Abend in der Bath Street 14. Da kannst du ihn finden, hat er gemeint. Er wird nicht weggehen. Hab ihn heute auf der Straße getroffen, da hat er's mir erzählt.« So ungefähr wäre das gelaufen, ein kleiner Bruchteil einer ganz gewöhnlichen Unterhaltung.

Tatsächlich hatte Harkness aber inzwischen Blickkontakt zu der Kellnerin aufgenommen. Sie war seine beste Chance, fand er. Aber er würde sie von dem Mädchen an der Bar loseisen müssen. Er lächelte und die Kellnerin lächelte zurück. Er trank aus, ging sehr zielstrebig an ihr vorbei und setzte sich an einen freien Tisch.

Es dauerte nur eine halbe Minute, bis die Barfrau in seine Richtung nickte und sich die Kellnerin umdrehte. Sie nahm ihr Tablett und kam rüber. Sie lächelte.

»Na, dich hat wohl die Wanderlust gepackt«, sagte sie.

»Auf jeden Fall eine Lust.« Harkness probierte die Antwort zunächst in Gedanken aus, verwarf sie aber. Das war nicht der richtige Text. Irgendwas weniger Riskantes musste her.

»Ich wollte dich nur von deiner Freundin weglocken«, sagte er. »Und wissen, wie du beim Gehen aussiehst.«

Fast hätte er sich vor Peinlichkeit geschüttelt, aber sie lachte. Harkness dankte seinem Schöpfer dafür, dass Frauen meist verzeihen, mit welchen Worten man Interesse formuliert, Hauptsache, man formuliert es.

»Jetzt hast du's ja gesehen«, sagte sie. »Willst du auch sehen, wie ich wieder zurückgehe? Oder darf ich dir was zu trinken bringen?«

»Wenn du dir auch was holst?«

»Wenn ich's später trinken darf?«

»Kannst es sogar mit nach Hause nehmen, wenn du willst.«

Während er wartete, besserte sich seine Laune. So was machte ihm Spaß und er war gut darin. Ihm gefiel die Intimität, die zwischen Fremden entstand, wenn man ein Mädchen ansprach. Alles war neu, nichts war alltäglich. Letzte Woche, als sein Wagen in der Werkstatt war, hatte er im Bus von Glasgow nach Kilmarnock eine hübsche dunkelhaarige Schaffnerin entdeckt. Sie war in Südamerika geboren und lebte jetzt in Patna. Das war schon mal ungewöhnlich. Ihre Unterhaltung hatte ihm so viel Spaß gemacht, dass er am liebsten gleich mit dem nächsten Bus wieder zurückgefahren wäre. Stattdessen war er mit einer Adresse und dem Namen eines Pubs in Ayr ausgestiegen. Er suchte möglichst viele solcher Augenblicke, eine Art platonischer Dialog. Seine Wiedergutmachung dafür, dass er es niemals mit irgendeiner Frau auf der Welt würde aufnehmen können.

Während er mit knausrigem Gehabe sein Geld hervorkramte, wurde ihm bewusst, wie gerne er sie betrachtete, über die reine Pflichtausübung hinaus. Sie war groß und schlank. Das war nie sein Typ gewesen, aber er fand, das ließe sich ändern. Ihre Augen hatten eine raffinierte Farbe.

Eine interessante Art, sein Leben zu verbringen, dachte er – die Farbe ihrer Augen zu definieren, so wie ein japanischer Künstler, der immer wieder dieselbe Blume malt, bis er stirbt. Ihr Mund war im Ruhezustand hübsch, aber sehr breit, wenn sie lächelte. Ihre Brüste waren üppig und fest. Ihre Beine stark und wohlgeformt. Es hätten die Beine einer Tänzerin sein können. Er wollte sie auf ihre Beine ansprechen, aber dann fiel ihm ein, dass er ihr ganz andere Fragen stellen sollte.

»Willst du sonst noch was wissen? Vielleicht meine Zähne zählen?«

Über die Bemerkung musste er lachen.

»Tut mir leid«, sagte er. »Na ja, nein, tut mir nicht leid. Ich hab dich nur gerade angesehen. Das ist kein Verbrechen. Ich finde dich toll.«

Das Geständnis stieß eine Tür auf, brachte ihn an einen Ort, an den er durch einen Vorwand nie gelangt wäre.

»Ich hab dich hier schon mal gesehen«, sagte sie.

»Wann?«

»Ein paar Mal. Du hast mich schon mal angesprochen.«

»Bist du sicher, dass ich das war?«

»Ganz bestimmt. Ich glaube, du warst ein bisschen betrunken. Du hattest noch zwei andere dabei.«

»Wenn ich mich nicht an dich erinnern kann, muss ich wirklich betrunken gewesen sein. Was hab ich gesagt?«

»Nur, dass ich die Einzige bin, die dich bedienen darf. Und noch ein paar andere Sachen.«

Sie lächelte. Harkness konnte sich vage erinnern. Was ihm gestern peinlich war, kam ihm heute zugute.

»Dann arbeitest du also schon länger hier?«

»Ungefähr drei Monate. Ende der Woche höre ich auf.«

»Schon wieder Pech gehabt! Warum?«

Harkness hielt inne. Die Zeichen waren vielversprechend, die Versuchung, sich mit ihr plaudernd auf Abwege zu begeben, sehr groß. Er liebte das bizarre Gerümpel, auf das man im Leben Fremder stieß, ein Onkel mit Holzbein,

Angst vor Schmetterlingen oder eine südamerikanische Busschaffnerin. Sie schien interessant zu sein. Er verabscheute seinen Beruf, weil er ihn zwang, Menschen zu benutzen, einschließlich sich selbst. Statt herauszufinden, wer sie war, musste er ihr in die Taschen greifen.

»Eigentlich«, sagte er und verfluchte insgeheim seine Verlogenheit, »hatte ich gehofft, heute Abend einen Mann hier zu finden. Ich bin nämlich Handelsvertreter und nur ab und zu in Glasgow. Manchmal treffe ich ihn. Meistens geht er hier einen trinken.«

»Und wer soll das sein?«

»Alan«, sagte Harkness und hoffte das Beste.

»Alan und wie weiter?«

»Tja, das ist es«, sagte er und fragte sich, was es war. »Ich kann mir einfach keine Namen merken. Er hat mir seine Adresse aufgeschrieben, aber ich hab den Zettel verloren. Dabei hab ich versprochen, bei ihm vorbeizuschauen, wenn ich das nächste Mal in der Gegend bin. Und das bin ich jetzt.«

Sie wartete. Er zuckte auf eine Art mit den Schultern, von der er hoffte, dass sie charmant sei – kleiner ratloser Detektiv.

»›Alan‹ ist nicht viel«, sagte sie. »Wahrscheinlich gibt's in Glasgow mindestens drei. Oder mehr.«

Er entschied, noch ein bisschen mehr Informationen von Sarah einfließen zu lassen.

»Er arbeitet am Flughafen in Abbotsinch. Bodenpersonal.«

Sie konzentrierte sich, ihm zu gefallen.

»Oh, ja. Den gibt's. Alan. Warte mal.«

Sie ging zu dem Mädchen hinter dem Tresen. Harkness sah sie reden. Ihr Gesichtsausdruck bei ihrer Rückkehr gab ihm Hoffnung.

»Alan McInnes?«, fragte sie.

»Genau der.«

»Ja. Alan kommt oft her.«

Harkness wartete, wollte den Augenblick nicht stören. Aber sie sagte nichts weiter.

»Heute Abend aber nicht«, sagte er zurückhaltend melancholisch.

»Sieht so aus. Fiona meinte, er hätte was von einer Party erzählt. Am Samstag war er hier.«

»Eine Party, heute am Montag?«

Sie lachte.

»Hat er gesagt.«

»Die Sache ist die«, sagte Harkness, »ich hab nur noch heute Abend. Morgen muss ich weiter.«

Sie sah ihn an und verstand. Er wusste inzwischen, dass sie wollte, dass er blieb. Aber sie wusste, dass er gehen würde. Ihre Nettigkeit wurde auf die Probe gestellt.

»Ganz schön unverschämt, oder?«, sagte er.

Sie lächelte.

»Ach, ich denke, dich lassen die da bestimmt rein«, sagte sie und wartete seine Reaktion ab. »Jedenfalls nach dem, was Fiona erzählt hat. Willst du mehr wissen?«

»Ich würde ihn einfach nur gerne sehen.«

Sie nickte verständnisvoll. Als sie wieder an die Bar ging und mit Fiona redete, lachte Letztere einige Male, aber sie nicht, dann kam sie zurück und gab ihm eine Hausnummer in der Byres Road.

»Fiona glaubt, das war die Adresse, aber sicher ist sie nicht. Sie war da selbst schon mal auf einer Party. Lawrie, steht an der Tür. Das ist aber nicht der Name. Die Leute, die vorher dort gewohnt haben, haben das Namensschild drangelassen. Jetzt ist es eine Studentenwohnung. Oder sogar eine Art Kommune. Alan meinte, es sei eine Anti-Montag-Party.«

»Danke. Darf ich dir noch einen ausgeben?«

»Heute Abend nicht mehr.«

»Wann machst du Feierabend?«

»Ich gehe um Viertel vor elf.«

Ihm gefiel, wie sie es ohne Ausflucht sagte.

»Wahrscheinlich zu früh für dich«, setzte sie hinzu.
»Unterschätz mich nicht.«
Er nickte und sie lächelte. Jemand rief sie zu sich.


## ZWEIUNDDREISSIG

Städte können einem den Rücken kehren, genau wie Menschen. Als er vor der Central Station neben der Arzneiausgabe von Boots stand, überkam Harkness dieses Gefühl. Es war später Abend. Wenn man um diese Zeit noch nicht dort ist, wo man hinwill, oder noch nicht getroffen hat, wen man treffen wollte, wird man von der Stadt ausgeschlossen. Alle scheinen jetzt auf bestimmte Ziele festgelegt. Und man kommt sich vor wie ein Herumtreiber.

Jedenfalls ging es Harkness so. Seine Aufmerksamkeit hing über der ruhigen Straße, schnorrte Leben von fremden Passanten. Ein junges Paar ging vorüber, die kleine Tochter zwischen sich. Alle drei, vier Schritte hoben sie sie an den Händen vom Boden. Sie strampelte durch die Luft und kicherte, als würden ihre Beine ein Lachen auslösen. Am Stand warteten vier Taxis. Drei Männer standen draußen und tauschten Stimmungslagen aus. Der vierte saß im Auto, las Zeitung und bohrte in der Nase.

Eine Frau in einem langen grünen Abendkleid und ein Mann im Smoking bogen um die Ecke und kamen auf Harkness zu. Der Mann gab ein vorsichtiges Lachen von sich – ha, ha, ha. Die Frau betrachtete Harkness auf eine Weise, die ihn ärgerte, sie verhielt sich wie auf ihrem eigenen roten Teppich und machte dazu ein Gesicht wie auf einer Barclay-Karte. Sie ging über den schmutzigen Bahnhofsvorplatz, als wäre es der Portikus ihrer Plantage und sie Scarlett O'Hara persönlich. Gemeinsam verschwanden sie im Central Hotel. Anscheinend fand dort eine Veranstaltung statt. Den beiden nach zu urteilen, dachte Harkness, wahrscheinlich die Jahresversammlung der Arschgesichter.

Der Zeitungsverkäufer war kein gewöhnlicher Straßenhändler. Er war eingesprungen und er hatte einen schlechten Abend. Die letzten Exemplare der *Evening Times* schienen auf seinem Arm festzukleben. Er wurde ungeduldig, wahrscheinlich weil er noch etwas trinken und essen wollte, bevor kurz vor elf die Morgenzeitungen eintreffen würden.

Auf der anderen Straßenseite ging plötzlich die Tür des »Corn Exchange« auf und ein kleiner Mann sprang auf den Bürgersteig, als habe sich das Pub urplötzlich abgesenkt. Er schwankte auf eine Art, die vermuten ließ, dass er an der frischen Luft nicht in seinem Element war, und Harkness begriff, dass er das von seinem Vater so genannte »pint of no return« bereits intus hatte. Er lief mit Schwung auf die Straße, wo ein einzelner Wagen heranfuhr, bremste und hupte. Daraufhin winkte der Mann wie ein zerstreuter Adliger und machte sich daran, den Rest der Strecke bis zur anderen Straßenseite voll konzentriert in unglaublich kompliziertem Zickzack zurückzulegen. Die Straße, so schien es, war ein Fluss und er wusste als Einziger, wo sich die Trittsteine befanden. Der Wagen fuhr langsam weiter und die drei Frauen darin sahen den Schlangenlinien des Kleinen bis in die Bahnhofshalle hinterher.

Harkness wandte sich um und entdeckte Laidlaw beim Überqueren der Straße. Der Unterschied zwischen dem eingefallenen und niedergeschlagenen Mann, den er im Hotel zurückgelassen hatte, und der zielstrebigen Person, die jetzt auf ihn zukam, schien an plastische Chirurgie zu grenzen. Laidlaw blieb bei dem Zeitungsverkäufer stehen. Harkness war ihnen nahe genug, um zu hören, was gesprochen wurde.

»Hab versucht, Wee Eck zu finden. Kein Glück. Sag ihm, ich will ihn sehen. Morgen. ›Wee Micky's‹ um halb zwei. Unbedingt. Verstanden?«

Laidlaw hatte eine Hand auf die restlichen Zeitungen gelegt.

»Die Leitung steht, Sir. Ist notiert.«

Laidlaw gab ihm Geld, wobei Harkness nicht sehen konnte, wie viel, dann nahm er ihm die Zeitungen ab. Der Mann grüßte und ging.

»Wer ist Wee Eck?«, fragte Harkness.

»Ein Informant.«

»So viel Aufwand für einen Informanten.«

»Den Aufwand betreibt er. Ich glaube, er geht mir aus dem Weg. Und das interessiert mich. Wahrscheinlich glaubt er, damit die Preise in die Höhe zu treiben. Aber so ist das nicht. Was gibt's Neues?«

»Alan McInnes«, sagte Harkness.

Laidlaw war beeindruckt. Harkness lieferte genüsslich den Rest, spuckte alles, was er wusste, abgehackt und dramatisch wie ein Fernschreiber aus.

»Vermutlich auf einer Party. Byres Road. Ich hab die Adresse. Wir sollten ihn dort abpassen.«

»Sehr beeindruckend«, sagte Laidlaw. »Oh ja. Das ist es. Ich werd's weitererzählen. Sie sind vielversprechend. Und ansonsten Schwamm drüber.«

Harkness nickte.

»Dann gehen wir«, sagte er.

»Okay, aber geben Sie mir zwei Minuten. Ich brauche Antibiotika.«

Harkness folgte ihm ins Bahnhofsgebäude. Im Vorübergehen steckte Laidlaw die Zeitungen in einen Abfalleimer. Dann ging er zu der Reihe mit Telefonen, die an der Wand in ihren harten Schalen warteten. Er versuchte es bei dreien, bis er ein funktionierendes fand. Harkness blieb ein Stück abseits stehen und beobachtete, wie Laidlaw wählte, das Geld in den Schlitz steckte und redete.

Ein Stück weiter auf einer Bank saß der kleine Mann aus dem »Corn Exchange«. Seine Taschen hatte er auf die Bank ausgeleert, und jetzt plauderte er leise mit Glasgow.

Harkness konnte das meiste hören. »Immer schön für alles bezahlen. Das ist das Geheimnis. Die Welt schuldet dir keinen Unterhalt. Oh nein. Hier irgendwo. Muss doch da sein. Die Fahrscheine bitte. Uddingston, wir kommen. Gerade noch rechtzeitig…«

Und dann etwas, das klang wie *The Deckman*. Harkness vermutete, es sei der Name eines Pubs, und war davon überzeugt, der Mann würde sich einen Gefallen tun, wenn er seine Fahrkarte erst nach zehn Uhr wiederfand. Er wandte sich zu Laidlaw um. Dieser beugte sich herunter, als wollte er näher an das Ohr der Person heran, mit der er telefonierte. Harkness begriff, dass er mit Kindern sprach. Er sah ihn warten, während eins weglief und ein anderes an den Apparat holte. Sein Lachen war jetzt aufrichtig. So verletzbar hatte Harkness Laidlaw noch nie gesehen. Niedergeschlagen machte er dicht. Glücklich, so wie jetzt, wirkte er wehrlos.

Als er vom Telefonieren zurückkam, verriet sein Gesicht nichts.

»Dann also in die Byres Road«, mehr sagte er nicht.

Als sie mit der U-Bahn nach Hillhead fuhren, fragte Harkness: »Wie viele Kinder haben Sie?«

»Nicht genug.«

Beide lachten, aber Laidlaw ging nicht weiter darauf ein. Harkness erinnerte sich, dass Laidlaw in dem Ruf stand, leicht mysteriös zu sein. Milligan hatte sein Haus als »das Heiligtum« bezeichnet, weil nur sehr wenige Kollegen dort jemals vorgelassen wurden. Zu seiner eigenen Verwunderung merkte Harkness, dass er Laidlaw insgeheim gegen die Verachtung in Schutz nahm, die in Milligans Tonfall gelegen hatte. Harkness wusste, würde er die Frage wiederholen, müsste Laidlaw sie beantworten. Aber Harkness zog vor, es nicht zu tun, denn hinter Laidlaws lässiger Parade erahnte er die offenbar unbewusste Spitze einer bewussten Abwehrhaltung. Der Grund interessierte ihn, aber er beschloss, dass dies nicht der richtige Zeitpunkt war, um dahinterzukommen. Mit einer Besorgtheit um Laidlaw, von der Harkness gar nicht wusste, dass er zu ihr fähig war, lenkte er das Gespräch von dieser kleinsten Offenbarung ab.

»Meinen Sie, er könnte es sein?«

»Könnte«, sagte Laidlaw. »Aber ich glaube es nicht.«

»Warum nicht?«

»Fragen Sie sich doch mal selbst«, sagte Laidlaw. »Ist das wahrscheinlich? Ein Mann, der so naheliegenderweise zu den Verdächtigen zählt wie er, sich aber noch nicht gemeldet hat, um sich reinzuwaschen. Was bedeutet das? Ich denke, es bedeutet, dass er eine Heidenangst hat, was ich nachvollziehen kann. Er kannte das Mädchen. Er war an dem Abend mit ihr verabredet. Damit ist er selbst in seinen eigenen Augen verdächtig. Also versteckt er sich. Aber er gibt nichts zu. Ein schlechtes Gewissen sieht anders aus. Wenn man schuldig ist, überlegt man sich, was die anderen von einem halten. Man geht die Liste durch. Man fängt an, wohlüberlegt zu setzen. Weil man rauskriegen will, wie die Chancen stehen. Der Junge hat sich nicht gerührt. Er lässt sich so leicht finden und hat nichts unternommen. Nein, ich glaub's nicht. Ich wittere eine falsche Spur. Wir müssen gehen, wohin uns unsere Nasen führen.«

»Aber er könnte es sein. Vielleicht ist er so starr vor Angst, dass er nicht weiß, was er machen soll.«

»Ich sage Ihnen was. Wenn Alan McInnes heute Abend auf der Party ist, dann war er's nicht. Darauf wette ich. Aber wichtig ist er trotzdem. Vielleicht kann er uns was sagen.«

In der umsichtigen Ausgewogenheit zwischen Pessimismus – der Annahme, dass gewisse Erwartungen enttäuscht werden – und Optimismus – der Hoffnung auf unerwartete Möglichkeiten – erkannte Harkness Laidlaw wieder.

Die Hausnummer, die Harkness von der Kellnerin bekommen hatte, war nicht die richtige. Aber sie versuchten es bei ein paar anderen, und schließlich führte sie die Musik ans Ziel – Led Zeppelin, wie Harkness tippte. An der Tür stand »Lawrie«. Sie klopften mehrmals, bis jemand öffnete.

Laidlaw wies sich aus und sagte: »Polizei. Dürfen wir reinkommen?«

Eine verwunderliche Frage. Das Mädchen, das ihnen aufgemacht hatte, starrte sie an, das Glas in ihrer Hand neigte sich, sodass sie um ein Haar ihr Getränk verschüttet hätte. Sie war ziemlich dick, trug etwas, das an einen Brokatvorhang erinnerte. Ihr breites blasses Gesicht war so unschuldig wie ein Brief an die Mutter in der Heimat. Allerdings verrieten Flecken, dass sie hektisch überlegte, was sie nicht verraten durfte. Während sie mit ihrer Reaktion beschäftigt war, tauchte hinter ihr ein Langhaariger mit Stirnband auf und verschwand schnell wieder in einem Zimmer ganz hinten im Flur, aus dem Geräusche wie von einem sinkenden Passagierschiff drangen.

Einen Augenblick später kam ein forscher junger Mann zur Tür. Das Mädchen hatte nichts weiter gesagt, hatte das Problem noch nicht für sich gelöst. Mehr, als darauf zu achten, dass ihr Getränk im Glas blieb, bekam sie momentan nicht hin.

»Ja? Kann ich Ihnen helfen?«

Zwei Dinge fielen Harkness auf: dass so viele Menschen im unerwarteten Umgang mit anderen zu Rezeptionisten werden; und wie still es plötzlich hinter dem jungen Mann wurde, als wäre die Titanic bereits in den Fluten versunken.

Wo sie standen, war der Eisberg. Laidlaw zeigte erneut seinen Ausweis und wiederholte seine Frage.

»Wozu?«, fragte der junge Mann.

Er trug Jeans, die aussahen, als wären sie in einen Farbeimer gefallen, dazu ein dünnes Hemd, das ihm an den verschwitzten Brustwarzen klebte. Er war unsicher, aber entschlossen. Harkness mochte ihn.

»Wir möchten einen jungen Mann namens Alan McInnes sprechen«, sagte Laidlaw. »Ist er hier?«

Das Mädchen war zur Schaulustigen geworden. Hätte nur gefehlt, dass sie sich Notizen machte. Der junge Mann dagegen stellte sich der Krisensituation. Es war seine Wohnung, sein Gast. Er überlegte, welche Rechte er hatte. Harkness dachte an seinen Vater. Sein Vater hätte den Jungen verstanden. Harkness auch.

»Und was, wenn?«, erwiderte der junge Mann.

Laidlaw zuckte mit den Schultern.

»Hör zu, mein Lieber«, sagte er. »Wir wollen nur mit ihm reden. Wenn du uns nicht reinlassen willst, ist das dein gutes Recht. Das soll hier keine Hausdurchsuchung sein. Aber wenn du drauf bestehst, kann ich dafür sorgen, dass es eine wird.«

Da er keine Wahl hatte, ließ sich der Junge mit der Entscheidung Zeit. Er war schwer in Ordnung, fand Harkness.

»Dann kommen Sie wohl besser rein«, sagte er endlich.

Sie traten ein. Das Mädchen nahm all seinen Mut zusammen und schloss die Tür. In einem Nebenraum roch es, als habe jemand Räucherstäbchen abgebrannt. Sie kamen in den Hauptraum, und Harkness merkte, dass die Musik nur so weit wie möglich runtergedreht worden war. In der Stille hörte man sie noch wispern. Irgendjemand murmelte das Wort »Polizei«.

Die Party war zu ihrer eigenen Statue erstarrt. Harkness hatte das Gefühl, die Stadt habe ihm erneut den Rücken gekehrt. Es gab keinen Zweifel, was die Versteinerung zu bedeuten hatte: Niemand hier hatte etwas für Polizisten übrig. Im Westen Schottlands war das so was wie Volkskunst. Harkness hätte es wissen müssen. Sein Vater war einer der Kuratoren.

In dem Raum schienen sich mehr Menschen aufzuhalten, als er eigentlich zu fassen vermochte. In Harkness' Augen waren die Teile mehr als die Summe. Er betrachtete die Fragmente. Ein Junge hatte den Arm um ein Mädchen gelegt. Ein großer Mann mit Bart stand sehr gerade und bewarb sich für die Rolle des Moses. Die Leute saßen, lümmelten herum oder standen reglos da, sahen Laidlaw und Harkness an. Ein umwerfend schönes, schwarzhaariges Mädchen lehnte an einer Wand, wie die Galionsfigur eines Traums, den Harkness träumte. Rauch stieg in einer geraden Säule von jemandes Zigarette auf.

»Die sind von der Polizei«, sagte der junge Mann, durchpflügte damit die Stille.

»Verzeihung, dass wir Ihre Party stören«, sagte Laidlaw. »Aber wir suchen einen gewissen Alan McInnes. Ist er hier?«

Die Reaktion war ein komplexes Ereignis. Erleichterung, Neugier und Ablehnung. Als jemand vortrat, wurde es nicht einfacher.

»Ich bin Alan McInnes.«

Er hatte ein Mädchen stehen lassen, das nun sichtbar allein war, ein Zeugnis des Verlassenseins. Ihre unschuldige Verlegenheit ließ Laidlaw und Harkness grausam wirken. Alan McInnes war ein gut aussehender Junge, ein bisschen blass, aber vielleicht nur vorübergehend. Laidlaw nickte ihm freundlich zu, was aber nicht genügte, um die Spannung zu nehmen. Das Unbehagen fand schließlich einen Sprecher.

»Moment mal! Worum geht's hier?«

Es war der große Bärtige. Sein Hemd war bis zum Nabel aufgeknöpft. Ein dichter Haarteppich zog sich über seine Brust, auf der ein Medaillon prangte, das der *Queen Mary* als Anker hätte dienen können. Er trat in die Mitte, um sich den Raum zu verschaffen, der ihm seinem Selbstverständnis nach zustand. Er nahm Laidlaw ins Visier.

»Worum geht's?«

Laidlaw zeigte sich geduldig.

»Wir möchten, dass Alan uns begleitet und ein paar Fragen beantwortet. Wir glauben, dass er uns helfen kann. Alan weiß, worum es geht. Hab ich recht, mein Sohn?«

»Ich denke schon.«

»Sohn!« Der Große wartete, bis seine Stimme verklungen war. »Sohn? Paternalismus ist der Samthandschuh der Unterdrückung.«

Harkness sah, dass Laidlaw die Zeichen korrekt gelesen hatte. Der Große hatte sich verraten. Er befand sich auf einem Egotrip und es ging ihm nicht um Alan McInnes, sondern nur darum, wie gut er in Bezug zu diesem aussah. Laidlaw ignorierte ihn.

»Macht dir doch nichts aus, uns zu begleiten. Oder, mein Sohn?«

»Nein, ich komme mit.«

»Warte!« Der Große ließ nicht locker. »Wenn ihr unbedingt Geiseln des Konformismus braucht, nehmt mich. Ich bin gegen alles, wofür ihr steht. Ich bin Aussteiger. Hippie. Mystiker. Anarchist.«

»Und ich bin Fan von Partick Thistle«, sagte Laidlaw. »Wir haben alle unsere Probleme.«

Ein paar Leute lachten. Laidlaw hatte dem Geschehen Glasgow übergezogen. Alan McInnes stellte sich zu ihnen. Der Mann mit dem Bart appellierte an ein sich leerendes Theater.

»Das ist Kapitalismus, wie er leibt und lebt«, sagte er.

Sie betrachteten Laidlaw. Er erlaubte der Stille, zur Bühne anzuschwellen.

»Ich denke, Alan ist wieder hier, bevor der Abend endet«, sagte er. »Und solange ihr wartet«, er nickte in Richtung des großen Bärtigen, »tragt ihr ein paar leere Flaschen raus. Dann habt ihr mehr Platz zum Feiern.«

Sie gingen. Der junge Mann in dem verschwitzten Hemd brachte sie zur Tür. Das Mädchen im Vorhang hatte sich wieder an die Tür geschoben und balancierte immer noch sein Getränk. Allmählich beherrschte es das Kunststück so gut, dass es seinen Lebensunterhalt damit hätte verdienen können.

In der U-Bahn war es still. Sie saßen zu dritt in einem

leeren Waggon wie drei Freunde, die gemeinsam ausgingen. Vielleicht weil von Laidlaw keinerlei Bedrohung auszugehen schien, fing Alan McInnes aus freien Stücken an, ihm von Jennifer Lawson zu erzählen.

»Du warst am Samstag mit ihr verabredet«, sagte Laidlaw.

»Sie ist nicht gekommen.«

»Warum hast du uns das nicht gesagt?«

»Ich hatte Angst. Ich dachte, dass sie vielleicht überhaupt niemandem davon erzählt hat. So war sie. Deshalb hab ich den Mund gehalten.«

»Wie lange hast du sie gekannt?«

»Sechs, sieben Wochen.«

»Kann jemand bezeugen, wo du Samstagabend gewesen bist?«

»Ja, wir wollten eigentlich zu viert weg.«

Er erzählte weiter, sammelte Belege für das Gegenteil dessen, wonach er glaubte, dass es aussah. Laidlaw schien sich aber nur für einen einzigen Punkt zu interessieren.

»Was hast du gesagt?«

»Da war noch jemand, mit dem sie sich getroffen hat. In den letzten beiden Wochen. Sie hat's mir gebeichtet. Sie wollte fair zu mir sein. Damit ich mich hätte verziehen können, wenn ich gewollt hätte. Aber ich hab gesagt, wir warten erst mal ab. Ich hab sie sehr gerngehabt.«

»Wie hieß er?«

»Das wollte sie nicht sagen. Manchmal hat sie richtig dichtgemacht.«

»Weißt du irgendwas über ihn?«

»Sie war schon mal mit ihm zusammen gewesen. Aber ihr Vater hatte was dagegen gehabt. Der Kerl war katholisch.«

»Irgendeine Ahnung, woher er stammte, was er beruflich gemacht hat?«

»Nein, mehr hat sie mir nicht erzählt. Nur dass sie anscheinend glaubte, er würde sie brauchen. Er sei sich seiner selbst nicht sicher.«

»Wie hat sie das gemeint?«

»Ich weiß es nicht. Mehr hat sie nicht gesagt.«

Sie gingen mit Alan McInnes vom St. Enoch's Square zur Central Division. Draußen vor der Tür nahm Laidlaw Harkness beiseite.

»Sie bringen ihn rein«, sagte er. »Sie haben die Arbeit gemacht, Ihnen gebührt der Ruhm. Aber ich denke, der ist in Ordnung. Ich muss mal eben schnell meinen Informanten suchen.« Alan McInnes rief er zu: »Bleib ganz locker, Alan. Sag einfach die Wahrheit.« Und dann noch einmal zu Harkness: »Lassen Sie mich wissen, wie's läuft. Danach bin ich wieder im ›Burleigh‹.«

Harkness spürte, wie ihm der Abend erneut entglitt. Froh, Alan McInnes gefunden zu haben, ärgerte ihn Laidlaws Gleichgültigkeit. Als er ihm nachsah, überlegte er, dass er wahrscheinlich zu der Sorte Polizist gehörte, die seinem Vater gefallen könnte.

**DREIUNDDREISSIG**

Im »Gay Laddie« war einiges los. John Rhodes musste Hallos und Schulterklopfen über sich ergehen lassen, bis er an der geschlossenen Tür des Hinterzimmers ankam. Tam machte die Tür auf und hinter ihm gleich wieder zu, blieb selbst draußen und trank sein Bier.

Im Hinterzimmer saß ein Mann alleine am Tisch. Vor ihm standen eine ungeöffnete Flasche White Horse, zwei leere Gläser und ein Krug Wasser. John Rhodes sah ihn an, schätzte ihn instinktiv ein, ein besseres Mittel der Beurteilung hatte er nicht. Der Mann wirkte groß und stark, aber das taten viele. Das Beeindruckendste an ihm aber war seine Ruhe. Er zappelte nicht angesichts des starren Blicks, er gab ihn lediglich zurück wie einen geplatzten Scheck.

»Bud Lawson? Ich bin John Rhodes.«

Bud Lawson nickte und streckte die Hand aus. John Rhodes ignorierte sie und setzte sich ihm gegenüber. Dann schenkte er ein. Bud Lawson nahm Wasser.

»Mr Lawson. Eins müssen Sie verstehen. Sie sind durch die Hintertür hier reingekommen. Und gehen durch dieselbe Tür raus. Niemand wird Sie sehen. Das ist das Erste. Die Unterhaltung, die wir führen, wird nie stattgefunden haben. Haben Sie das verstanden?«

»Hab ich verstanden.«

John nahm einen Schluck.

»Tut mir sehr leid mit Ihrer Tochter.«

»Ja.«

»Angenommen, Sie kriegen den, der's gemacht hat, in die Finger – nur mal angenommen –, was würden Sie mit ihm machen?«

»Ich würd ihn umbringen.« Eine klare Ansage.

»Vielleicht werden Sie erwischt.«

»Na und?«

»Aber was, wenn?«

»Das wär's mir wert.«

»Was erzählen Sie denen?«

»Nichts.«

John Rhodes war überzeugt. Aber er wartete noch einen Moment. Er schenkte in beide Gläser nach.

»Ich denke, Sie haben die Eier dazu. Aber haben Sie auch die Eier, den Rest Ihres Lebens das Maul zu halten? Das ist das Schwierige daran.«

»Die Polizei kriegt von mir gar nichts zu hören. Überhaupt nichts.«

»Geht nicht nur um die Polizei. Was ist mit Ihrem Freund?«

»Welchem Freund?«

»Der, mit dem Sie im ›Lorne‹ waren.«

»Auf keinen Fall. Wenn ich den Kerl in die Finger kriege, sag ich nicht mal zu mir selber was.«

»Ich denke, morgen kann ich Sie zu ihm bringen.«

Sie saßen still und unbeweglich da. Sahen einander an.

»Wenn ich das mache, will ich Ihr Wort, dass Sie allein auf sich gestellt sind, sollte was schiefgehen. Wir kommen sowieso klar. Aber ich will Ihr Wort.«

»Sie haben mein Wort.«

John Rhodes betrachtete ihn genau und nickte.

»Dann reicht mir das. Sie haben meins. Morgen Abend bekommen Sie eine Gelegenheit. Wir überlegen uns eine Geschichte, für alle Fälle. Und, Mr Lawson, bei der bleiben Sie dann besser.«

Er stand auf.

»Sie werden mein Leben lang mein Freund sein«, sagte Bud Lawson.

»Nein. Für Sie bin ich ein Fremder. Nach morgen Abend will ich Sie nie wieder sehen. Vergessen Sie das nicht. Ich mache, was ich für richtig halte. Ich habe auch Töchter. Wir sind Fremde. Trinken Sie aus. Dann gehen Sie hinten raus. Der Mann da erklärt Ihnen alles Weitere. Kommen Sie nie wieder her. Auch nicht, wenn Sie zufällig in der Gegend sind und der Laden in Flammen steht. Versuchen Sie bloß niemanden zu retten. Lassen Sie ihn abbrennen.«

Er ging raus. Während Bud Lawson austrank, begriff er, dass er den Test in John Rhodes' Augen bestanden hatte – in seinen eigenen auch. Er wusste, dass er dazu fähig war. Er hatte noch nie jemanden getötet, aber er hatte auch noch nie einen so guten Grund gehabt.

## VIERUNDDREISSIG

Wie spät es war, interessierte Harkness nicht, nur wie spät es nicht war. Es war nicht Viertel vor elf, und würde es heute Abend auch nicht mehr werden. Die Sinnlosigkeit der ganzen Nacht drückte ihn nieder. Er hatte sich etwas entgehen lassen, nur um bei nichts anzukommen. Die richtungslosen Kabbeleien, die den ganzen Tag geprägt hatten, führten jetzt dazu, dass er sich wie ein Kleindarsteller in seinem eigenen Leben vorkam.

Das Burleigh machte es nicht besser, ein verrammeltes und dunkles Schlaflager. Er musste den Nachtportier rausklingeln, um eingelassen zu werden. Der Alte wusste offensichtlich, wie Harkness' Tag gelaufen war. Und er hatte nicht vor, ihm zum Schluss noch eine andere Wendung zu geben.

Als Harkness klingelte, tauchte der kleine Mann mit unendlicher Geduld verschwommen hinter der Glasscheibe auf, wie ein Flaschengeist, der sich Atom für Atom materialisiert. Man wusste, dass er näher kam, weil er sich nicht entfernte. Endlich angekommen, formte er beide Hände zum Fernrohr und legte sie ans Glas, bildete einen Briefschlitz aus Schatten zum Hindurchspähen. Es dauerte ein bis zwei Tage, bis er scharf sah. Einer von der langsamen Sorte, entschied Harkness. Einer, der einen Weltkrieg verpasst, weil er kurz mal nicht hinschaut.

Während der alte Mann in Position ging, verspürte Harkness das dringende Bedürfnis, eine Frankenstein-Grimasse zu ziehen, die Arme nach vorne zu strecken und mit steifen Beinen vor der Tür auf und ab zu poltern. Er begnügte sich damit, möglichst nicht wie eine Briefbombe zu wirken.

Dann das Schlüsselritual. Er fingerte sich durch, traf seine Wahl und ließ die anderen fallen. Der gesamte Prozess wurde wiederholt und dauerte so lange, dass Harkness hoffte, er würde nicht auch noch eine Teepause einlegen. Als Harkness endlich drinnen war, tippte er ihm auf den Ärmel seines braunen Kittels.

»Danke«, sagte er erleichtert.

Aber die Rezeptionistin wartete bereits darauf, ihrerseits die Kunst des Rückwärtsgehens zu perfektionieren. Sie war nicht dieselbe wie vorher. Sie war jünger und kälter und wünschte anscheinend, die Welt würde sich verziehen und jemand anderem auf die Nerven fallen. Bis Harkness sich an ihren Tresen durchgeschlagen hatte, blickte sie nicht einmal auf. Als er schließlich dort stand, blickte sie immer noch nicht auf.

Sie trug Daten in ein Buch ein, errechnete vermutlich den Tag des nächsten Weltuntergangs. Sie sah nicht hoch. Während die Spitze des Kugelschreibers in ihrer rechten Hand wie eine Bagatellkugel zwischen komplizierten Zahlen hin und her rollte, drehte sie mit der linken Hand das Gästebuch um.

»Sind Sie das Einzelzimmer?«, fragte sie.

Sie war der perfekte Abschluss eines beschissenen Tages, barsch, herablassend und so erfreulich wie ein Pickel am Arsch. Harkness starrte auf ihren Scheitel und überlegte, wo die Axt treffen sollte.

»Nur wenn Sie der Bungalow sind«, sagte er.

Die Kugelschreiberspitze pikte noch zwei Mal zielstrebig aufs Papier und verharrte anschließend in der Luft. Sie sah ihn an, als wollte sie verhindern, dass ihr der Zwicker von der Nase rutschte.

»Wie bitte?«

»Sie haben mich sehr gut verstanden. Ich besuche einen gewissen Mr Laidlaw. Nur damit Sie Bescheid wissen. Ich gehe davon aus, dass er da ist.«

Sie sah im Gästebuch und am Schlüsselbrett nach und sagte Ja, noch bevor es ihr gelang, zu sich selbst aufzuschließen. Harkness wartete geduldig, bis ihre Niederlage in Verärgerung überging und sie sich laut empörte. Dann zeigte er ihr seinen Ausweis.

»Mr Laidlaw ist ebenfalls Polizist«, sagte er.

Das gefiel ihr nicht.

»Ich denke, das geht klar, aber verhalten Sie sich still, bitte. Die Gäste schlafen.«

»Schade, wir wollten doch eine Pyjamaparty feiern«, entgegnete Harkness. Der alte Mann bot ihm den Fahrstuhl an, aber Harkness sagte: »Nein. Trotzdem danke.« Er hatte es eilig, ging nach oben und über die schiefen Dielen. An Laidlaws Tür klopfte er mehrmals sachte an, aber nichts geschah. Dann probierte er es am Knauf und die Tür ging auf. Er machte Licht. Das Zimmer war leer.

Er ließ die Tür offen, ging in die Residents' Lounge und machte auch hier Licht. Niemand da, nur ein Bierglas mit weißem Rand und eine aufgeschlagene Zeitung mit Fernsehprogramm. Er machte das Licht wieder aus und ging zurück in Laidlaws Zimmer. Auf dem Zettel, den er schrieb, stand: »Alan McInnes kommt anscheinend als Täter nicht infrage.«

Sogar Laidlaw mied ihn. Er ging wieder runter und steuerte die Tür an, an der der alte Mann wartete, dann machte er doch noch mal kehrt und ging zur Rezeption. Er musste nur noch einmal an dem Pickel herumdrücken und ein bisschen Frust loswerden.

»Ich gehe jetzt«, sagte er.

Sie nickte kurz. Offensichtlich hatte er ihr eine weitere Berechnung versaut.

»Gibt's hier eine Lounge-Bar, die noch geöffnet hat?«

Sie sah ihn tadelnd an.

»Nein, die ist längst geschlossen. Und selbst wenn sie geöffnet wäre, dann nur für Gäste.«

Er ließ das Missverständnis auf sich beruhen.

»Wo ist Ihre Kollegin? Die vorher hier an der Rezeption saß?«

»Oben im Bett«, sagte sie und fragte sich, woher er sie kannte. »Sie meinen Jan?«

»Ich weiß nicht, wie sie heißt. Aber eine Verwechslung mit Ihnen ist ausgeschlossen. Sie behandelt Leute nämlich wie Menschen.«

»Woher will sie wissen, dass sie einen vor sich hat?«

»Wenn man selbst einer ist, erkennt man auch die anderen«, sagte Harkness.

Der alte Mann machte die Tür mit der Leichtigkeit auf, mit der die Venus von Milo einen Safe geknackt hätte. Auf der Straße beruhigte sich Harkness wieder. Vielleicht hatte er ein bisschen überreagiert. Laidlaw war anscheinend ansteckend. Ihm fiel ein, dass er Mary hätte anrufen sollen, und wünschte, es wäre Viertel vor elf. Dann dachte er wieder über Laidlaw nach.

## FÜNFUNDDREISSIG

Sie hatten sich zweimal geliebt. Das erste Mal gehetzt und verzweifelt, weniger ein Liebesbrief als eine Nachricht für den Milchmann. Eine rasche Bestandsaufnahme der grundlegenden Zutaten und eine Anprobe der wichtigsten Teile, gefolgt von circa anderthalb Minuten grunzendem Chaos.

Danach lagen sie im Dunkeln und versuchten sich daran zu erinnern, wie Atmen funktioniert. Erst nach ein paar Minuten konnten sie wieder sprechen.

»Würdest du dich bitte wegen Gewaltanwendung und Körperverletzung selbst verhaften?«, fragte sie.

»Tut mir leid«, sagte er.

Er lachte.

»Übrigens«, sagte er. »Hier hast du deine linke Titte wieder. Hab sie plötzlich in der Hand gehabt.«

Jetzt lachten beide. Sie ließ ihr Gelächter in theatralisches Stöhnen übergehen.

»Oh Gott«, sagte sie. »Ich bin so wund. Ich wünschte, du hättest die Stiefel ausgezogen.«

»Ich hab dich lange nicht gesehen. War gar nicht so einfach, alles zu finden.«

Er legte seinen Arm um sie und dachte nach.

»Wenn man das Schloss nicht knacken kann«, sagte er, »muss man eben die Tür eintreten.«

»Schon, aber ich hatte sie ja extra offen gelassen.«

»Ich strotze so vor Männlichkeit, dass ich's nicht gemerkt hab.«

Sie wartete geduldig, bis er mit seinem Kopf von einem Spaziergang in den eigenen Schuldgefühlen wieder zurückgekehrt war. Seine Komplexität störte sie nicht. Sie akzeptierte, dass die Situation für ihn belastender war. Ihrer Liebe stand einzig die Furcht im Weg, ihm zu schaden, indem sie unwiderruflich in sein Leben einbrach. Mit der rechten Hand strich sie ihm über den Bauch, eine sanfte, aber nachdrückliche Geste.

Das zweite Mal war eine langsame Erkundungsreise. Sie hatten sich eine Weile gegenübergelegen, sich erzählt, was ihnen durch die Köpfe ging, und sich gegenseitig angeatmet. Er knabberte an ihrem Ohr. Ihre Hand fuhr über die Innenseite seines Schenkels. Stück für Stück verwandelten sie sich in Münder, die sich übereinander hermachten, sich blind erforschten. Zwei im Kreis Reisende auf der Suche nach einem gemeinsamen Treffpunkt. Ihre Münder übernahmen die Sitten vieler Orte, an die sie gelangten. Unter den Lippen des anderen erstreckten sie sich, mysteriös wie Kontinente, bis er über sie herfiel, manisch wie ein Konquistador, für den es eine neue Welt zu kolonisieren gilt. Als müsste er gegen eine verebbende See anschwimmen, um an den Strand zu gelangen, von dem aus sie ihm die Hände entgegenstreckte. Sein Mund sprach, stieß wilde Drohungen aus, die sie willkommen hieß. Als sie sich schließlich voneinander lösten, nach ihrer Verschmelzung trennten, wussten sie beide nicht, wie lange diese gedauert hatte. Sie wussten nur, dass sie ihnen exakt lange genug vorkam.

Die Heftigkeit, mit der er sich ihr genähert hatte, ließ sie in seiner Wahrnehmung klarer hervortreten. Er fand sie schön. Sie lagen da, als wären sie tief gefallen – wohlig zerbrochen. Das genügte.

»Schon besser«, sagte sie und kicherte. »Beim ersten Mal warst du vielleicht ein bisschen grob, dafür hast du aber auch genau die richtige Salbe.«

Laidlaw rührte sich, griff rüber und knipste die Nachttischlampe an. Er nahm seine Zigaretten und die Streichhölzer.

»Kann ich bitte auch eine haben?«, fragte Jan.

Dann wurde es heimelig, ein köstliche Parodie auf Häuslichkeit – Kissen wurden zu improvisierten Sesseln, Laidlaw tapste umher wie ein nackter Butler, holte Whiskys, beide machten es sich rauchend gemütlich, ihre Augen lugten keck unter der Bettwäsche hervor.

Es war dieses unverdorbene Gefühl, das Laidlaw so schätzte, wenn der Kopf vom Nebel befreit wird und einem die Gedanken wie von selbst über die Lippen kommen, vollständig ausformuliert. Er lag auf der Decke, der Aschenbecher balancierte auf seinem Bauch.

»Vorsicht, wo du die Asche hinschnickst, Liebes«, sagte er. »Wir wollen keinen Waldbrand auslösen.«

»Du bist ja größenwahnsinnig. Was ist übrigens mit deinen Schuldgefühlen? Wieder da?«

»Wer hat behauptet, dass sie je weg waren?«

»Du bist unglaublich. Das ist doch nur Sport, mein Lieber.«

»Ja, aber ein brutaler.«

»Ach, komm schon.«

»Doch, so ist es. Küsse sind kleine Überfälle. Jede Zuwendung zu einer Person hat die Abwendung von einer anderen zur Folge. Es tut immer weh.«

»O Gott, ich sehe schon, John Knox ist zurück. Auf Wiedersehen, Don Juan.«

»Du kennst einfach keine Moral.« Er blies ihr Rauch ins Gesicht. »Sagen wir mal amoralisch. Du siehst nicht die Konsequenzen, mit denen sich ein so tief empfindsamer Mann wie ich auseinandersetzen muss.«

Aber er wirkte traurig.

»Ist eine Dienstleistung, Schatz. Viele sehen das so.«

»Du auch?«

»Ich hab dir genug gezeigt, um die Frage beleidigend zu finden. Wenn du sagst: ›Lass uns zusammenziehen‹, dann mach ich das. Wäre in Ordnung. Das ist kein Vorschlag, nur eine Tatsache. Ich will keinen anderen außer dir. Später vielleicht. Vorerst nehme ich einfach, so viel ich von dir bekommen kann.«

»Deine Laidlaw-Phase.«

»Was willst du? Dich vor dir selbst rechtfertigen, indem du mich billiger machst?«

»Nein. Aber ich frage mich warum?«

»Weil es solche wie dich nicht oft gibt. Bis jetzt bist du der Einzige, dem ich begegnet bin. Als Person bist du ziemlich unwahrscheinlich.«

»Das ist jeder.«

»Nein, das stimmt nicht. Ich kenne viele Menschen, die sich gegenseitig imitieren.«

»Wahrscheinlich meinen sie's nicht ernst. Im Ergebnis sieht es vielleicht genauso aus, aber in jedem einzelnen Fall waren einzigartige Verrenkungen nötig.«

Er hatte seine Zigarette ausgemacht und eine neue angezündet. Jan griff ebenfalls nach einer neuen und zündete sie an dem Stummel an, den sie eben erst in den Aschenbecher hatte fallen lassen. Laidlaw musste ihn anschließend ausmachen. Jan sah seine Anspannung und wollte ihn ermuntern, weiterzureden, sei es auch nur, um den Stau in seinem Kopf zu lösen.

»Was meinst du?«

»Na ja, ich glaube, wir machen uns selbst zu Parodien der anderen«, sagte er. »Weil das sicherer ist. Bekenntnisse stellen ein entsetzliches Risiko dar. Deshalb weiß man nicht, wer man ist, bis man passiert. Und dann hat man sich auf dem Buckel.«

»Wie meinst du das?«

Er wusste es nicht genau.

»So wie der, der das Mädchen umgebracht hat. Vielleicht ist es ihm auch so ergangen.«

Beide schwiegen eine Weile, rauchten und tranken. »Ich meine, wer weiß schon, was schiefgegangen ist?«, sagte er.

»Liebe ist eine so brutale Angelegenheit. Für mich jedenfalls. Eine mörderische Kunst. Besonders im Bett. Als wollte man ein Gewitter dirigieren. Mit einem kleinen Taktstock aus Fleisch.«

»Ein Gewitter? Hab ich nichts von gemerkt.«

»Nein. Ich meine das nicht anmaßend. Es kann einen treffen wie Gottesgewalt. Nur bei mir ist das ein bisschen anders. Außerdem hab ich ja gesagt, ein kleiner Taktstock.«

Er schwieg und gestand sich ein, wie viel sie ihm bedeutete, spürte die Einsamkeit des Liebens und dessen, was sich nicht sagen lässt. Bei ihr kam die Stimmung grüblerisch rüber, nichts, worin sie ihn bestärken sollte, ganz besonders ihn nicht. Dazu war er jederzeit in der Lage.

»Hör auf zu schmollen. Ich gebe zu, wenn du in Form bist, fühle ich mich ein bisschen umzingelt. Wie eine Stadt, die geplündert wird.«

»Ich wusste, du verstehst mich.« Er seufzte.

»Du hast deinen Glauben. Ich habe meinen Instinkt. Wenn ich dich berühre, kenne ich den Unterschied. Wenn ich dir zuhöre, lausche ich einem privaten Sender. Ich kenne sonst niemanden, der solche Signale schickt.«

»Hauptsächlich Rauschen.«

»Dadurch höre ich aber umso genauer hin. All die herrlichen Verwicklungen. Sie fesseln mich.«

»Schöne Frau.«

»Wie geht's den Kindern?«

»Gut.«

Sie lagen da, ließen die Kinder zwischen sich treten. Jan fragte sich, wie sie wohl waren. Sie hatte von jedem eine Vorstellung, aber noch nie Gelegenheit gehabt, diese an der Realität zu überprüfen. Sie fragte sich, ob es jemals dazu kommen würde.

»Wie geht's mit dem Fall voran?«, fragte sie.

Sie hatte ausgetrunken und stellte ihr leeres Glas neben das Bett.

»Noch gar nicht. Seuxalmorde sind so anders. Alles, was

man macht, bleibt irgendwie irrelevant, gehört einfach zu einem Prozess, an dem man beteiligt ist. Selbst wenn wir den Fall lösen, werde ich mich hinterher schlechter fühlen als vorher. Befrachtet mit Informationen, die ich nicht ignorieren kann. Und ich kann's nicht verstehen. Als würde ich Gottes Post lesen.«

Er fing an zu lachen. Wieder einmal fiel ihm auf, wie leicht es war, nach der Liebe zu lachen.

»Das ist grotesk. Sämtliche Polizeieinheiten Glasgows begeben sich fieberhaft auf die Suche nach der eigenen Dummheit. Selbst wenn wir ihn erwischen, was haben wir dann gefunden? Keine Ahnung. Und das Problem ist, ich glaube nicht, dass es uns überhaupt jemand sagen kann. Wir müssen einfach nur was unternehmen. Und danach müssen die Gerichte was unternehmen. Trotzdem. Wer glaubt schon, dass das Gesetz mit Gerechtigkeit zu tun hat? Gesetze sind das, was wir uns zugelegt haben, weil wir Gerechtigkeit nicht hinbekommen.«

»Gute Nacht, Aristoteles.«

Irgendwann muss man hinter alldem die Tür schließen, dachte Jan, und Raum für sich selbst schaffen. Sie gab ihm ihre Zigarette. Er machte sie aus, dann seine eigene. Er hatte ausgetrunken, stellte Glas und Aschenbecher auf das Schränkchen neben dem Bett. Sie blies die Asche von seinem Bauch und er kroch unter die Decke, blieb aber aufrecht sitzen. Er spürte das Kopfteil, das sich ihm durch das Kissen in den Rücken bohrte, und betrachtete die helle Stelle an der Wand, wo der Spiegel gehangen hatte, bevor er abgenommen worden war.

»Festnahme und Verurteilung sind vielleicht nicht die richtige Antwort auf ein solches Verbrechen. Stattdessen sollten wir vielleicht alle versuchen, besser zu lieben. Und diesen Teil nicht zu amputieren. Sondern versuchen, die Welt einfach an anderen Stellen zu heilen.«

Sie hatte sich wieder hingelegt. Ihre Hand lag zwischen seinen Beinen.

»Hast du Lust, die Welt noch ein bisschen mehr zu heilen?«, fragte sie. »Ich bin nicht scharf auf dich. Aber ich würde mich opfern.«

Laidlaw machte das Licht aus.

»Keine Chance«, sagte er. »Aber du kannst mir beim Schlafen zusehen. Ich bin ein sexy Schläfer.«

**SECHSUNDDREISSIG**

Harkness kam es manchmal vor, als durchlaufe er an jedem Tag erneut die Evolution. Er stand wortlos auf, sein Frühstück bestand aus leeren Blicken und dem Schmatzen und Grunzen seines Vaters und sich selbst, eine Art Teegesellschaft der Schimpansen. Meist kam seine Entwicklung nur langsam in Gang, um die Mittagszeit hatte er ein Gehirn ausgebildet, war aber erst am Abend fähig, mehrere Silben aneinanderzureihen. Nach Mitternacht hielt er sich für Superman. Ein Treffen mit Laidlaw um halb neun Uhr morgens musste zur bizarren Begegnung werden, als würde ein Neandertaler von einem Traktor überfahren.

»Wir müssen mit Mrs Lawson sprechen. Wenn sich Jennifer nicht mit Alan McInnes getroffen hat, mit wem dann? Sarah Stanley war ihr Alibi gegenüber ihren Eltern. Alan McInnes war ihr Alibi gegenüber Sarah Stanley. Ein kompliziertes Mädchen. Wenn sie aufs Klo wollte, hat sie wahrscheinlich einen Umweg über Paisley genommen. Der Alte hat eine Menge Schaden angerichtet. Stellen Sie sich vor, Sie hätten Ihre Tochter zu einer solchen Heimlichtuerei getrieben. So sehr, dass sie sich nicht mehr traut, Ihnen auch nur guten Tag zu wünschen, weil Sie es gegen sie verwenden könnten. Welches Spiel sie auch gespielt haben mag, es ist komplizierter als Mensch-ärgere-dich-nicht. Soweit wir informiert sind, gibt es außer dem Mann, den wir suchen, nur noch eine Person, die möglicherweise etwas über ihn weiß. Wir müssen Mrs Lawson sprechen.

In Mr Lawsons Abwesenheit. Wenn das überhaupt möglich ist. Ich glaube, er hat sich längst transistorisiert und kriecht in ihrem Kopf herum.«

Harkness nickte. Er tröstete sich mit dem Gedanken, dass Laidlaw schrecklich aussah, sein rechtes Auge ähnelte einer Straßenkarte. Möglicherweise das Resultat einer verzerrten Zeitrechnung und dem Versuch, so früh am Morgen schon zur Menschheit aufzuschließen.

Aber Harkness musste zugeben, dass es Wirkung bei ihm zeigte. Noch bevor sie Drumchapel erreichten, kam er auf Ideen.

»Das Haus gestern Abend. In der Byres Road. Ich hab gerade an den Großen mit dem Bart gedacht. Meinen Sie, man könnte die mit Pot erwischen, wenn man suchen würde?«

»Ach, kommen Sie«, sagte Laidlaw. »In den Städten wuchert der Krebs. Wer hat da schon Zeit, sich die Fingernägel sauber zu machen?«

Sie hatten Glück, denn während sie noch an einer Bushaltestelle in der Nähe der Lawsons warteten, hofften, dass kein Bus kam, und überlegten, wie sie Sadie Lawson von ihrem Mann loseisen konnten, sahen sie Bud aus dem Haus kommen und in entgegengesetzter Richtung davongehen. Im Haus waren die Vorhänge immer noch zugezogen. Die Nachbarin gegenüber kam an die Tür. Als sie hörte, was sie wollten, erklärte sie, sie habe bei sich zu Hause zu tun.

Sadie Lawson ging es weniger schlecht als beim letzten Besuch. Die Haut an ihren Wangen war wund vor Tränen, aber die Tränen waren getrocknet. Sie saß im Sessel am Kamin, der gesäubert und frisch mit Kohle aufgefüllt, aber noch nicht wieder angezündet worden war. Zu dritt tranken sie den Tee, den die Nachbarin noch schnell gemacht hatte. Mrs Lawson seufzte häufig, wartete darauf, dass sie sich ihr in ihrer isolierten Trauer näherten.

»Es tut mir leid«, sagte Laidlaw. »Aber ich muss mit

Ihnen über Jennifer sprechen. Nicht lange. Ich weiß, es tut weh.«

»Schon gut, mein Sohn«, sagte sie.

Indem sie Laidlaw so nannte, wurde der Status deutlich, der ihr durch das, was sie durchmachte, zukam. Es verlieh ihr eine Autorität, die sie nie zuvor besessen hatte, und in Ausübung derselben fing sie einfach an zu reden, ohne die Fragen abzuwarten. Zunächst schienen ihre Worte von einer gespenstischen Irrelevanz wie bei einer Séance zu sein. Aber alle Einzelheiten fügten sich in einen seltsamen verborgenen Zusammenhang. Was sie sagte, lief auf eines hinaus: wie leid es ihr tat, dass sie Jennifer ab und zu gegen Bud unterstützt hatte, teilweise hinter seinem Rücken, denn das war jetzt dabei herausgekommen. Zum Teil war das ihre Schuld.

Harkness fand ihre Ruhe auf quälende Art berührender als ihre Tränen, denn er dachte, es bedeutete etwas sehr viel Schrecklicheres. Dass Menschen solches Leid erfahren mussten wie sie, war nur schwer zu ertragen, aber dass ihr Leiden sie nur lehrte, sich besser zu belügen, war nicht auszuhalten. Und indem er sie betrachtete, konnte er sich der Überzeugung nicht erwehren, dass sie ihre Tochter unter einer Lüge begrub und Jennifer nicht mal im Tod sie selbst sein durfte. Mrs Lawsons Geständnis war auf feinsinnige Weise irreführend. Sie war wie jemand, der vorgibt, mit Backsteinen zu werfen, tatsächlich aber eine Mauer baut.

Sie hatte für ihre Trauer einen Stil entwickelt, und aufrichtig wie sie war, hatte sie sogar so etwas wie Nützlichkeit bekommen. Harkness wurde bewusst, dass sich die Menschen häufig genau die Schuldgefühle aussuchen, die sie handhaben können. Auf diese Weise verstecken sie sich vor der Wahrheit.

»Mrs Lawson«, sagte Laidlaw leise. Sie hatte innegehalten. Harkness beobachtete, wie Laidlaw sie betrachtete und sich Schweigen wie ein Kissen zwischen das von ihr

Gesagte und das, was er würde sagen müssen, schob. »Jennifer ist am Samstagabend nicht im ›Poppies‹ gewesen.«

Jetzt brannte die Stille wie eine Zündschnur. Harkness sah, wie sich ihr Kopf hob und sie ungläubig die Augen aufriss.

»Doch. Sie hat gesagt, sie geht hin.«

»Hat sie nur ihren Vater angelogen, Mrs Lawson? Und Sie nicht?«

»Wie meinen Sie das?«

»Jennifer hat Ihnen gesagt, sie wolle mit Sarah Stanley ins ›Poppies‹ gehen. Sarah hat sie gesagt, sie habe eine Verabredung mit einem bestimmten Jungen. Das stimmte aber auch nicht. Das sind schon zwei Lügen, Mrs Lawson.«

»Das kann ich nicht glauben.«

»Ist aber wahr.«

»Zum Schluss hat sie sogar mich angelogen. Warten Sie nur, wenn Bud das erfährt.«

Sie weinte.

»Tut mir leid, Mrs Lawson«, sagte Laidlaw. »Aber Jennifer ist tot. Ihr Vater kann ihr jetzt nicht mehr viel anhaben.« Er hielt inne. Sie schaukelte leicht, schüttelte den Kopf. »Wir beide wissen, dass Jennifer aus gutem Grund so war, wie sie war. Wir beide wissen das.«

Sie blickte zu ihm auf. Ihre Trauer hatte sie erneut wehrlos gemacht und sie wirkte verängstigt.

»Was meinen Sie?«

»Ich spreche von dem Katholiken, mit dem sie ausgegangen ist, Mrs Lawson. Über den spreche ich.«

»Welcher Katholik?«

»Der, den ihr Vater ihr verboten hatte. Haben Sie ihn gekannt?«

Die Frage ließ sie stutzen. Sie schien ihr sehr viel mehr abzuverlangen als beabsichtigt. Mrs Lawson zögerte, sah weg, wollte sich plötzlich nicht mehr umdrehen.

»Ich mache ihr keinen Vorwurf!« Dabei sah sie die beiden Polizisten an, der direkteste Blick, den Harkness überhaupt je an ihr wahrgenommen hatte. »Ich mache ihr keinen Vorwurf. Gott segne mein Mädchen. Ich mache ihr keinen Vorwurf. Ich mache mir selbst Vorwürfe, weil ich mich nicht öfter für sie eingesetzt habe. Warum hätte sie uns vertrauen sollen? Wir haben ihr Vertrauen nicht verdient. Ja, ich wusste von dem Jungen. Der Einzige, mit dem sie zusammen sein wollte. Und er hat's ihr nicht erlaubt. Bis dahin hat sie mir vertraut. Aber ich konnte mich nicht für sie einsetzen. Hab's noch nie gekonnt. Und das hat sie mir nie verziehen. Gott hab sie selig, sie hat's mir nie verziehen.«

»War der Junge mal hier bei ihr zu Hause?«

»Sind Sie noch ganz bei Trost? Bud hätte das nie erlaubt. Airchie Stanley hat ihm erzählt, dass er katholisch ist. Sarah ist's rausgerutscht. Und das war's. Wir haben den Jungen nie gesehen. Komisch, oder? Da in diesem ›Poppies‹ hat sie ihn kennengelernt.«

»Mrs Lawson«, sagte Laidlaw. »Wie hieß er?«

Sie schüttelte den Kopf. »Ich weiß es nicht. Hab's nie gewusst.« Sie sah Laidlaw ruhig an. »Aber ich weiß, wer's wissen müsste.« Mitfühlend betrachtete Harkness sie in ihrer kurzen Krise voller Kühnheit. Es war ihr Martin-Luther-Moment: Hier stehe ich. Sie war nicht geübt darin, Mut zu beweisen, aber sie brachte welchen auf. »Maggie Grierson! Buds Schwester kann's Ihnen bestimmt sagen. Jennifer ist da so gern hingegangen. Ich glaube, da war sie mehr zu Hause als hier. Sie wohnt in der Duke Street.«

Sie gab ihnen die Hausnummer, und Harkness begriff, warum es ihr so schwergefallen war. Der ganze Rest waren nur Vermutungen, die sie abstreiten konnte. Dies aber war eine Tatsache, der sie nachgehen würden, und möglicherweise würde auch Bud Lawson davon erfahren. Sie hatte etwas gesagt und würde ihrem Mann gegenüber dazu stehen müssen. Wahrscheinlich war es lange her, seit sie dies das letzte Mal getan hatte.

Die Nachbarin hatte sie gebeten, ihr Bescheid zu sagen, wenn sie gingen. Während Harkness sie holte, sprach Laidlaw weiter mit Mrs Lawson, legte Worte wie Verbandsmaterial an. Als sie gingen, kochte die Frau erneut Tee.

Im Bus zurück in die Stadt fand Harkness, dass Laidlaw noch schlechter aussah. Seine Nase lief.

»Was ist los?«, fragte Harkness.

»Ich glaube, das ist, was ich nicht hoffe, dass es das ist«, sagte Laidlaw. »Migräne. Wenn wir's ignorieren, geht's vielleicht vorbei. Mrs Lawson war für ihre Verhältnisse sehr mutig, oder?«

»Wahrscheinlich bereut sie's schon.«

»Ich hoffe nicht. Sieht aus, als könnte der Junge derjenige sein, welcher. Wir müssen seinen Namen rauskriegen. Ein Katholik, der ins ›Poppies‹ ging. Vor Gericht hat das keinen Bestand. Komisch, dass das ›Poppies‹ immer wieder eine Rolle spielt. Dabei ist sie da doch gerade *nicht* hingegangen.«

Laidlaw legte sich eine Hand auf den Kopf.

»Oh, nein«, sagte er. »Das ist das Frühwarnsystem. Als würde jemand mit meinem rechten Augapfel Krocket spielen. In zehn Minuten hab ich einen Kopf wie eine Blaskapelle.«

»Können Sie nichts dagegen machen?«

»Tut mir leid. Sie müssen alleine in die Duke Street fahren. Wenn Sie den Namen haben, gleichen Sie ihn mit Milligan ab. Ich muss ins Hotel und meine Tabletten holen. Wenn ich mich beeile, kann ich vielleicht das Schlimmste verhindern. Wenn nicht, kann's einen ganzen Tag dauern, bis ich mich erholt habe. Oh, oje.«

Laidlaw presste den Rest der Fahrt beide Hände über dem Kopf zusammen, als wollte er ihn am Platzen hindern. Kommt davon, wenn man die Evolution beschleunigen will, dachte Harkness, diesmal allerdings voller Mitgefühl.

## SIEBENUNDDREISSIG

Als der Mann in die Lounge kam, blickte der Barmann vom Rennteil des *Daily Record* auf. Die Störung empfand er als erleichternd. Nichts außer lahmen Gäulen.

»Ja, Sir?«

Er war groß, vom guten Leben abgepolstert, ein Geschäftsmann im leichten Anzug. »The Ambassador« lag auf der South Side, erstrahlte in kaufmännischer Eleganz. Der große Mann brauchte einen Drink.

»Mal sehen. Ich nehm einen Bell's. Ach, machen Sie gleich einen Doppelten. Warum nicht? Vertreibt den Kater, was?«

Er kippte ihn in einem Zug runter, wie eine Auster. Musste ein dicker Kater gewesen sein. Er schloss die Augen und blieb stehen, lauschte seinen Nervenenden, die allmählich wieder in Einklang miteinander kamen.

»Dasselbe noch mal.«

Während er den nächsten trank und dann noch einen, erfand er Ausreden. Nicht dem Barmann zuliebe, sondern sich selbst. Der Barmann hatte ihn hier noch nie gesehen, aber er erkannte ihn. Er versuchte sich einzureden, dass sein Verhalten gewöhnlichen männlichen Gepflogenheiten entsprach und mit einsamer Sucht nichts zu tun hatte. Auch deshalb trank er zu schnell, als wollte er sich selbst nicht dabei erwischen. Wie auf Vorrat. Als er ging, hätte er dem Barmann leidgetan, wäre dessen Blick durch seinen Weggang nicht wieder auf den kleinen Mann gefallen, der immer noch hinter ihm saß. Mit ihm hatte der Barmann tatsächlich Mitleid. Es gab immer jemanden, dem es schlechter ging. Minty hatte um Wasser gebeten, weil er auf Freunde wartete. Seinem Aussehen nach handelte es sich wahrscheinlich um Sargträger. Er saß dort von Topfpflanzen umringt, die allem Anschein nach tropische Ambitionen verfolgten. Die Blumen rankten sich bis auf die Plastiksitze, die sich an der Wand entlangzogen.

Minty war klein, schmächtig, sein Kopf bereits auf dem besten Wege zum Totenschädel. Er wirkte kalt und reglos wie ein Eiszapfen, taute nur gelegentlich auf, um sanft mit dem Zeigefinger auf die Tischplatte zu tippen. Die drei Männer kamen im Gänsemarsch herein, wie ein kleiner Trauerzug.

Der Barmann folgte ihnen. Zwei bestellten Bier, der andere einen Glenfiddich. Minty blieb beim Wasser. Sie warteten, bis ihnen der Barmann die Getränke gebracht und wieder zu seiner Zeitung zurückgekehrt war. Mason nahm einen Schluck Glenfiddich und genoss das Gefühl, das er in solchen Momenten hatte: dass alle käuflich waren und er die Preise kannte. Er hatte es nicht eilig mit seinem Angebot. Warten war gut. Er nieste, betrachtete die Blumen.

»Scheinst was für Blumen übrigzuhaben, Minty.«
»Eigentlich nicht. Ich übe nur.«
»Wie geht's dir denn?«
»Ich sterbe. Abgesehen davon geht's mir gut.«
»Krebs, hab ich gehört.«
»Hab ich auch gehört.«
»Was für einer denn?«
»Einer, der einen umbringt.«
»Haben sie dir keine Hoffnung gemacht?«
»Noch zwei Minuten, dann für immer nichts.«
»Na, das steht uns allen bevor. Jeder ist mal dran.«
»Wenn du willst, lass ich dir den Vortritt. Ich kann warten.«

Mason nickte, als hätte sich Minty während des Bewerbungsgesprächs gut geschlagen.

»Na schön«, sagte er. »Eddie hat dich schon ins Bild gesetzt.«

»Ich will's noch mal von dir hören«, sagte Minty. »Von Matt Mason persönlich.«

Mason sah sich um.

»Wieso hat der den Ventilator eingeschaltet?«

Er gab dem Barmann ein Zeichen.

»Hab ihn drum gebeten«, sagte Minty. »Ich krieg andauernd Fieber.«

Mason nickte.

»Na gut«, sagte er. »Ich hab ein kleines Problem. Eins auf zwei Beinen. Das tote Mädchen, das am Sonntag gefunden wurde. Ich weiß, wer's war. Und ich möchte, dass er aus dem Weg geräumt wird, bevor ihn die Polizei schnappt. Das ist alles.«

»Dann weißt du auch, wo er ist?«

»Oha, ja.«

»Und du willst, dass ich ihn umbringe.«

»Das ist die Idee.«

»Ist er hart drauf?«

Eddie und Lennie lachten. Mason sah Lennie an.

»Die einzige Gefahr«, sagte Lennie, »besteht darin, dass er dir seine Handtasche überzieht. Oder dich mit dem Schlüpfer der Kleinen erwürgen will.«

Minty starrte ihn an. Mason erklärte, was Lennie gemeint hatte.

»Wie viel?«, fragte Minty.

»Fünfhundert Pfund«, erwiderte Mason.

Minty schüttelte den Kopf.

»Das ist nicht viel für so einen Auftrag.«

»Wie willst du denn sonst so viel Geld verdienen, Minty? Lässt du dir deine Lebensversicherung auszahlen?«

»Zweitausend ist schon eher der Tarif.«

»Was fehlt dir, Minty? Hast du Hirnkrebs?«

Minty nahm einen Schluck Wasser, blieb sitzen. Er sah an den dreien vorbei und wirkte völlig allein. Dass sie ebenfalls dort saßen, war reiner Zufall.

»Außerdem«, sagte Mason. »Woher soll ich wissen, dass du's kannst? Du hast bestimmt keine Kraft mehr.«

Minty blickte Lennie an.

»Leg den Ellbogen auf den Tisch«, sagte er.

Lennie sah Mason an. Mason nickte. Lennie tat wie ihm geheißen, und Minty nahm seine Hand und fing an, sie auf den Tisch zu drücken. Lennie widerstand ihm, aber Mintys steckendürrer Arm, der aus seinem Jackenärmel ragte, schien elektrisch geladen. Lennies Knöchel berührten die Tischplatte. Mason blickte Lennie an und schüttelte den Kopf.

»Ich war noch nicht so weit«, sagte Lennie. »Lass mich noch mal.«

»Auf keinen Fall«, sagte Minty. »Zweimal hintereinander kann ich's nicht. So was muss ich mir aufsparen. Keine Ahnung, wie viele davon noch in mir stecken. Aber ich brauch ja auch nur noch einen.«

Mason nickte.

»Tausend«, sagte er. »Das ist dein Anteil.

»Musst den Kerl ganz schön dringend loswerden wollen, wenn du tausend Pfund dafür bezahlst, dass ihn einer ausschaltet.«

»Dringend genug. Bist du dabei?«

»Bin dabei. Aber fünfhundert jetzt, fünfhundert später.«

Mason nahm ein mit Gummiband verschnürtes Bündel Scheine aus der Tasche.

»Das sind fünfhundert«, sagte er.

Minty grinste, als er sie in die Tasche steckte.

»Du hast mit mir gespielt, Mr Mason. Hast den Preis die ganze Zeit gekannt.«

»Geschäfte, Minty, Geschäfte. Heute Nacht muss es spätestens erledigt werden. Lennie holt dich in fünf Minuten ab. Mach langsam mit dem Wasser. Ich will, dass du nüchtern bleibst.«

Mason trank aus. Eddie und Lennie tranken, was sie noch im Glas hatten, in einem Zug aus. Alle erhoben sich.

»Du hast doch nicht vor, dich zu verstecken, Minty, oder? Ich meine, du kommst deinen Verpflichtungen nach.«

»Hören Sie sich um, Mr Mason. Hab mich noch nie vor was gedrückt.«

»Nein. Wenn du's tätest, wäre der Krebs deine geringste Sorge. Deine Familie nimmst du dann gleich mit ins Grab. Ein Stein genügt für euch alle.«

Sie ließen Minty mit seinem Wasser sitzen, wie ein Abstinenzlertreffen mit nur einer einzigen Person. Auf der Straße holte Mason tief Luft.

»Der Kleine verwandelt jeden Raum in ein Krankenzimmer«, sagte er. »Zeig ihm, wo er steckt, Lennie. Sag ihm, ich will ihn um acht Uhr auf dem St. Enoch's Square treffen. Dann muss die Sache erledigt sein. Nicht später. Dann bekommt er den Rest.«

Sie ließen ihn stehen. Auf dem Weg zum Wagen wurde Mason von einem alten Mann angesprochen.

»Haben Sie vielleicht ein paar Pence für 'ne Tasse Tee übrig, Sir. Ich hab seit zwei Tagen nichts mehr gegessen.«

Mason gab ihm fünfzig Pence. In der Lounge sah Lennie Minty unbeweglich sitzen. Unbeweglich und todbringend, dachte Lennie. Jetzt fiel ihm der Name wieder ein, den er sich gestern Nacht für Minty ausgedacht hatte. Der Krebsmann. Lennie fand das aufregend. Minty ging mit ihm nach draußen, und der Barmann ging zu ihrem Tisch und sammelte ein, was sie stehen gelassen hatten.

## ACHTUNDDREISSIG

Harkness sah auf die Uhr. Es war kurz vor halb zwölf. Das Zimmer war für ihn Teil einer Erinnerung, allerdings keiner an einen anderen Ort, sondern an ein Gefühl, eine Verletzlichkeit, die ihn an seine Mutter denken ließ. Sie war an Lungenentzündung gestorben, in einer Nervenklinik. Was Harkness nie vergessen hatte, war die Zeit zu Hause, bevor sie eingeliefert wurde, dass er und sein Vater ohne jede Hoffnung mitansehen mussten, wie sie zerfiel. Sie zu beobachten hatte Harkness gelehrt, wie willkürlich Schmerz seine Opfer trifft, und zum ersten Mal hatte er sein hochmütiges Selbstverständnis infrage gestellt.

Jetzt war er sich erneut der Gegenwart einer Person bewusst, die sich in derart lichtempfindlichem Zustand befand, dass eine Schneeflocke ihr den Schädel hätte spalten können. Laidlaw lag auf dem Bett mit dem Gesicht zur Tür. Die Vorhänge waren zugezogen. Harkness hatte die Tür sehr vorsichtig zugemacht, und Laidlaw hatte die Augen aufgeschlagen. Harkness wartete.

»Hallo«, sagte Laidlaw zur Wand.

»Hallo.«

Harkness sah zu, wie sich der Körper auf dem Bett unter Mühen neu arrangierte. Der Effekt war grotesk komisch und wurde durch die Fahlheit seines Gesichts noch unterstrichen, ebenso wie durch die unangemessen knallige Unterhose und den Umstand, dass er immer noch eine Socke trug. Seine restliche Kleidung lag verstreut herum, wie von einem betrunkenen Schwimmer am Ufer ausgezogen. Er wälzte sich herum, bis er auf der Bettkante saß. Vorsichtig pikte er sich in die Augenwinkel.

»Wie geht's?«

Laidlaw schien zu überlegen. Er gähnte und massierte seine linke Achsel. Als er aufblickte, waren seine Augen wieder normal groß und klar. Er nickte.

»Gott sei Dank gibt es die Kavallerie. Die kleinen Zauberpillen scheinen gerade noch rechtzeitig gekommen zu sein. Mir geht's gut. Wenn man bedenkt, dass mein Kopf gerade ein paar Runden gegen Muhammad Ali überstanden hat.«

Reden schien ihm neues Leben einzuhauchen. Er stand auf und wanderte durchs Zimmer, bis ihn seine Jacke gefunden hatte. Darin befand sich, was er suchte. Sein Mund nahm einen enormen Zug von der Zigarette. Er kam zurück und setzte sich wieder aufs Bett.

»Zuerst die gute Nachricht«, sagte Harkness.

Laidlaw lachte.

»Macht man das immer noch so da draußen?«

»Der Freund heißt Tommy.«

»Wie weiter?«

»Wissen wir noch nicht. Niemand kann in Zusammenhang mit dem Fall etwas mit dem Namen anfangen.«

»Und das ist die *gute* Nachricht? Was ist dann die schlechte? Dass ich zum Tode verurteilt wurde?«

»Nicht ganz. Der Commander will Sie sprechen. Jemand bei MacLaughlan hat sich über Sie beschwert. Muss wohl der Vorarbeiter gewesen sein, mit dem Sie gesprochen haben.«

»Wann?«

»Sofort.«

»Ach, kommen Sie ...«

»Das hat er gesagt. Wird nicht lange dauern.«

»Lang ist relativ. Zwei Minuten sind für so was auch schon lang. Ich brauch's nicht.«

Er ließ seine Zigarette im Aschenbecher brennen und ging zum Waschbecken, um sich die Zähne zu putzen.

»Da ist noch was«, sagte Harkness.

Laidlaw wandte ihm den Kopf zu, Schaum am Mund. Harkness fing an zu lachen. Laidlaw starrte ihn an, wandte sich wieder dem Waschbecken zu und erblickte sich im Spiegel – hochgezogene Lippen, Sabber in den Mundwinkeln. Er grinste und spülte sich den Mund aus.

»Sie kooperieren nicht.«

»Ich mache was?«

»Sie kooperieren nicht. Das hat er gesagt. ›Er lässt alle hängen.‹ Genau das hat er gesagt.«

»Was glaubt er, womit wir's zu tun haben? Einem Verstoß gegen die Verkehrsregeln?«

Laidlaw wusch sich sehr gründlich, seifte sich den ganzen Oberkörper ein. Er wirkte immer noch jugendlich, nur die Bauchmuskulatur gab allmählich nach. Während er sich schnell rasierte, sagte er: »Ich hätte Anwalt werden sollen, so wie ich's eigentlich vorhatte.«

Es war die erste unaufgeforderte Bemerkung über seine Vergangenheit, die Harkness von ihm zu hören bekam. Ihm fiel wieder auf, wie selbstbeherrscht Laidlaw wirkte. Je mehr er redete, umso größer schien das Schweigen in seinem Inneren anzuwachsen. Er war ein sehr zurückhaltender Mensch, umgeben von Zäunen und Schildern mit der Aufschrift »Bitte draußen bleiben«. Vielleicht umkreisten ihn deshalb so viele Gerüchte. Harkness fiel ein weiteres ein.

»Stimmt es, dass Sie an der Uni versagt haben?«, fragte er.

Laidlaw hatte seine Socke ausgezogen und zog jetzt ein frisches Paar an.

»Nein«, sagte er. »Die Uni hat an mir versagt.«

»Wie das?«

»Ich habe unzählige Hektar fruchtbare Unwissenheit mitgebracht. Und an der Universität wurden einfach vorgefasste Ansichten darübergekippt. Vierzig Tonnen Zement. Nein, danke. Ich hab mich verdrückt, bevor er hart wurde. Ich habe ein Jahr abgesessen, Prüfungen bestanden – nur um mir selbst sagen zu können, dass ich nicht abgegangen bin, weil ich musste. Dann bin ich abgegangen.«

»Und gleich danach zur Polizei.«

»Nicht gleich. Ein bisschen später hab ich hier oben meinen Abschluss gemacht.«

»Warum?«

»Ich weiß nicht warum.«

»Sie sind sehr gut im Beantworten von Fragen.«

»Ich mag Fragen nicht. Sie erfinden Antworten. Die wahren Antworten entdeckt man, bevor man überhaupt weiß, wie die Frage lautet.«

»Na gut. Aber ich meine sogar bei einfachen Sachen. Zum Beispiel habe ich Sie gestern Abend gefragt, wie viele Kinder Sie haben. Sie haben nicht geantwortet.«

Laidlaw zog seine Hose hoch. Er musterte seine Gürtelschnalle, als wäre sie das Problem.

»Nein«, erwiderte er. »Aber das kann ich Ihnen auch nicht sagen, ohne Ihnen etwas zu verraten, wonach Sie nicht gefragt haben.«

»Was soll das heißen?«

Laidlaw holte tief Luft.

»Das heißt«, sagte er, »dass ich drei Kinder mit meiner Frau habe. Es heißt aber auch, dass ich mit zwanzig Jahren ein Mädchen geschwängert habe und es nicht heiraten wollte. Trotzdem wollte ich dem Kind ein Vater sein. Ich habe ihr sogar angeboten, es aufzuziehen. Sie wollte nichts davon wissen. Sie gab es zur Adoption frei. Ohne mir zu sagen, wohin es kam. Ich verstehe sie, aber verzeihen kann ich ihr das nicht. Ihre Gefühle sind Ihre eigene Angelegenheit. Aber was Sie mit Ihren Gefühlen anstellen, unterliegt der Beurteilung durch andere. Ich verurteile sie dafür. Wenn sie sterbend auf der Straße läge, müsste ich mich überwinden, ihr ein Kissen unter den Kopf zu schieben. Ich habe vier Kinder. Aber nur drei davon haben mich. So was ist nicht leicht einzugestehen gegenüber jemandem, der sich in der U-Bahn die Zeit vertreiben möchte.«

Harkness war verstummt. Er hatte zugesehen, wie Laidlaw Schutz in seiner Kleidung suchte, seinen Socken, der Hose, dem Hemd, dem Jackett, bis seiner Nacktheit ein Panzer gewachsen war. Laidlaw band seinen Krawattenknoten, schob das Kinn vor und fuhr mit der Hand über die Kanten, prüfte, ob noch Stoppeln da waren. Dann fuhr er sich mit der Zunge über die Zähne und zeigte sie sich im Spiegel.

»Als ich ins Hotel kam, hatte ich einen seltsamen Anruf.«

»Informationen?«

»Ich weiß es nicht. Jemand wollte sich vergewissern, ob ich immer noch unter der Nummer erreichbar bin. Wir sollten uns heute lieber öfter mal in der Zentrale melden.«

Harkness nickte. Laidlaw grinste ihn an.

»Also dann«, sagte er. »Zeit, sich der verfluchten Bürokratie zu stellen. In der Zwischenzeit sollten Sie bei Sarah Stanley vorbeischauen. Wegen Tommy. Wir treffen uns im ›Top Spot‹.«

Sie gingen, Laidlaw ließ das Zimmer wie einen Mülleimer zurück.

## NEUNUNDDREISSIG

Von der Stewart Street kommend steuerte Laidlaw mit an Selbstmord grenzender Geistesabwesenheit durch den Verkehr. In Gedanken sprach er noch mit Commander Robert Frederick.

Sie hatten diese Gespräche bereits mehrfach geführt, und immer hatte sich Frederick zumindest so verständnisvoll gezeigt, wie man von ihm erwarten durfte, und Laidlaw war stets niedergeschlagen aus der Unterredung hervorgegangen. Beide verstanden sich auf die Kunst, gemeinsam Hoffnungslosigkeit heraufzubeschwören. Auch dieses Mal war ihnen dies wieder gelungen. Laidlaw blieb aber zumindest das melancholisch befriedigende Gefühl, die Gründe ein wenig besser zu verstehen. Als er Fredericks Ratschlägen lauschte, hatte er wieder einmal gedacht, wie wenig er diesen Raum leiden konnte, die mit Frischluftspray verseuchten Möbel, den aufgeräumten Schreibtisch, das lächelnde Foto, den nie benutzten Aschenbecher. Wie ein Schrein einem Gott gewidmet, an den er nicht glaubte. Dem Gott der Kategorisierungen.

Der Schlüssel lag in Fredericks Art zu sprechen. Er hatte einen Rhythmus, der Laidlaw oft stutzig machte. Jetzt hatte er's begriffen. Er diktierte. Alles war für die Akten bestimmt. Was sich nicht auf Papier bannen ließ, war ein Ärgernis. Er orientierte sich an Statistiken und Berichten. Er glaubte an Kategorisierungen. Laidlaw war dies nie gelungen. Es gab nicht eine einzige Kategorie, die er als in sich abgeschlossen akzeptieren konnte, von »christlich« bis »Mörder« nicht.

Ein belastender Gedanke, einer, den zu ertragen man die Hilfe aller anderen brauchte. Laidlaw fragte sich, ob die Niedergeschlagenheit, die er in Zeiten wie diesen verspürte, daher rührte, dass es Leute gab, die sich nachweislich niemals darauf einlassen würden. Leute, in deren Augen strittige Kategorisierungen wie in Stein gemeißelt schienen. Als würden sie ewig Bestand haben.

Im Kern solcher Erkenntnisse lag die Saat einer ungeheuren Müdigkeit. Beinahe war er deshalb bereit, die Kategorisierungen zu akzeptieren. Beinahe beneidete er Frederick um seine sauberen Unterscheidungen. Natürlich konnte er die Zweifel an seiner Berechtigung als Polizeibeamter nachvollziehen, sich ihnen sogar anschließen. Vor allem aber wusste er die Entschlossenheit des Commanders zu schätzen, seine sauberen Unterscheidungen anerkannt zu sehen. Handelte man ihren Maßgaben zuwider, würde einem das Leben schwer gemacht.

»Sie haben vorhin über unser unterschiedliches Verständnis der Zielvorgaben gesprochen. Ich fürchte, in diesem Fall ist meine Interpretation für Sie bindend. Sogar für Sie. Es sieht folgendermaßen aus: Sie haben Zeit bis morgen. Alles, was Sie bis dahin in Erfahrung bringen, wird unverzüglich an uns weitergegeben. Durch Harkness. Ab morgen erhalten Sie Ihre Anweisungen dann direkt von mir. Tag für Tag. Noch Fragen?«

»Darf ich gehen?«

»Bitte.«

Als Laidlaw bereits auf dem Weg zur Tür war, hatte Frederick noch ergänzt: »Wissen Sie, erst wenn Sie tatsächlich vor mir stehen, stellen sich mir die Nackenhaare auf. Ansonsten kann ich eigentlich ganz gelassen an Sie denken. Woran liegt das nur?«

Laidlaw hatte ihn reumütig angesehen, die verwerfliche Sterilität des Raums auf sich wirken lassen und überlegt.

»In Abwesenheit kann ich äußerst charmant sein«, hatte er anschließend erwidert.

Oben an der Hope Street führten gleich mehrere Eingänge in den »Top Spot«. Durch den linken, den Laidlaw nahm, gelangte man in eine öffentliche Bar. Diese wurde häufig von Polizisten frequentiert. Der Tresen war schmal, und unweit der Tür trennte eine hölzerne Stellwand ein paar Meter vom Rest des Raums. Da er nicht in der Stimmung für Verbrüderungen war, setzte sich Laidlaw dorthin. Er brauchte ein paar Kopfschmerztabletten.

»Einen Antiquary 21 und ein kleines Starkbier, bitte.«

Er kannte das Mädchen nicht. Und er wollte es auch nicht kennenlernen.

»Was ist los, Greta Garbage? Willst du lieber alleine sein?«

Er erkannte die Stimme und musste grinsen. Als er sich umdrehte, sah er Bob Lilleys breites rosiges Gesicht, er sah aus wie ein Farmer in Zivil. Laidlaw täuschte an Bobs Bauch einen Fausthieb an.

»Hallo Bob«, sagte er. »Wie geht's dem Mann, der die ganzen einfachen Aufgaben absahnt? Gut?«

»Bis eben schon, bis du angefangen hast, mich zu beleidigen«, erwiderte Bob. »Hab ganz vergessen, dass das deine Art ist. Muss dich wohl vermisst haben. Wie ist es dir ergangen?«

»Wurde mit Auszeichnungen und Orden erschlagen«, sagte Laidlaw. »Was kann man schon machen, wenn man seine Tugenden vorgeworfen bekommt?«

»Jack! Du halluzinierst schon wieder.«

»Ja, kann sein. Aber an deiner Stelle würde ich nicht drauf wetten.«

Das Mädchen brachte ihm seine Getränke und Bob nahm einen White Horse vom Tablett. Er prostete Laidlaw zu.

»Kaum lässt man dich aus den Augen«, sagte Bob, »sitzt du schon wieder in der dicksten Tinte. Wieso lässt du dir auch nie was sagen?«

Harkness trat jetzt zu ihnen an den Tisch, in der Hand ein halb leeres Bier.

»Wie ist es gelaufen?«, fragte er.

Laidlaw biss die Zähne aufeinander und schüttelte den Kopf. Zum ersten Mal wurde ihm bewusst, dass weiter hinten an der Bar andere Polizisten standen. Er konnte sie lachen hören.

»Nimm's nicht so schwer, Jack«, sagte Bob. »Ist ganz normal.«

»Scheiße ist auch normal. Trotzdem muss ich sie nicht schlucken«, sagte Laidlaw.

»Benimm dich, Jack.«

»Ich sag dir eins, Bob, ich bin kurz davor, den Kram hinzuschmeißen.«

»Wenn's weiter nichts ist«, sagte Bob Lilley. »Und ich dachte schon, es wär was Ernstes. Das wolltest du bis jetzt noch jede Woche, solange ich dich kenne.«

Laidlaw lachte. Harkness merkte, wie nahe sich Laidlaw und Bob Lilley standen, und staunte. Laidlaw war weniger ein Einzelgänger, als er gedacht hatte. Milligan trat zu ihnen.

»Und?«, fragte er. »Hat er dir den Arsch versohlt?«

»Spar's dir«, sagte Laidlaw.

»Nimm's nicht so schwer. Wir wurden alle schon mal zum Chef zitiert. Die Erfahrung haben wir alle gemacht.«

»Milligan. Du hast überhaupt noch nie eine Erfahrung gemacht. Wenn man einen Langweiler einmal um die Welt schickt, kommt er immer noch als Langweiler zurück. Was willst du bei der Polizei?«

»Wenn du schon damit anfängst, was willst *du* da eigentlich?«

»Gegen Leute wie dich vorgehen.«

»O Gott, Laidlaw. Es muss so wunderbar sein, du zu sein.«

»Ich weiß nicht. Ich muss täglich aufs Klo und manchmal tut mir der Kopf weh.«

»Nein, das glaube ich jetzt nicht.«

»Ganz ehrlich. Besonders nach Begegnungen mit dir.«

Harkness konzentrierte sich auf die Flaschen hinter der Bar. Ringsum hörte er das Gemurmel freundlicher Gespräche und Milligans schweres Atmen dazwischen. Er erinnerte sich, wie er Milligan einmal in der Wohnung besucht hatte, in der er alleine lebte, und an die Leere dort, das Gefühl der Unbewohntheit, das ihn jetzt gegen Laidlaw und seine Feindseligkeit aufbrachte. Laidlaw musste offensichtlich jede Situation völlig ohne Not in eine Krise verwandeln. Ein sehr anstrengender Charakterzug, für Laidlaw selbst, aber vor allem auch für Harkness. Wer wollte schon Assistent eines mobilen Katastrophengebiets sein?

»Bist du schon mal auf die Idee gekommen«, fragte Milligan, »dass dir ein paar Kollegen möglicherweise mal einen Arschtritt verpassen, den du so schnell nicht wieder vergisst?«

»Schön. Dann ketten sich die Kollegen besser für den Rest ihres Lebens aneinander. Denn du hast vollkommen recht. So was würde ich nicht vergessen.«

»Deine Zeit kommt noch«, sagte Milligan düster und ging.

»Mal wieder einen guten Krimi gelesen?«, fragte Laidlaw Harkness. Harkness sah ihn an, nicht gerade freundlich, und schüttelte missbilligend den Kopf.

»Ich weiß ja nicht, wie viele Verbrechen du aufklärst«, sagte Bob Lilley. »Aber du begehst auch jede Menge. Du bist das, was man unter extremer Provokation versteht. Ich geh jetzt und beruhige den erzürnten Milligan. Tu dir einen Gefallen, Jack. Kauf dir einen Maulkorb.«

Er ging. Harkness hatte gute Lust, es ihm gleichzutun.

»Für jemanden, der nicht an Ungeheuer glaubt«, sagte

er, »tun Sie erstaunlicherweise ihr Bestes, Milligan in eins zu verwandeln.«

»Das glaube ich kaum. Ich glaube, das tut er sich selbst an. Und ich bin mit seinen Unternehmungen nicht einverstanden.«

»Hören Sie! Haben Sie auch nur die leiseste Ahnung, mit welcher Art von Leben sich der Mann arrangieren muss? In seinem Haus ist er so was wie Robinson Crusoe. Niemand kommt, niemand geht. Seine Ehe ist gescheitert. Seine einzigen Angehörigen liegen auf dem Friedhof. Lassen Sie ihn in Ruhe.«

»Na schön. Nur weil man ein Holzbein hat, heißt das nicht, dass man allen Zweibeinigen die Köpfe damit einschlagen darf. Dass er Probleme hat, kann ich nachvollziehen. Aber nicht, wie er damit umgeht.«

Sie tranken, dachten von verschiedenen Standpunkten aus übereinander nach.

»Wie war's bei Sarah Stanley?«, fragte Laidlaw.

»Sie sagt, sie hat nie was von Tommy gehört. Ich hab's geschafft, mich an dem Vorarbeiter vorbeizuschleichen. Aber sie wusste nichts.«

Die Polizisten lachten.

»Polizisten«, sagte Laidlaw und stierte in den letzten Rest seines Biers, »lachen immer wie Polizisten.«

## VIERZIG

Das »Wee Mickey's« war Harkness neu, aber an sich war es alles andere als das. Man verschanzte sich hier hinter Eigenheiten, die häufig als »Charakter« bezeichnet werden. Auf der Grenze West End und Stadtmitte bildete es eine kleine Seufzerbrücke zwischen zwei unbeugsamen Überzeugungen. Er sah einen alten Laden, weniger ein Pub als eine Auffangstation kurz vor dem Verfall. Die Bar war klein, aber dahinter befand sich ein großer, schlecht beleuchteter Raum mit schmalen Holztischen auf beiden Seiten. Laidlaw entschied sich für einen freien mit unverstelltem Blick zur Tür.

Nachdem sie ein paar Minuten gewartet hatten, brachte ihnen ein kleiner Mann mit Schürze ein Tablett mit einer Flasche Wein und zwei Gläsern.

»Bitte schön«, sagte er. »Das Feinste aus den Kellern des Vatikan.«

Laidlaw drehte die Flasche um.

»Kaufst ja jetzt richtig guten Wein ein, Mickey«, sagte er.

»Schön zu hören, dass es jemand zu schätzen weiß.«

»Eigentlich sollten die Flaschen aber schon beim Einkauf am Etikett kleben, aber egal. Bringst du uns bitte noch ein Glas?«

Als das Glas gebracht wurde, stellte Laidlaw es umgekehrt auf den Tisch und schenkte zwei Gläser ein.

»Schlucken Sie ihn runter, ohne ihn zu schmecken«, sagte er.

Harkness probierte und stellte das Glas ab.

»Ich werd's als Teil der Requisite betrachten«, sagte er.

Dann sah er sich um. Flecken, Kratzer und Scharten bestimmten den vorrangigen Eindruck, eine nicht abzuschüttelnde Geschichte von Vergangenem, keine bewusst geschaffenen Erinnerungsstücke, nur das zufällige Graffiti vieler vergangener Leben. Er kam sich vor wie ein Tourist in dem Sinne, in dem Laidlaw den Begriff verwendete. In ihrer Versunkenheit schienen ihn diese Menschen irgendwie auszuschließen, gaben ihm das Gefühl, er befände sich mit seinem Leben noch im Urlaub. Er blickte von einem Tisch zum anderen, betrachtete den Raum wie eine Straße mit Händlern auf einem fernöstlichen Markt. Jeder war hergekommen, um sein eigenes zwanghaftes Handwerk auszuüben, seinem Leben eine bizarre Form zu verleihen, den eigenen langsamen Tod bewusst zu gestalten.

»Was halten Sie davon?«, sagte Harkness. »Brueghel trifft Hieronymus Bosch.«

Laidlaw wusste, was er meinte. Ihnen gegenüber umringte eine Vierergruppe eine Flasche, drei Frauen und ein Mann, als wäre sie die Titte des Universums. Jedes einzelne Gesicht war eine Ruine. Weiter hinten spielten ein alter Mann und eine Frau die Parodie auf ein Liebespaar. An einem anderen Tisch saß ein Mann ganz alleine.

»Im Prado hab ich mal ein Gemälde mit dem Titel *Un Alma en Pena* gesehen«, sagte Harkness. »Das war der reinste Urlaub verglichen mit dem Burschen da.«

»Wie hieß das Gemälde?«

»*Un Alma en Pena.*«

Harkness wartete, weil er wusste, dass die Frage kommen würde. Er überlegte, was »Rache ist süß« auf Latein hieß.

»Na schön, College-Boy«, sagte Laidlaw. »Und jetzt die Übersetzung bitte.«

»Eine Seele voller Schmerz.«

»Wenn ich's geschrieben gesehen hätte, wäre ich draufgekommen«, sagte Laidlaw.

Harkness lächelte. Ein wuchtiger Mann hatte sich vor ihren Tisch gestellt, versperrte ihnen jetzt die Sicht. Er musste ungefähr sechzig sein, doch die entspannte Körperlichkeit seiner Erscheinung machte bewusst, dass er es nicht immer gewesen war. Er trug einen schwarzen Anzug, und aus dem offenen Kragen seines schmutzigen weißen Hemds lugte schwarzes Haar. Er hatte ein Gesicht wie ein Kriegsmuseum.

»Die haben mir gesagt, dass du da bist.«

»Hallo, Sam.«

»Brauchst du was? Ich schulde dir was. Soll ich jemandem aufs Dach hauen?«

»Nein, danke, Sam. Alles in Ordnung.«

»Na, oder wir riskieren selbst 'ne Runde. Nur so zum Zeitvertreib.«

»Ich bin zu jung zum Sterben.«

Der Mann zwinkerte, was aufgrund der Langsamkeit

seiner Reflexe ungefähr so lässig wirkte wie das Schwenken einer Flagge. Seine Sprache war wie weggewaschen, fortgespült wie Tinte im Regen. Man musste sich anstrengen, um die Worte durch den Nebel hindurch auszumachen. Er ging.

»Ich dachte, Sie wären knallhart drauf«, sagte Harkness.

»Das denkt Sam auch. Der ist genauso schlicht gestrickt wie Sie.«

»Wenn man Sie so reden hört, könnte man meinen, Ihnen sitzen die Fäuste ganz schön locker.«

»Ich verlier sogar beim Schattenboxen.«

»Also, wer ist der Mann?«

»Sam Bell. War mal ein gutes Mittelgewicht, bevor er zugelegt hat und zum doppelten Mittelgewicht wurde. Aber so toll, wie's ihm die Leute um ihn herum einreden wollten, war er nie. Und deshalb hat er nur noch Rührei in der Birne. Aber er ist ein guter Mann. Ein sehr viel besserer als die Arschlöcher, die sich seine Manager nannten.«

Sie warteten. Harkness blickte auf das umgedrehte Glas.

»Und wer ist Eck?«

»Eck Adamson? Ein kleiner Mann mit einer Riesenklappe.«

»Was macht er?«

»Dasselbe wie jeder Informant. Hängt sich in anderer Leute Angelegenheiten.«

»Und warum sind wir hier mit ihm verabredet? Ist das nicht ein bisschen riskant für ihn?«

»Eigentlich nicht. Erst mal würde Eck an einem vernünftigen Ort auffallen wie ein Nudist in einem Wintersportparadies. Ich meine, die würden glauben, es sei Halloween. Andererseits ist dort, wo man ihn kennt, sowieso bekannt, dass er sich kaufen lässt, sogar dass er als Spitzel arbeitet. Aber wer will Eck was anhaben. Sterben tut der erst, wenn er schon zu Terpentin geworden ist. Sein Wissen ist absolut nichts wert. Der verkauft einem den Namen des Weltmeisters von 1923 als Geheiminformation. Daran erkennt man ihn, wenn man ihn sieht.«

»Ich versteh nicht, wieso wir dann auf ihn warten.«

»Weil das wohl zu meinen Marotten gehört. Ich kann nicht aufhören zu glauben, dass es irgendwo eine Verbindung gibt. Dass sich schlimme Dinge von ganz alleine ereignen, isoliert von allem anderen, ohne in uns verwurzelt zu sein, das halte ich für eine verlogene Illusion. Ich glaube, wir sind allesamt Beiwerk. Nur in bestimmten Fällen sind andere direkter verwickelt. Geht man davon erst mal aus, dann gibt es in der Stadt Leute, die etwas wissen, auch wenn sie vielleicht gar nicht wissen, dass sie's wissen. Nehmen wir also Eck. Er ist meine persönliche Müllhalde. Jetzt wo ich eine grobe Vorstellung davon habe, wonach ich suche, ist es vielleicht an der Zeit, mal durch die platten Reifen und leeren Sprühdosen zu waten.«

Harkness erkannte ihn sofort. Er trug einen so unförmig weiten Mantel, dass Untermieter dort hätten einziehen können. Sein Kopf schien auf einem Kugellager aufzusitzen. Er hatte sie gesehen, ging aber trotzdem erst mal an ihrem Tisch vorbei. Laidlaw blickte nicht auf. Eck kam zurückgeschlendert, tat, als würde er ihn gerade erst entdecken.

»Hallo, mein Freund.«

»Guten Tag, Eck«, erwiderte Laidlaw.

»Aha. Ein neues Gesicht.«

Eck ließ immer noch den Blick schweifen.

»Setz dich, Eck«, sagte Laidlaw. »Du bist so diskret, dass die Leute schon misstrauisch werden. Siehst aus, als wolltest du dich selbst beschatten.«

»Man weiß nie, oder?« Eck setzte sich. »Die Nacht hat tausend Augen, oder?«

»Es ist helllichter Tag«, sagte Harkness.

»Außerdem«, ergänzte Laidlaw, »würde die Nacht auch was Besseres zum Angucken finden.«

Er stellte sie vor.

»Der ist ganz schön gerissen, weißt du«, sagte Eck zu Harkness und zeigte auf Laidlaw. Aber auch seine eigenen Augen wirkten gerissen und erstaunlich flink, erinnerten weniger an einen Habicht als an einen Schwarm Spatzen. »Der ist gerissen, was? Man nennt ihn nicht umsonst Gillette. Na ja, man nennt ihn gar nicht Gillette. Aber trotzdem. Man weiß nie. Nachts in der Stadt eben. Ist ein hartes Pflaster, wo wir hier leben, Jungs. Man muss auf sich aufpassen. Ich bin nicht so groß wie ihr, muss mich auf die Zehenspitzen stellen. Ich mogel mich durch, aber ich kann auf mich aufpassen. Ich kenn mich aus.«

Eck war ein Romantiker.

Laidlaw redete eine Weile mit ihm, ließ geduldig Namen fallen wie ein Lehrer, der seinem Schüler zu einer guten Note in der mündlichen Prüfung verhelfen will und sich bemüht, alles Wissen aus ihm herauszukitzeln – Bud Lawson, Jennifer Lawson, Airchie Stanley, ein Katholik namens Tommy. Eck machte nicht den Eindruck, als würde er die Prüfung bestehen. Er bekam nur immer wieder trockene Lippen und sein Blick wanderte zum Wein. Harkness grinste.

»Eck«, sagte Laidlaw. Er nahm das leere Glas und schenkte ihm ein. Die Abwehr schwand aus Ecks Blick. »Harry Rayburn. Denk drüber nach.«

»Was für ein Rayburn?«

»›Poppies‹.«

»Ach so. Das in der Nähe der Fußgängerzone. Big Harry. Der Nachname hat mich gerade verwirrt. Ich kenn ihn nur als Big Harry. Oh ja. Big Harry. Auf jeden Fall. Genau den kenne ich, Big Harry.«

Laidlaw schob vorsichtig das Glas näher an ihn ran. Eck griff mit beiden Händen danach.

»Ja. Ist ein harter Brocken, Big Harry. Das ›Poppies‹ ist sein Laden. Die verstehen da drin keinen Spaß. Die ›Poppies Disco‹, hm? Hm-hm. Okay?«

Eck hob das Glas an den Mund. Aber bevor er trinken konnte, legte Laidlaw seine Hand darüber und nahm es ihm ab, goss den Wein sehr vorsichtig in die Flasche zurück, schüttelte die letzten Tröpfchen aus dem Glas und stellte es wieder umgedreht auf den Tisch, wischte sich die Hand – die er ein bisschen mit Wein bekleckert hatte – an Ecks Ärmel ab und sagte: »Verpiss dich.«

»Was soll das? Da gibt man eine ehrliche Antwort auf eine Frage und das ist der Dank? Komm schon. Was soll das?«

»Verpiss dich«, sagte Laidlaw. »Den Komiker kannst du woanders spielen. Ich find's nicht witzig. Wenn ich ein Echo brauche, dann weiß ich, wo ich eins finde, das nicht säuft. Du hast mir nichts erzählt, das du nicht vorher von mir gehört hast. Für wen hältst du uns? Für Leute, die auf Bananenschalen ausrutschen? Demnächst verkaufst du mir einen Drink aus meiner eigenen Flasche.«

Laidlaw schlürfte seinen Wein, ließ Eck zusehen.

»In Ordnung. Sei friedlich. Hab nur gedacht, vielleicht springt auf die Art mehr raus. Aber ich kenn den wirklich. Ich weiß Sachen über den Großen, die andere Leute nicht wissen. Gib erst mal was zu trinken, ja?«

Laidlaw drehte das Glas um, schenkte ein und stellte es vor Eck. Als er es nehmen wollte, ließ Laidlaw einen Augenblick lang die Hand drauf liegen.

»Wenn du mir was vorflunkerst, steck ich dir den Finger in den Hals und hol mir den Wein wieder.«

Eck trank so gierig, dass seine Zähne ans Glas schlugen. Laidlaw schenkte ihm nach.

»Na schön. Erst mal wisst ihr vielleicht nicht, dass Harry schwul ist wie ein Rudel Friseure.«

»Eine Schwuchtel? Der große Kerl?« Harkness lehnte sich zurück, tat Eck ab. »Ach komm. Ist ja irre, was manche Leute für einen Drink bereit sind zu behaupten.«

»Das wissen Sie bestimmt besser als ich.«

»Ist das wahr, Eck?«, fragte Laidlaw.

»Der wurde so oft in den Arsch gefickt, dass er im Dunkeln glüht.«

»Erzähl weiter«, sagte Laidlaw.

»Na ja. Ich wohn ja nicht in seiner Westentasche, oder? Aber wenn man so drauf ist, bekommt man's mit jeder Menge Gesocks zu tun, oder? Da gibt's Verbindungen. Muss ja so sein, oder? Verbindungen.«

»Welche genau?«, fragte Laidlaw.

»Woher soll ich das wissen?«

Laidlaw schob Eck die Flasche zu.

»Lass es dir schmecken.«

Harkness war enttäuscht. Nachdem er seine anfängliche Verwunderung über die sexuelle Orientierung von Harry Rayburn überwunden hatte, fiel ihm wieder ein, dass Laidlaw ihn als »Mary Poppins mit Haaren auf der Brust« bezeichnet hatte. Er hatte angefangen, an die zwischenmenschlichen Verwicklungen zu glauben, von denen Laidlaw ständig predigte. Verschiedene Dinge erschienen plötzlich in neuem Licht – das »Poppies«, Harry Rayburns Homosexualität, der Umstand, dass Jennifer anal vergewaltigt wurde. Er hatte geglaubt, sie würden auf Laidlaws »Müllhalde« genau das finden, was sie suchten. Und jetzt, wo ein einziges Zeichen genügt hätte, um ihn vollends zu bekehren, kam nichts mehr. Laidlaw machte Anstalten aufzustehen.

»Damit komm ich nicht weit«, sagte Eck zu der Flasche.

»Wir mit deinen Informationen auch nicht, oder?«

»Hört mal. Ich kann euch noch ein bisschen behilflich sein«. Er ließ Laidlaw warten. »Ich kann euch einen Namen verraten.«

»Eck«, sagte Laidlaw. »Wahrscheinlich verkaufst du uns Luft. Und die krieg ich draußen frisch und umsonst.«

»Ich kann euch zwei Namen verraten. Einen großen. Einen nicht so großen.«

»Jeweils ein Pfund.«

»Hör auf.«

»Verkauf sie woanders.«
»Matt Mason. Der ist ...«
»Ich weiß, wer das ist. Worin besteht die Verbindung zu Rayburn?«
»Die haben zusammen gearbeitet.«
Laidlaw gab ihm ein Pfund unter dem Tisch. Eck knüllte es in der Hand zusammen.
»Harry Rayburn. Es gab Gerede über ihn und einen Jungen. Ein Junge namens Bryson. Jedenfalls glaub ich, dass er so hieß. Ja, so hieß er.«
»Und der Vorname?«
»Weiß ich nicht.«
»Sagt dir ›Tommy‹ was?«
»War das nicht ein Film? War doch ein Film, oder?«
»Danke, Eck.« Laidlaw steckte Eck das zweite Pfund zu. »Aber immerhin etwas.«
Eck verstaute sein Geld. Laidlaw gab Harkness nickend zu verstehen, dass sie gehen wollten, als Eck doch noch etwas einfiel.
»Ist wohl ein hübscher Junge, arbeitet im ›Poppies‹.«
Es entstand eine Pause, in der der Augenblick wartete, bis alle zu ihm aufgeschlossen hatten. Laidlaw und Harkness waren schon stehen geblieben, bevor sie merkten, was sie taten. Etwas scheinbar Gewöhnliches schimmerte zwischen alldem Abfall hervor und sie starrten es an, fragten sich, warum es so wertvoll sein mochte. Harkness beobachtete Laidlaws Blick und erkannte, dass er zuerst draufkam. Laidlaw grinste.
»Wissen Sie noch?«, fragte Laidlaw.
Harkness war ratlos. Er schüttelte den Kopf.
»Fängt mit D an und hört mit T auf«, sagte Laidlaw.
Jetzt begriff er.
»Auf Milligans Liste stand kein Bryson«, sagte er.
»Mehr Glück als Verstand.« Laidlaw sagte es wie ein Cheerleader.
»Wieso?«

»Sagt man doch so, wenn man rein zufällig etwas herausfindet. Die Kunst besteht darin zu kapieren, dass man etwas gefunden hat. Ich glaube, wir haben ihn. Eck, wo wohnt der junge Mann?«

»Keine Ahnung.«

Laidlaw schob ihm ein weiteres Pfund zu.

»Schon gut. Ich weiß jemanden, der's weiß. Kauf dir ein Fass, Eck. Tut mir leid wegen dem Ärmel. Sollte eigentlich jemand anders abkriegen.«

Laidlaw zwinkerte Harkness zu und hob sein Glas. Harkness tat es ihm gleich. »Auf Sherlock Adamson, den Wohltäter der allgemeinen Öffentlichkeit.«

Sie nahmen einen aufrichtigen Schluck, aber keinen großen. Auf dem Weg nach draußen sagte Laidlaw: »Wir sind fast am Ziel.«

Sie ließen Eck fassungslos über den dritten Schein sitzen. Wie so häufig wurde sein Erfolg auch diesmal dadurch geschmälert, dass er keinen blassen Schimmer hatte, wie er ihn je würde wiederholen können. Aber die Starre hielt nicht lange an. Er steckte das Geld ein und schob die beiden stehen gelassenen Gläser an sich heran. Es war doch sowieso schon Weihnachten. Einem Romantiker erscheint das Unbegreifliche ohnehin ganz selbstverständlich.

## EINUNDVIERZIG

*Run run as fast as you can*
*You can't run away from the cancer man*

Er hätte auch Michelangelo in der Sixtinischen Kapelle sein können. Bei der Arbeit war Lennie stets voll konzentriert. Die Toilettenwand war weiß und grob verputzt, und es war gar nicht so leicht, mit Kuli draufzuschreiben. Wenn man zu fest aufdrückte, verschwand die Kugel und der Tintenfluss wurde unterbrochen. Man musste mehrmals mit ganz leichten Strichen darüberfahren, einen über den anderen setzen, damit die Tinte auf dem Putz haftete. Er würde sich einen Filzstift besorgen müssen.

Während der Arbeit verglich er sein Werk verächtlich mit anderen Inschriften, die er gesehen hatte, den krakeligen Zeichnungen, den Einladungen, den abgedroschenen Sprüchen (»In diesem Hause wohnt ein Geist, der jedem, der zu lange scheißt, von unten in die Eier beißt.«). Die waren alle total blöd, früher hatte er so was selbst geschrieben, aber jetzt nicht mehr.

Er erinnerte sich, wie es sich angefühlt hatte, mit Minty McGregor durch die Straßen zu gehen. Allein die eiskalte Vorstellung war aufregend – der Mann war bereit zu töten, und das aus keinem anderen Grund als dem, dafür bezahlt zu werden. Er ging durch die Straßen wie eine Krankheit, die jeden treffen konnte, er hatte nichts zu verlieren und deshalb auch keine Angst. Davon träumte Lennie ebenfalls, der Traum war so überwältigend, dass er vorsichtig sein musste. Er war schon viel zu weit gegangen.

Gestern Abend im Pub zum Beispiel. Er war mit zwei Jungs von früher was trinken gewesen und hatte der Versuchung nicht widerstanden, ein paar Mal ohne weitere Erklärung den »Krebsmann« zu erwähnen. Die drei hatten ausgetrunken und im Chor gerufen: »Wenn du nicht aufpasst, schnappt dich der Krebsmann.« Lennie erinnerte sich an einen Mann mit Narbe am Tresen, der sie düster angestarrt hatte. Er hoffte, Matt Mason würde nichts davon zu Ohren kommen.

Aber im Moment ließ er sich den Spaß nicht verderben. Das Gefühl war eine Mischung aus Verwegenheit und Sicherheit. Seine Fantasie lief Amok und dennoch hatte er nichts Schwierigeres zu tun, als ein paar Worte auf eine Wand zu kritzeln.

*Morgan the Mighty and Desperate Dan*
*Take off their hats to the cancer man*

Er war zufrieden. Er zog an der Klospülung und machte die Tür auf. Eine Sekunde lang wusste er nicht, ob er ihn wirklich sah oder ihn sich nur vorstellte. Der Mann mit der Narbe starrte ihn an. Während sich Lennies Magen hob und wieder senkte, hörte er die laute Musik aus der Bar. Sie klang sehr weit weg. Der Mann nickte, wie um Lennie in seiner Angst zu bestärken.

Instinktiv wollte Lennie die Tür zuschlagen. Er setzte gerade an, als der Mann dagegentrat, sie an die Wand knallen ließ und Lennies Arm dazwischen einklemmte. Lennie schrie.

»Was hast du hier drin gemacht?«, fragte der Mann.

Er stützte sich am Türrahmen ab, um möglichst großen Druck mit dem Fuß auszuüben. Wer war das, der Kloinspektor?

»Was willst du?«, brachte Lennie heraus.

»Ich glaube, ich hab dich beim Wichsen erwischt«, sagte der Mann. »Das macht man nicht an öffentlichen Orten.«

»Wer sind Sie?«, fragte Lennie.

»Ich bin der Mann, der dir den Arm in der Tür eingeklemmt hat. Es gibt jemanden, der dich sprechen will. Wenn ich meinen Fuß wegnehme, kommst du mit. Wenn du auch nur die geringsten Schwierigkeiten machst, benutze ich deinen Schädel als Türstopper. Kapiert?«

Lennies Kopf übernahm das Nicken. Als sie in den kleinen Bereich mit den Waschbecken hinaustraten, wartete dort noch ein Mann.

»Bleib ganz locker!«, sagte dieser zu dem mit der Narbe. »Man könnte meinen, der Junge hätte was verbrochen. Alles in Ordnung, mein Sohn. Ein Freund von uns will ein paar Worte mit dir wechseln. Mehr nicht. Ganz einfach. Aber er muss mit dir sprechen. So ist er nun mal. Wenn du jetzt einfach ruhig mit uns zum Wagen kommst, bringen wir dich zu ihm. Wenn du Schwierigkeiten machst, zum Beispiel hier im Pub, dann bist du tot. Das steht fest. Du hast die Wahl, mein Sohn. Verstanden? Okay?«

Vom Tonfall her hätte er auch einem Kind erklären können, weshalb es sich hinter den Ohren waschen soll. Er trug einen hübschen Anzug, hatte lockiges Haar. Beide Ansagen, die unvermittelte Brutalität und das väterlich in Aussicht gestellte Massaker, waren für Lennie unterschiedliche Windungen derselben Daumenschraube. Er war starr vor Angst davor, dass sie sie weiter anzogen, und seine Furcht war so durchdringend, dass sie ihn ohne einen Mucks durch das »Howff« und in den Wagen bugsierten.

Der Mann mit der Narbe fuhr. Der andere saß bei Lennie hinten. Lennie musste sich auf den Boden kauern.

»Zu gucken gibt's jetzt nichts, mein Sohn. Zu deinem eigenen Besten. Was du nicht weißt, kannst du auch nicht weitererzählen. Und was du nicht erzählen kannst, dafür tritt dir niemand den Schädel ein. Okay?«

Einer von beiden glaubte, auf der Straße einen Spieler der Rangers erkannt zu haben, und sie redeten über Fußball. Lennie wurde bewusst, dass er das meiste von sich zurückgelassen hatte, wie Gepäck. Er hatte nichts dabei, was zu all dem hier passte. Aber schließlich holte ihn eine Frage ein, die er schon vor einer ganzen Weile hätte stellen sollen. Jetzt versuchte er es.

»Welcher Mann denn überhaupt?«, fragte er.

Der mit den Locken sah zu ihm runter, sein Gesicht wirkte freundlich überrascht, als wäre ihm gar nicht bewusst gewesen, dass Lennie sprechen konnte.

»Der Weihnachtsmann ist es nicht, mein Sohn.«

Aber immerhin hatte Lennie reagiert. Er lauschte ihrem alltäglichen Geplauder untereinander und versuchte sich einigermaßen wiederherzustellen. Vielleicht war's gar nicht so schlimm. So furchtbar ernst schienen sie das alles nicht zu nehmen. Mit ein bisschen Dreistigkeit würde er schon durchkommen.

Als der Wagen endlich anhielt, war er zu einer Einstellung gelangt, von der er hoffte, dass sie ihm aus der Klemme helfen würde. Er beruhigte sich und stieg aus dem Wagen, schüttelte sein rechtes Bein, das ganz steif geworden war. Sie befanden sich scheinbar in einer Art Lagerhaus mit gewölbtem Wellblechdach. Das Gebäude war lang gestreckt und der Wagen nahm nicht viel Platz darin in Anspruch. Lennie erinnerte es an Häuser, die er in der Molendinar Street gesehen hatte.

»Immer schön freundlich, dann passiert dir nichts, mein Sohn«, sagte der Mann mit den Locken.

Das große Tor hatte sich schon geschlossen, bevor sie noch ausgestiegen waren, und die beiden Männer verschwanden nun durch die darin eingelassene Tür. Lennie war alleine. Abgesehen von ein paar Kisten war der Raum leer. Auf dem steinernen Boden waren Ölflecken. Von irgendwoher hörte er Straßenverkehr.

Kaum hatte er ein bisschen Zeit für sich, nutzte er sie. Das Dramatische an seiner Situation steigerte sein Selbstbewusstsein, sodass er sich ihr gewachsen fühlte. Die Lage war brenzlig. Jetzt galt es, Stellung zu beziehen. Diese Kerle sollten begreifen, dass sie es mit einer Persönlichkeit zu tun hatten. Er würde nicht klein beigeben.

Die Tür ging auf, und der Mann, der jetzt hereinkam, schien sich hindurchfädeln zu müssen. Er machte die Tür wieder zu und richtete sich auf. Er war groß und blond und seine Augen von einem so hellen Blau, dass sie ihren Besitzer wahnsinnig wirken ließen. Der Lochstreifen in Lennies Gehirn spulte immer noch mechanische Reaktionsbefehle ab, drängende Abstraktionen, aufgestaut in Jahren des Fantasierens. Na schön. Von Mann zu Mann. Sag, was du willst. Komm und hol es dir.

»Hallo, mein Sohn«, sagte der Mann freundlich. »Lennie, nicht wahr?«

Lennie nickte, eine kurz angedeutete Neigung, nur einmal kurz. Anscheinend hatte er von ihm gehört.

»Weißt du, wer ich bin?«

Lennie schüttelte den Kopf. Sollte er? Er hielt dem Blick des großen Mannes stand. Nur nicht klein beigeben.

»Ich will, dass du mir ein bisschen was erzählst, mein Sohn. In Ordnung?«

Lennie lächelte, kaum sichtbar, eher ein Zucken der Mundwinkel.

»Aha. Und wenn ich nicht will?«

Der Mann sah weg. Eins zu null für Lennie. Der Mann ließ den Blick durch das Lagerhaus schweifen, als müsste er erst mal über das Problem nachdenken, das Lennie für ihn darstellte. Lennie wartete ab, wie er's angehen würde.

»Na gut«, sagte der Mann und packte Lennie am Kragen. Ein Gefühl, wie im Windschatten eines Jets gefangen zu sein. Lennie wurde von den Füßen gesogen. Mit dem Knie zermatschte der Mann, was Lennie zwischen den Beinen trug, und während er in der Luft hing, sich vor Schmerz wand und zuckte, donnerte er ihm seine Rechte ins Gesicht, ließ ihn gleichzeitig los und auf den Betonboden knallen. Er kam auf der anderen Seite seines Gesichts flach und hart auf. Als hätte ihm jemand die Unterseite einer Schaufel ans Kinn gedonnert. Lennie, der mit den Legenden über Gewalt in Glasgow aufgewachsen war, kam es vor, als sei ihm die eigene Stadt auf den Kopf gefallen.

Er schien in Übelkeit zu ertrinken, Dämpfe von Öl und Schmerz mischten sich hinein und hämmerten in seinem Schädel. Sein Gesicht lag in einer Öllache. Er wollte den Kopf heben, aber das Lagerhaus schlug Purzelbäume.

»Wir wollen uns nur ein bisschen näher kennenlernen«, sagte die Stimme des Mannes.

Endlich hielt das Gebäude still.

»Also, mein Sohn. Was hast du mit Minty McGregor zu tun?«

Lennie hatte das Gefühl, wenn er sich nicht am Boden festhielt, würde er abgleiten. Er konnte den Kopf nicht heben, und während er sprach, rieb der Beton an seinem Kinn.

»Nichts.«

Der Boden schrammte über sein Gesicht, und erst als er es nicht mehr tat, begriff er, dass er herumgewirbelt war, weil ihm der Mann in die Rippen getreten hatte.

»Ich arbeite für Matt Mason. Minty. Das ist ein Job für Matt.«

»Sehr gut, mein Sohn. Sehr gut.«

Lennie merkte, dass er wie ein Sack voller Schmerzen vom Boden gehoben und auf eine der Kisten geworfen wurde. Er wollte gerade runterrutschen, als ihn der Mann mit dem Fuß auffing und stützte.

»Bleib auf der Kiste sitzen, mein Sohn. Das ist die Belohnung dafür, dass du mir die Wahrheit sagst. Wir verteilen hier Prämien.«

Angst verdrängte Lennies Mut und ermöglichte ihm, mehr oder weniger aufrecht auf der Kiste sitzen zu bleiben, sich zu ducken und zu zucken.

»Bist heute ein bisschen mit Minty unterwegs gewesen. Was gibt's denn in Bridgegate so Besonderes?«

»In Bridgegate?«

Die Kiste wurde unter ihm weggetreten. Als er ausgestreckt auf dem Boden lag, trat ihm der Mann auf die Kehle. Lennie rang nach Luft, würgte, bockte unter dem fremden Fuß wie ein Fisch auf dem Trockenen.

»Ende des verfluchten Gesprächs«, sagte der Mann. »Ich merke schon, ich muss ungemütlich werden. Ich werde dich töten, mein Sohn. Es sei denn, du erzählst mir alles. Und zwar sofort. Ich bin nicht Simon. Ich bin John Rhodes.«

Er sprach es aus wie einen Schlachtruf, und das, was von Lennie übrig war, geriet aus den Fugen. Er verwandelte sich in reines Entsetzen, das dringende Bedürfnis zu sprechen. Aber John Rhodes machte es ihm nicht leicht. Der Druck auf Lennies Kehle hielt an und er merkte, dass sich alles, was er sagen wollte, erst einen Weg nach draußen bahnen musste.

»Das Mädchen aus der Zeitung. Der Kerl, der sie umgebracht hat. In dem Haus. Ganz oben. Minty soll ihn heute Nacht töten. Minty hat Krebs.«

John Rhodes hatte auf Lennies Adamsapfel gedrückt wie auf den Knopf seiner privaten Wasserstoffbombe, dann hatte er losgelassen. Luft knallte in Lennies Lunge. Er lag keuchend da und kapierte, dass er noch lebte.

»Wann?«

Lennie blickte nicht auf. Als die Lüge Gestalt in ihm annahm, jagte ihm das eine Heidenangst ein. Aus Furcht vor John Rhodes und vor Matt Mason ging er einen kleinen Kompromiss zwischen beiden ein und hing jetzt daran wie ein Boxer in den Seilen.

»Kurz vor zehn Uhr. Er sagt, dann ist es ruhig.«

»Steh auf!«

Die Bewegung war für Lennie sehr schmerzhaft. Vermittels einer ganzen Kette mühsamer Willensanstrengungen setzte er sich wie ein Spielzeug aus einem Modellbaukasten wieder zusammen. Dem Gefühl nach fehlten ein paar Teile und er konnte sich nicht vollständig aufrichten, gab sich aber mit einer schiefen Grundhaltung zufrieden. Verschiedene Schmerzzentren ließen sich nun voneinander unterscheiden, konkurrierten um seine Aufmerksamkeit. Sein Kopf war wie zerschmettert, ein Auge zu, eine Wange geschwollen. Mindestens eine Rippe musste gebrochen sein. Seine Hüfte schmerzte und er war von Prellungen übersät. Seine Atmung wurde zum stimmhaften Laut, ein monotones Stöhnen.

Mit dem verbliebenen guten Auge blickte er den Mann an, eine Legende, die jetzt real für ihn geworden war. Lennie verknüpfte mit seinem Namen aber keine Fantasien mehr. Jetzt kannte er nur noch Angst und das Bedürfnis, sich so weit wie möglich zu entfernen.

John Rhodes stand da und beherrschte sich, wie jemand, der ein unkontrollierbares Pferd im Zaum hält. Lennie wartete, Blut tropfte herunter.

»Du!«, sagte John Rhodes. »Wenn du irgendjemandem

was davon erzählst, und wenn's auch nur dein Spiegelbild ist, bist du tot. Verstanden?«

»Verstanden«, brachte Lennie heraus.

»Na schön.« Dann sagte er: »Ach, sieh dir das an! Das warst du, Junge.«

Er streckte den rechten Arm aus und zeigte ihm den Blutfleck an der rechten Ärmelmanschette seines Jacketts.

»Dafür. Und als kleine Warnung ganz zum Schluss.«

Lennie sah sie wie durch ein Fernrohr. Die Hand am Ende des ausgestreckten Arms ballte sich zur Faust und holte aus. Lennies Kopf prallte von der Wand ab und er sackte zu Boden, wie Abfall. Er war bewusstlos. John Rhodes spuckte auf seinen Daumen und rieb über den Fleck. Dann ging er zum Wagen, griff durchs Fenster hinein und hupte.

Die kleine Tür ging auf und die anderen beiden kamen herein. Rhodes zeigte auf Lennie, dann auf den Wagen. Der Mann mit den Locken zerrte Lennie rüber und setzte ihn ins Auto. Dann machte er das Tor auf und stieß zurück. Der Mann mit der Narbe schloss das Tor.

»Die haben Minty als Killer auf die Schwuchtel angesetzt«, sagte John Rhodes. »Könnt ihr euch das vorstellen? Der kleine Minty. Wenn der ein Ei köpfen will, muss er sich Verstärkung holen.«

»Spart uns die Mühe.«

»Ich hab mein Wort gegeben.«

»John, Hauptsache, es wird erledigt.«

»Aber ich entscheide wie. *Ich* entscheide das!«

Der Mann mit der Narbe sah ihn an und dann wieder weg. Er glaubte, in einen Schmelzofen zu starren.

Der Lockige führ in einer ruhigen Sackgasse an den Straßenrand. Lennie war zu sich gekommen, sein Kopf lag auf einer Zeitung, um die Sitze zu schonen. Er war froh, dass sie angehalten hatten, weil er glaubte, kotzen zu müssen, und sich davor fürchtete, was passieren würde, wenn er sich im Wagen übergab. Der Mann vergewisserte sich, dass die Straße frei war, und machte die Tür auf.

»Na schön, mein Sohn«, sagte er knapp.

Lennie kroch heraus und schwankte über den Bürgersteig.

»So, jetzt geh und spiel mit deinen Plastiksoldaten, Kleiner.«

Er nahm die mit Lennies Blut verschmierte Zeitung heraus und ließ sie in den Rinnstein fallen. Dann fuhr er davon, ließ Lennie liegen wie einen sauber verpackten Verkehrsunfall. Als er sich blindlings ans Geländer lehnte, fiel ihm nicht ein, wohin er wollte, außer möglichst weit weg.

## ZWEIUNDVIERZIG

Sie hatten ihr Ziel nicht mal annähernd erreicht, stellte Harkness jetzt fest. Der Rest des Tages kam ihm vor, als würden sie über Walzen radeln. Egal wie viel Energie sie aufbrachten, sie bewegten sich nicht vom Fleck. Und sie brachten sehr viel auf.

Harry Rayburn war nicht im »Poppies«, nicht zu Hause und überhaupt nirgendwo aufzufinden. Die Suche nach Tommy Bryson blieb ergebnislos. Sie wussten jetzt, wohin sie wollten und dass sie irgendwann dort ankommen würden. Was Laidlaw Sorgen machte, war die Frage, wann. Im Verlauf des Nachmittags hatte sich etwas ereignet, dass Laidlaw zu der Bemerkung veranlasste: »Vielleicht lässt sich das Rad jetzt nicht mehr zurückdrehen.«

Das war, als er im Burleigh anrief und nachfragte. Ein kleiner Junge war mit einem verschlossenen Umschlag von der Straße hereingekommen und hatte ihn an der Rezeption abgegeben. Laidlaws Name stand drauf. Er sagte, ein Mann habe ihm zehn Pence gegeben, damit er ihn herbringe. Laidlaw bat Jan ihn vorzulesen. Die mit

Bleistift und in Druckbuchstaben verfasste Nachricht lautete: »Minty McGregor hat Krebs. Bevor er ins Gras beißt, nimmt er den mit, den ihr sucht.«

Aber Minty war auch nicht zu Hause. Laidlaw und Harkness sahen sich Mintys Haus in Yoker an, die erschöpfte Frau, die fünf Kinder, sogar den Hühnerstall im Hof. Aber Minty sahen sie nicht, und auch nicht, dass Mintys vierzehnjähriger Sohn kurz nach ihnen das Haus verließ und in einem anderen ein paar Straßen weiter verschwand.

Dort hockte sein Vater alleine mit einem Mann herum, den er Onkel James nannte. Kaum war er eingetreten, legten sie erwachsenes Schweigen zwischen sich und ihn. Die Mitteilung, dass die Polizei nach ihm gefragt hatte, schien seinen Vater kein bisschen zu beunruhigen. Er nickte und grinste Onkel James an. Ansonsten meinte er nur: »Sag deiner Mutter, dass es heute Abend spät wird.«

Es war schon spät und bereits dunkel, als die beiden Polizisten vor dem »Poppies« berichteten, Harry Rayburn sei eingetroffen. Die Nachricht munterte Harkness vor allem deshalb auf, weil sie Laidlaw veranlasste, den Wagen zu nehmen.

## DREIUNDVIERZIG

Nachdem alles Nötige erledigt war, stieg Minty langsam die Stufen der U-Bahn hinauf zum St. Enoch's Square und ruhte sich eine Minute lang aus, bevor er den Hügel bergauf zum Fußgängereingang des Parkhauses ging.

Moralisch beunruhigte ihn das, was er getan hatte, nicht. Es war lediglich schwierig und mühsam, den Aufwand aber wert.

St. Enoch's Station war Teil des alten Glasgow, das er kannte. Hinter dem hohen gewölbten Glasdach, das ihn schon als Junge fasziniert hatte, war der Himmel zu sehen. Was ihm früher unvorstellbar weit entfernt vorgekommen war, rückte jetzt die unendliche Weite dahinter ins rechte Verhältnis. Er fiel in die Bodenlosigkeit der quadratischen Ausschnitte des Sternenhimmels. Wo einst Gleise verliefen, waren jetzt mehrere Hektar Asphalt – aber Minty würde so oder so nirgendwo mehr hinfahren.

Als er zwischen den Säulen hindurchging, konnte er keinerlei Lichter oder Bewegung zwischen den Autos entdecken. Dann sah er weit draußen, dort wo kein Dach mehr war, die Scheinwerfer eines Wagens aufleuchten. Als er darauf zuging, schlug die Beifahrertür auf. Matt Mason saß am Steuer. Minty setzte sich auf den Beifahrersitz und hinter ihm saß noch jemand, aber Minty drehte sich nicht um, um ihn anzusehen. Er starrte durch die Scheibe vor sich. Im Wageninneren war es diesig vor Atemluft. Der Alkoholgestank hätte Minty beinahe würgen lassen.

»Und?«

»Erledigt«, sagte Minty.

Er hörte ein leises Geräusch, von dem er wusste, dass es ein Grinsen hinter ihm war.

»Wie ist es gelaufen?«

»Kein Problem. Wie junge Katzen ersäufen. War ein jämmerlicher Junge, der Kleine.«

»Wie bist du an ihn rangekommen, ohne dass er was gemerkt hat?«

»Hab an die Tür geklopft.«

Vom Rücksitz wurde leises Gelächter vernehmbar. Mason fand's nicht witzig.

»Komm schon«, sagte er.

»Ich sag doch. Hab angeklopft.«

»Was hat er denn gedacht, wer's ist? Die Avonberaterin?«

»Lennie hat mir von Harry Rayburn erzählt. Hab gesagt, ich käm von ihm. Mit 'ner Nachricht. Harry kann nicht selbst kommen und es ist dringend, hab ich gesagt. Hab ihm auch Fish 'n' Chips mitgebracht. Kann ich die als Spesen abrechnen?«

Mason starrte ihn an.

»Wie hast du's gemacht?«

»Mit einem Strick. Da braucht man nicht so viel Kraft. Hab ihn erst mal aufessen lassen. Waren bloß noch ein paar Fritten da, als ich ihm den Hahn abgedreht hab. Hoffentlich war er keiner von denen, die sich das Beste bis zum Schluss aufheben.«

Die anderen beiden waren wider Willen beeindruckt. Sie schienen ungewöhnlich laut zu atmen, als würden sie's ganz besonders genießen.

»Hat viel zu schnell gegessen, der Junge. Hab ihm schreckliche Bauchschmerzen erspart.«

Mason erholte sich als Erster.

»Woher weiß ich, dass du's wirklich getan hast?«

»Soll ich 'ne Quittung ausstellen?«, fragte Minty.

Er schob die Hand in die Manteltasche und warf Mason etwas auf den Schoß. Mason knipste das Innenraumlicht an. Ein gelber Spitzenschlüpfer, leicht zerrissen und an einigen Stellen steif von getrocknetem Blut. Er knipste das Licht wieder aus, wollte ihn zurückgeben.

»Ist Ihrer«, sagte Minty. »Ich will den nicht haben. Ich will ihn verkaufen. Der Schlüpfer ist fünfhundert Pfund wert. Die teuerste Unterhose auf dem Markt.«

Mason dachte einen Augenblick nach und sagte: »Wenn er nicht echt ist, wirst du dafür bezahlen, und zwar teuer.«

Er gab Minty das Geld.

»Danke, Mr Mason«, sagte Minty. »Wenn ich in den Himmel komme, lege ich ein gutes Wort bei dem da oben für Sie ein.«

Er stieg aus dem Wagen und ging langsam aus dem Parkhaus. Lennie hielt sich im Schatten der Säule, hinter der er sich versteckte, und sah ihm nach. Er wartete, bis Matt Mason ausgeparkt hatte und weggefahren war. Dann ging er zur Gepäckaufbewahrung in der Central Station und holte seine Reisetasche ab.

In der Argyle Street bat Minty einen Mann an einer

Bushaltestelle um Feuer und schenkte ihm dafür fünfhundert Pfund. Dann ging er in die St. Andrew's Street zur nächsten Polizeiwache.

## VIERUNDVIERZIG

Harry Rayburn war außer sich. Am frühen Nachmittag hatte er es geschafft, Tommy zu überreden, er lehnte es nicht mehr kategorisch ab, sich wegbringen zu lassen. Andererseits hatte er sich aber auch nicht bereit erklärt, sein Versteck zu verlassen, trotzdem glaubte Harry, sein passives Einverständnis würde genügen. Tommy war in einem Ausmaß verstummt, das ihn scheinbar Teil des Hauses werden ließ. Und Möbel konnte man verschieben – sie wehrten sich nicht.

Seitdem hatte Harry versucht, Kontakt zu Matt Mason aufzunehmen. Er hatte überall angerufen, wo Mason hätte sein können, war in seinen Wettbüros gewesen und in seiner Verzweiflung sogar nach Bearsden gefahren, nur um sich von einer auf bizarre Weise blasierten Person, die sich selbst als »Haushälterin« bezeichnete, aber wie eine Gutsherrin benahm, abweisen zu lassen. Emporkömmlinge aus der Arbeiterklasse waren die Schlimmsten. Ihr Akzent klang nach unter Kelvinside ersticktem East End. »Ich fürchte, die sind beide aus. Vielleicht wollen Sie's später versuchen? Nein, ich habe keine Vorstellung, wann Mr Mason zurück sein wird. Vielleicht möchten Sie eine Nachricht hinterlassen?« »Ja«, hatte Harry gesagt. »Er soll sich ficken!«

Als er verschwitzt und panisch ins »Poppies« zurückkehrte, um weiterzutelefonieren, musste er feststellen, dass sein eigener Laden für ihn zur Falle geworden war. Die Polizisten waren sehr höflich, aber er würde in seinem Büro warten müssen, bis man Zeit für ihn habe. Er war außer sich vor Wut, gab den Versuch aber schnell wieder auf, es an ihnen auszulassen. Ebenso gut hätte man versuchen können, aus Gartenzwergen eine Reaktion hervorzukitzeln. »Wir haben unsere Anweisungen, Sir.«

Er ging im Büro auf und ab, verfluchte Mason und malte sich aus, wie er die Polizei vor Gericht zerrte und zu einer Entschuldigung zwang. Die Bedrohung, die ihre Anwesenheit für ihn selbst darstellte, wurde durch die mit der Verzögerung wachsende Gefahr für Tommy belanglos. Seit er ihn das letzte Mal gesehen hatte, waren bereits Stunden vergangen, viele Stunden. Alles Mögliche konnte passiert sein. Vielleicht hatte Tommy damit gerechnet, dass Harry sein Versprechen inzwischen eingelöst haben würde. Möglicherweise war er in Panik geraten. Vielleicht versuchte er jetzt, das Gebäude alleine zu verlassen, und das wäre das Ende. In dem Zustand, in dem er sich befand, würde er keine Stunde auf offener Straße überstehen, ohne etwas Verrücktes zu tun. Vielleicht kam er auch direkt hier hereinspaziert.

Das alles war entsetzlich niederschmetternd, und das Gefühl des Verfolgtseins ließ sämtliche Frustrationen aus der Vergangenheit erneut wach werden. Und davon gab es genug. Sein ganzes Leben bestand aus nichts anderem. Die Ungerechtigkeit dieses Augenblicks verband sich mit all den anderen Ungerechtigkeiten, den Spötteleien, den abfälligen Blicken und dem Tag, an dem ihm drei Männer auf die Toilette eines Pubs gefolgt waren und ihn bewusstlos dort hatten liegen lassen – aus keinem anderen Grund, als dass er er selbst gewesen war.

Die Wirkung dieser jüngsten Kränkung stand in keinem Verhältnis mehr zu ihrer Ursache. Sie machte sich bemerkbar wie ein Glas Whisky bei einem Alkoholiker. Sie bohrte sich so tief in ihn hinein, dass er zu dem Zeitpunkt, als endlich an seine Tür geklopft wurde, fast hysterisch war vor Zorn. Die beiden Polizisten, die auch schon am vorangegangenen Vormittag mit ihm gesprochen hatten, traten herein.

»Nicht Sie schon wieder! Was zum Teufel geht hier vor? Wenn Sie einen Anwalt haben, verständigen Sie ihn! Ich mache Kleinholz aus Ihnen vor Gericht!«

»Ach, du liebe Zeit«, sagte Laidlaw.

»Ich sage es Ihnen, Sie haben keinerlei Befugnis, hier zu sein. Sie haben meine Rechte beschnitten. Und jetzt machen Sie, dass Sie verschwinden. Das ist Hausfriedensbruch. Raus! Bevor ich Sie rauswerfen lasse.«

»Wenn Sie nicht aufhören, mir Angst zu machen, Mr Rayburn«, sagte Laidlaw sehr leise, »werde ich Sie nicht schlagen – ich werde Sie lieben.«

Es war, als hätte man einen wild gewordenen Hengst mit dem kleinen Finger gezügelt. Harkness sah, wie Rayburn weicher wurde, sich mit nur einer einzigen Bemerkung auseinandernehmen ließ. Die Wut, die sich in seine Gesichtszüge gegraben hatte, verlor sich ins Unbestimmte. Die ganze Atmosphäre des Raums veränderte sich. Jetzt gehörte er Laidlaw. Als dieser näher kam, wich Rayburn unbeholfen zurück. Laidlaw machte Harkness hinter sich Zeichen, sodass dieser ebenfalls eintrat und die Tür schloss.

»Lassen Sie die Luft raus, Mr Rayburn, und setzen Sie sich.«

Rayburn sackte auf den Stuhl, den Laidlaw ihm hinschob. Er beugte sich zu ihm herunter, flüsterte beinahe.

»Ich habe mir Ihre Show jetzt lange genug angesehen, Mr Rayburn. Sie sind ein sehr schlechter Schauspieler. Jetzt will ich mein Geld wiederhaben. Ich könnte Sie mühelos ausknocken. Aber deshalb sind wir nicht hier. Wir sind hier, um über Tommy zu sprechen, Mr Rayburn.«

Rayburn blickte auf, dann weg.

»Ich kenne keinen Tommy.«

»Mr Rayburn. Ich glaube, Sie verstehen mich nicht. Wenn Sie die Fragen, die ich Ihnen stelle, nicht beantworten, werde ich Sie festnehmen und einsperren. Jetzt sofort. Denn wenn Sie sie nicht beantworten, muss ich davon ausgehen, dass Sie in einen Mordfall verwickelt sind.«

Rayburn versuchte, ungläubig zu gucken, aber von Laidlaw kam nichts wieder zurück.

»Sie sind homosexuell, Mr Rayburn. Eine Zeit lang hatten Sie eine Beziehung zu einem Jungen namens Tommy Bryson. Ist das korrekt?«

Die Stille bezeichnete die Zeit, die Harry Rayburn für die Erkenntnis brauchte, dass das, was er sich erhofft hatte, niemals eintreten würde.

»Ja.«

Ein leiseres Wort hatte Harkness nie vernommen.

»Sein Name taucht auf der Liste der hier Beschäftigten, die Sie uns gegeben haben, nicht auf. Aber er arbeitet für Sie. Ist das richtig?«

»Nein. Nein, tut er nicht.«

»Mr Rayburn ...«

»Er hat mal für mich gearbeitet. Aber jetzt nicht mehr.«

»Seit wann?«

»Seit zwei oder drei Wochen. Er hat gekündigt. Wir haben uns getrennt.«

»Warum?«

»Das geht Sie nichts an.«

»Mr Rayburn, ich möchte keine Einzelheiten über Ihr Privatleben erfahren. Glauben Sie mir, das will ich nicht. Sie können zensieren, so viel Sie wollen. Aber sagen Sie mir wenigstens in groben Zügen, was geschehen ist.«

Rayburn schloss die Augen, sprach in seine eigene Verzweiflung hinein.

»Er konnte sich nicht bekennen. Viele können das nicht. Er wollte immer noch normal sein. Heterosexuell.« Er hasste das Wort. »Er wollte es mit Mädchen machen.«

»Und seitdem haben Sie ihn nicht mehr gesehen?«

Rayburn öffnete die Augen. Sie sahen aus wie blau geschlagen. »Nein.«

»Mr Rayburn. Das ist schwer zu glauben.«

Harry Rayburn blickte Laidlaw geradeaus an. Seine Augen strahlten Ruhe und vollständige Verzweiflung aus.

»Das gilt für das meiste von dem, was mir in meinem Leben widerfahren ist.«

Laidlaw sah ihn an und akzeptierte die Antwort. Er hatte keine andere Wahl.

»Wie lautet seine Adresse?«

»Keine Ahnung.«

»Sie helfen Ihrem Gedächtnis besser schnell auf die Sprünge, Mr Rayburn.«

»Manley Gardens. Aber wegen der Hausnummer bin ich nicht sicher. Irgendwas mit fünfzig, glaube ich. Ein altes Gebäude.«

»Ich weiß, wo das ist.«

»Aber er wird nicht da sein.«

»Woher wissen Sie das?«

»Er wollte nach England, hat er gesagt. Um dort mit sich ins Reine zu kommen. Zu Hause werden Sie höchstens seine Mutter antreffen. Sein Vater hat sich schon vor Jahren aus dem Staub gemacht.«

»Danke, Mr Rayburn«, sagte Laidlaw. »Sind Sie sicher, dass das alles ist, was Sie wissen?«

Rayburn nickte.

»Wollen wir's hoffen«, sagte Laidlaw. »Wir kommen wieder. In der Zwischenzeit werde ich versuchen, Ihnen in Ihren Bürgerrechten nicht zu nahe zu treten, und die Kollegen abkommandieren.«

Als er sich umwandte, um die Tür zu öffnen, sah Harkness Harry Rayburn mit dem Kopf in den Händen, zusammengekauert wie inmitten eines ganz privaten Fliegerangriffs.

Bevor sie gingen, stellte Laidlaw die beiden Polizisten von drinnen vor das »Poppies«.

»Einen Versuch ist es wert«, sagte Laidlaw im Wagen.

»Nein«, sagte Harkness. »Darauf fällt er nicht rein. Er *weiß*, dass Sie die Kollegen nur nach draußen beordert haben und sie nur darauf warten, ihm zu folgen.«

»Wissen bedeutet nicht, dass man es auch hinnimmt«,

sagte Laidlaw. »Ein Elefant wird trotzdem versuchen, sich durch ein Nadelöhr zu zwängen, wenn er in Panik gerät.«

## FÜNFUNDVIERZIG

Die Glocke hatte einen zuckersüßen klang, fast schmalzig. Ein angemessen sentimentales Passwort für den Zugang in ein Land, das der Geografie trotzt und in dem das komplette Inventar vor Heimeligkeit erstarrt war. Das Innere des Hauses war eine sorgfältig destillierte Negation seines Äußeren. Harkness hatte schon zuvor Häuser wie dieses gesehen, wenn auch nur wenige. Er vermutete, Marys Eltern strebten dasselbe an. Im Vergleich aber waren sie blutige Anfänger.

Trat man hier über die Schwelle, gelangte man in ein Grenzgebiet der widerspenstigen Unwandelbarkeit. Das Gefühl, sich an einer religiösen Kultstätte zu befinden, war nicht ausschließlich dem Kruzifix im Flur geschuldet. Es passte zu der gedämpften Atmosphäre, in der ein verhaltener Ausruf schon ein Sakrileg gewesen wäre, und der fast unbewohnt anmutenden Präzision, mit der jeder Gegenstand einen Platz zugewiesen bekommen hatte. Es schien, als seien die Dekorationen auf Sockeln befestigt. Grobheiten, Empörung und Unordnung gab es hier nicht. Das Rühren eines Löffels im Tee war hier das, was einem Aufruhr am nächsten kam.

Die Hüterin der Grotte war älter, als sie erwartet hatten – graues, akkurat frisiertes Haar, Brille, ein marineblaues Twinset, falsche Perlen. Sie hatte bestätigt, Mrs Bryson zu sein, und Laidlaw angehört, als dieser erklärte, es ginge um Tommy, sie anschließend beide hereingebeten, wobei sie einen Blick auf ihre Füße geworfen hatte, als würden sie Schmutz ins Haus tragen. Im Wohnzimmer setzte sich Harkness lieber nur auf die Kante eines

Kissens, weil er die Blumen darauf nicht zerknautschen wollte.

»Es ist doch nichts passiert, oder?«

Die Sanftheit ihrer Stimme schien wie ein Zauber, um die Möglichkeit zu bannen, dass etwas passiert sein könnte.

»Das wissen wir noch nicht, Mrs Bryson«, sagte Laidlaw. »Wir möchten uns mit Tommy unterhalten. Ist er zu Hause?«

»Tommy ist in London.«

»Sind Sie sicher?«

Ihr Blick strafte Laidlaw für die Beleidigung ihrer Mütterlichkeit.

»Er ist irgendwo da unten. Geschrieben hat er seit seiner Abreise nicht. Sie wissen ja, wie die Jugend heutzutage ist. Er meinte, er wolle nach London.«

»Wann ist er weggefahren?«

»Ach, lassen Sie mich mal überlegen. Vor zwei oder drei Wochen. Aber was ist denn *geschehen*? Steckt er in Schwierigkeiten?«

»Vielleicht ist gar nichts passiert. Gut möglich, dass gar nichts passiert ist. Was ist mit Tommys Vater?«

»Was soll mit ihm sein?«

»Wo ist er, Mrs Bryson?«

Es dauerte nur einen einzigen Augenblick. Sie flackerte in ihrer Konzentration, und als ihre Augen wieder ausdruckslos wurden, fragte sich Harkness, ob er wirklich ein so tiefes Ausmaß an Hass darin gesehen haben konnte. Hier brodelte möglicherweise mehr als nur die nahrhaften Mahlzeiten, die ein heranwachsender junger Mann brauchte.

»Ich weiß schon seit zwanzig Jahren nicht mehr, wo er ist.«

»Hat er Sie verlassen?«

»Er hat *uns* verlassen.«

»Dann hat Tommy ihn also gekannt.«

»Tommy war fünf Monate, da ist sein Vater fort. Er fand

es unerträglich, wenn das Baby schrie. Also ist er irgendwohin, wo er es nicht mehr hören konnte.«

»Und Sie wissen nicht, wo? Tommy auch nicht?«

»Ich weiß, wohin er einmal geht. Wenn er nicht schon dort ist. Möge er in Frieden schmoren.«

Den Scherz hatte sie sich lange aufgehoben, er stand am Ende eines bitteren Gärungsprozesses und die Pointe war reines Gift. Das aus ihrem sanften Mund zu hören war ein Schock, als wäre der Weihnachtsmann plötzlich in Gestalt von Lenny Bruce hereingeplatzt.

»Mrs Bryson, kennen Sie Harry Rayburn?«

»Rayburn, Rayburn. Ach, für den hat Tommy doch gearbeitet.«

»Ganz genau.«

»Ich habe den Namen gehört. Mehr aber auch nicht.«

Laidlaw starrte sie an, dann sah er weg.

»Schön. Macht es Ihnen was aus, wenn wir uns mal in Tommys Zimmer umsehen?«

Sie zögerte.

»Warum? Hören Sie, ich denke, Sie sollten mir lieber sagen, was los ist. Hat Tommy was ausgefressen? Was ist passiert?«

»Ich weiß nicht, was passiert ist, Mrs Bryson. Aber ich möchte Tommy finden, um ihn in einer bestimmten Angelegenheit zu befragen. Alles, was ich über ihn erfahre, kann uns helfen. Aber das ist eine Bitte, verstehen Sie? Ich bin nicht befugt, Sie zu zwingen, mir sein Zimmer zu zeigen. Das liegt ganz bei Ihnen. Ich möchte, dass Sie das verstehen.«

Einen Augenblick später stand sie auf und sie folgten ihr. Das Zimmer war klein, die Wände weiß und kahl, kein Spiegel, keine Poster, keine Bilder. Harkness kam es vor wie eine Mönchszelle, wie das Zimmer eines Asketen. Es wurde definiert durch das, was nicht darin war. Keine Spur von einem Hobby oder einem Interesse. Niemand hätte sagen können, wer hier wohnte.

Laidlaw bückte sich völlig unvermittelt, zog zwei Schubladen auf und schob sie sofort wieder zu.

»Was machen Sie da? Das sind Tommys Privatsachen.«

»Schon gut, Mrs Bryson. Schon gut. Tut mir leid. Danke, dass Sie uns geholfen haben. Gibt es sonst nichts mehr, was Sie uns erzählen könnten?«

»Nur was ich schon gesagt habe.«

Laidlaw und Harkness sahen sie an. Ihr Gesichtsausdruck bestätigte, dass von ihr nichts mehr kommen würde. In ihrem spröden Liebreiz war sie stählern. Egal was man sagen würde, sie hatte ihre Entscheidung gefällt.

»Danke«, sagte Laidlaw.

Sie saßen bereits im Wagen und fuhren zurück, bevor einer von ihnen den Mund aufmachte.

»Was gibt es Unheimlicheres als Wohlanständigkeit?«, fragte Laidlaw.

»Glauben Sie, sie weiß, wo er ist?«

»Was macht das für einen Unterschied? Nicht einmal Torquemada würde es ihr entlocken.«

»Und was sagt uns das?«

»Alles. Haben Sie nicht zugehört?«

Harkness schaltete einen Gang höher.

»Na gut«, sagte er. »Jetzt höre ich zu.«

»Bud Lawson ist ein aufrechter Protestant. Tommy ist Katholik. Jennifer steht im Kreuzfeuer. Muss sich entscheiden. Anscheinend tut sie das auch, aber die Lügen, die sie allen auftischt, lassen vermuten, dass sie ihre erste Entscheidung revidiert hat. Wenn Harry Rayburn die Wahrheit über Tommy gesagt hat und er wirklich versucht hat, sich seine Andersartigkeit auszutreiben, na ja, mit wem hätte er üben sollen als mit dem Mädchen, das er schon mal sitzen gelassen hatte. Also kommt er wieder mit Jennifer zusammen.«

»Ist ein bisschen sehr spekulativ«, fand Harkness.

»Ein bisschen. Zweitens. Mrs Bryson ist nicht neugierig. Manche Leute fallen in Ohnmacht, wenn die Polizei vor ihrer Tür steht. Mrs Bryson hat kaum eine Reaktion gezeigt. Weil sie uns erwartet hat. Sie hat ihren Auftritt geprobt. Jedes Mal, wenn sie gefragt hat, worum es geht, wurde ihr die Antwort verweigert. Trotzdem hat sich ihre Verzweiflung nicht gesteigert, ihre Fragen wurden nur immer mechanischer. Als sie erst einmal erfahren hatte, dass wir ihn nicht haben, musste sie nämlich gar nicht mehr fragen. Entweder weiß sie, was passiert ist, oder es ist ihr egal.«

»Mein Gott. Aber dann würde sie ja einen Sexualmörder decken. Manche Söhne haben wirklich Löwenmütter.«

»Das hoffe ich. Von meiner Mutter erwarte ich, dass sie dasselbe für mich tut. Zu Hause ist dort, wo man vor der Polizei versteckt wird.«

»Sonst noch was?«, fragte Harkness.

»Sie sagt, er sei vor zwei oder drei Wochen weg. ›Lassen Sie mich mal überlegen.‹ Jede andere Mutter weiß auf die Uhrzeit genau, wann ihr einziges Kind verreist. Mrs Bryson weiß es nicht, weil Tommy nicht verreist ist. Seine Sachen sind in den Schubladen. Wer begibt sich auf große Abenteuerfahrt nach England, ohne Wechselwäsche mitzunehmen?«

»Also?«

»Tommy Bryson hat Jennifer Lawson getötet. Und er ist noch in Glasgow. Harry Rayburn weiß, wo er ist. Wir müssen zu Mr Rayburn zurück und ein bisschen ungemütlich werden.«

Harkness fuhr einen Augenblick lang schweigend weiter.

»Sind Ihnen die Bilder in seinem Büro aufgefallen?«, sagte er. »Das waren Pin-ups von Männern. Wird Ihnen davon nicht auch ganz schlecht?«

»Sie sollten für die Strafverteidigung aussagen. Wenn man sich überlegt, dass er sich sein Leben lang mit beschissenen Ansichten wie Ihrer rumschlagen musste, ist wirklich erstaunlich, dass er überlebt hat. Man muss ihn beinahe dafür bewundern.«

»Ich kann mir nicht helfen. Ich kann solche Kerle einfach nicht ausstehen.«

»Das sollte Ihnen zu denken geben. Marlowe war auch schwul und sogar seine Fürze waren nachvollziehbarer als das, was aus den Mündern der meisten anderen kommt.«

Sie mussten an einer Ampel halten. Vor ihnen gingen ein paar Leute an einem Kino vorbei – ein Junge und ein Mädchen alberten miteinander herum, zwei Männer unterhielten sich, eine Vierergruppe war mit sich selbst beschäftigt.

»Vielleicht hat er sie deshalb getötet«, sagte Laidlaw. »Vielleicht wollte er nur ein bisschen Aufmerksamkeit von seinem Daddy.«

## SECHSUNDVIERZIG

Die darauffolgenden Ereignisse überraschten Harkness nicht nur, weil alles so schnell ging, sondern weil sich in ihrer Plötzlichkeit offenbarte, womit sie es tatsächlich zu tun hatten. Wenn er später an den Fall zurückdachte, spulte sich das Geschehen in seinem Kopf meist von dem Moment an ab, in dem er und Laidlaw draußen vor dem »Poppies« aus dem Wagen stiegen.

Seinem Empfinden nach kamen sie einfach nur von Mrs Bryson zurück. Dem äußeren Anschein nach nichts Besonderes und nicht nennenswert anders als alles, was sie sonst unternommen hatten. Da sie sich am Ende einer gewissen Wegstrecke befanden, nachdem sie so viele Menschen befragt und Orte aufgesucht hatten, erschien es ihm auf einmal wie der letzte Akt einer Beschwörungszeremonie. Unter Aufbringung all ihres Könnens hatten sie verlangt, in ein Geheimnis eingeweiht zu werden. Harkness musste erst noch lernen, dass der Haken an einer solchen Forderung darin besteht, dass man umgekehrt das Geheimnis auch an sich heranlassen muss.

Der Hof war inzwischen dunkel, abgesehen von den Lichtern, die aus dem »Maverick« drangen. Im Schein des Lichts anderer Leute Vergnügungen trafen sie einen der Polizisten, die sie dort zurückgelassen hatten. Es war der größere. Er trat aus dem Schatten auf sie zu, und im gedämpften Stimmengewirr der Kneipe unterhielten sie sich wie Verschwörer.

»Harry Rayburn ist weggegangen, Sir. Aber jetzt ist er wieder da. Vor einer Minute zurückgekommen.«

»Wo war er?«

»Bridgegate. Ein verlassenes Gebäude. Nummer siebzehn. Don observiert es.«

»Zu Fuß sind wir schneller. Sie bleiben bei Rayburn. Rufen Sie bei der Central Division an. Aber lassen Sie uns ein kleines bisschen Vorsprung. Ich will nicht, dass er's mit der Angst zu tun bekommt.«

Die letzten Worte sprach er bereits im Rennen. Harkness holte ihn ein. Eine alte Frau drehte sich vor ihnen erschrocken um und wich in einen Türeingang aus. Laidlaw gelang es gerade noch zu sprechen.

»Er wusste, dass wir kommen ... hat ihn gewarnt ... hat uns reden lassen.«

Harkness konzentrierte sich aufs Atmen und dachte, dass Laidlaws Mund als letzter Teil von ihm sterben würde. Menschen blieben stehen, sahen den beiden neugierig hinterher, im Blick die für Glasgow typische Überzeugung, rechtmäßig erfahren zu dürfen, was hier bitte schön los sei. Sie liefen durch die Argyle Street, die Stockwell Street runter und dann rüber nach Bridgegate.

Im Laufen veränderte sich Harkness' Selbstverständnis, er bewegte sich abseits der eigenen Vorannahmen auf eine Art, wie sie körperliche Anstrengung bedingt. Die kriminalistische Sachlichkeit, mit der er den Fall angegangen war, wurde jetzt wirkungsvoll untergraben. Er war nicht mehr nur ein Kopf auf zwei Beinen. Er war ein verwirrtes Bündel aus Anspannung und Stress. Ihm war bewusst, dass Atmen ein Problem darstellte, sich die Oberfläche unter seinen Füßen veränderte und seine Beine vor Erschöpfung schmerzten. Der Fortlauf seiner Wahrnehmungen hatte ausgesetzt. Da waren Fragmente, die wie Flakfeuer auf ihn zugeschossen kamen. Ein Wagen machte am Ende von Bridgegate eine Wende um hundertachtzig Grad. Der andere Polizist rannte ihnen entgegen. Jemand trat aus dem Eingang eines leer stehenden Hauses. Auch vom Ende von Bridgegate kam jemand auf das Haus zu. Laidlaw schrie: »Hey, Sie! Bud Lawson!« Die Gestalt in der Tür im Haus. Bud Lawson rannte und erreichte das Haus vor allen anderen. Laidlaw rief dem anderen Polizisten nach: »Passen Sie auf die Tür auf!«

Der Eingang sperrte die Stadt aus. Für Harkness, dem jetzt schwindlig war, fühlte es sich an, als würde er in einen Schacht fallen. Die Plötzlichkeit war überwältigend – es stank, und vier Männer rannten durch die Dunkelheit.

Er rang stöhnend nach Luft, Laidlaw war vor ihm. Die Treppenstufen erschütterten ihn bis in die Oberschenkel. Seine Lunge schien von Dornen umhüllt. Ein Stück Geländer brach unter seiner Hand ab. Zu viert quälten sie sich eine morsche Treppe hinauf, ein mörderisches Ansinnen. Doch es fand ein groteskes Ende.

Die Treppe gab nach. Der Junge und Bud Lawson hatten den obersten Absatz erreicht. Hinter ihnen stürzte die Treppe ein. Der Lärm dröhnte in ihren Ohren, ließ Laidlaw und Harkness wie vom Donner gerührt stehen. Die Trümmer demonstrierten, wie tief auch sie gefallen wären. Der Staub senkte sich wie ein Segen, erstickte sie. Zwischen ihnen und dem Absatz lag jetzt ein schwarzer Abgrund, circa zweieinhalb Meter breit. Der Treppenabsatz selbst befand sich im Dunkeln. Aber sie wussten, was sich dort ereignen würde. Ein Wimmern wie von einem gefangenen Häschen drang zu ihnen herüber.

»Zu spät, Polizist«, sagte Bud Lawson. »Er gehört mir.«

Die Stimme machte Harkness entsetzliche Angst. Sie kam brutal aus dem Dunkeln, niemand konnte ihr widersprechen. Die Kluft zwischen ihnen und der Stimme schien unüberbrückbar. Harkness' Erschöpfung war keine rein körperliche. Sie griff gnadenlos auf sein Selbstverständnis über und lehrte ihn Vergeblichkeit. Er hatte geglaubt, die Schwierigkeit bestünde in ihrem Vorhaben, denjenigen ausfindig zu machen, der die grausame Energie gehabt hatte, Jennifer Lawson umzubringen. Jetzt erschien ihm dies unmöglich, denn diese Energie war keine isolierte. Sie hatte sich längst vervielfältigt und einen Zwilling erschaffen, diese alles verschlingende Gemeinheit, deren Sporen in ihnen allen steckten.

»Bud Lawson!« Laidlaw warf seine Stimme über den Abgrund, hakte sich auf der anderen Seite fest. »Fassen Sie den Jungen nicht an!«

Sie war ein Atavismus, ebenso wie die von Lawson. Das Ungezügelte in Laidlaws Stimme wurde zu einem Teil von Harkness, ebenso wie er auch Bud Lawsons Zorn mit ihm teilte. In der Stille fühlte er sich von ihrem tierischen Schnaufen umgeben, und das jämmerliche Gewinsel des Jungen wirkte wie ein Flehen gegen das, was Harkness selbst war.

»Ich bring ihn um.«

»Wenn Sie das tun, bringe ich Sie um.«

Die Stimmen gehörten beide derselben schrecklichen Macht, die mit sich selbst sprach.

»Wegen einer Ratte wie der hier?«

Harkness wurde bewusst, dass das eine Frage war, ein menschlicher Anklang. Hätte Lawson die Gewissheit gehabt, die er zu haben behauptete, wäre der Junge längst tot gewesen. Er hätte ihn nur in den Abgrund stoßen müssen, wie Abfall. Aber Verunsicherung hatte sich eingeschlichen und damit auch Hoffnung. Harkness hörte, wie Laidlaw diese in Zweifel zu verwandeln versuchte.

»Was gibt Ihnen das Recht?«

»Ich bin ihr Vater!«

»Sie haben sie nicht mal gekannt.«

»Halt's Maul, Polizist.«

»Bestimmt nicht. Sie haben sie nicht mal gekannt. Sie hat Sie gehasst!«

Die nun folgende Stille jagte Harkness große Angst ein, denn sie bedeutete, dass sich Laidlaw vielleicht geirrt hatte. Und wenn, dann war der Junge tot. Stattdessen aber erklang Bud Lawsons Stimme erneut, Schmerz hatte sie noch menschlicher gemacht.

»Woher wollen Sie das wissen?«

»Ich musste eine Menge Fragen stellen. Nicht alle Antworten sprechen gegen den Jungen. Machen Sie sich nichts vor! Sie hat Sie gehasst. Und sie hatte recht damit. Ein Vater? Ein Vater ist nicht nur ein Erzeuger. Ein Vater ist mehr, als Sie jemals waren.«

»Ich habe mein Mädchen geliebt!«

»Da hab ich was ganz anderes gehört. Sie hat Sie angelogen, sich vor Ihnen versteckt. Sie hat Ihnen nicht vertraut, weil Sie ihr nicht vertraut haben. Sie haben ihr nicht erlaubt, sie selbst zu sein, und damit haben Sie dazu beigetragen, dass es so weit gekommen ist.«

»Nein!«

»Sie haben dazu beigetragen! Mehr sage ich nicht. Was für ein Recht haben Sie? Was für ein Recht haben wir, dem Jungen was anzutun?«

»Halt's Maul!«

»Das mache ich nicht. Wenn Sie nicht ertragen, was ich zu sagen habe, dann hören Sie nicht hin. Ihr ganzes Leben haben Sie das so gemacht, stimmt's? Haben sich versteckt! Sie sind einer, der sich versteckt. Sie konnten nicht ertragen, wer Ihre Tochter war. Dass sie eine eigenständige Person war, jemand anders. Sie wäre zur Frau geworden. Sie hätte Männer gewollt. Katholiken. Aber es waren nicht mal die Katholiken, gegen die Sie waren. Sie hassen Katholiken, weil Sie Menschen hassen! Sie konnten es nicht ertragen, dass sie jemanden gefunden hatte. Das war's. Standen Sie selbst auf Ihre Tochter, oder was?«

»Seien Sie still, hören Sie auf!«

»Ist nur eine Frage. Ich kenne die Antwort nicht. Ist es so gewesen? Wenn es so war, dann bringen Sie ihn um! Da ist er, er ist hilflos. Sie sind doch so ein knallharter Kerl, oder nicht? Aber Sie wissen selbst, dass Sie sich verstecken. Töten Sie ihn! Dann müssen Sie sich nicht mehr mit dem auseinandersetzen, was wirklich passiert ist. Töten Sie ihn! Wenn Sie's nicht riskieren können, ihn am Leben zu lassen.«

Stille. Die Stille wuchs zu einem entsetzlichen Schrei an, dann krachte es gewaltig, das Geräusch splitternder Knochen. Laidlaw sprang. Das Stück Geländer, an dem er sich festhielt, brach erst, als er sich auf den Treppenabsatz hochgezogen hatte.

Harkness hörte das Metall weit unten die Stufen herunterklappern, die Tiefe seiner Furcht ausmessen. Dann sagte eine erstaunte Stimme: »Verflucht noch mal!« Sie war ein Gast aus der Normalität, ein wunderbarer Klang von einem Ort, der Harkness meilenweit entfernt vorkam. Die anderen Polizisten waren eingetroffen.

Als sie die Treppe hochkamen, verlangte Harkness eine Taschenlampe. Er leuchtete nach oben. Ein willkürlicher Lichtkegel schien in die vollkommene Dunkelheit. Laidlaw stand in seinem Zentrum. Links von ihm Tommy Bryson, ein gut aussehender, bleicher Junge, er hielt sich geduckt, und auf seiner hellblauen Hose war ein dunkler Fleck, weil er sich eingenässt hatte. Rechts von Laidlaw hockte Bud Lawson eingesunken, hielt seine rechte Hand vor sich, ein blutiger Klumpen, aus dem Knochen ragten. Die obszön abblätternde Wand neben ihm war rot verspritzt, dort wo seine Hand aufgeschlagen war. Laidlaw war der Puffer zwischen ihnen, blinzelte ins künstliche Licht, der Mund, der gerade ein Menschenleben gerettet hatte, ärgerlich verzogen wegen der grellen Belästigung.

Nach einiger Beratung wurde unten eine Tür ausgehängt und als Brücke benutzt, um die drei vom Absatz zu holen. Als die kleine Gruppe durch den Ausgang unten in die Stadt Glasgow hinaustrat, huschte der Schein der Taschenlampe, der ihnen den Weg wies, kurz über ein Graffito, das niemandem auffiel. Mit Kugelschreiber stand dort geschrieben:

*Arrest Hampden Park*
*Put them all in the van*
*Hell still be lose*
*Hes the cancer man*


## SIEBENUNDVIERZIG

So wie eine entschärfte Bombe zur Wohnzimmerdekoration werden kann, wurde das Nachspiel zur reinen Routine, wie immer.

Tommy Bryson antwortete verstört auf die ihm gestellten Fragen. Das Eindeutigste daran war die Aussage: »Ich habe sie geliebt, hab sie geliebt, geliebt.« Irgendjemand besorgte ihm frische Kleidung und er wurde in eine Zelle gesteckt. Bud Lawson stritt ab, dass der Wagen, den sie in Bridgegate gesehen hatten, etwas mit ihm zu tun hatte. Er behauptete, er sei zum »Poppies« gegangen und Harry Rayburn von dort aus gefolgt. Als er Tommy Bryson gefunden hatte, habe er beschlossen zu warten, bis es dunkel war, zurückzukehren und ihn dann zu töten. Lawson wurde ins Krankenhaus gebracht. Minty McGregor kam auf freien Fuß. Er meinte: »Das ist vielleicht eine beschissene Art, einen sterbenden Mann zu behandeln.« Als die Kollegen zu Harry Rayburn ins »Poppies« fuhren, blieb ihnen nichts anderes mehr übrig, als dessen Leiche abzutransportieren. Er hatte sich die Kehle aufgeschlitzt.

»Sie sind doch hier der Gesunde«, sagte Laidlaw zu Harkness. »Wie viele Menschen haben Sie je so geliebt?«

Sie saßen in einem Büro bei der Central Division. Harkness arbeitete an seinem Bericht, Laidlaw arbeitete an seinem Kaffee und starrte die Wand an. Harkness hatte sich das Ende anders vorgestellt. Er fühlte sich um die Euphorie, die er eigentlich verspüren müsste, betrogen. Als wüsste man, dass irgendwo eine Party steigt, und könnte die Adresse nicht finden. Hier jedenfalls war's nicht.

»Das muss Bud Lawson schwergefallen sein«, sagte er.

»Ja. Endlich nimmt der Mann an der Evolution teil. Er wird jetzt erst mal eine Zeit lang nachdenken müssen, anstatt draufzuhauen.«

»Gut, dass es Ihnen gelungen ist, ihn davon zu überzeugen, dass er nicht im Recht ist.«

»Ich weiß nicht, ob mir das gelungen ist. Ich weiß nicht mal, ob er wirklich nicht im Recht war.«

Harkness stellte erneut fest, dass das einzig Sichere an Laidlaw seine Zweifel waren. Alles ließ sich darauf zurückführen, sogar seine Entschiedenheit.

»Worum ging es denn dann?«, fragte Harkness.

Laidlaw nahm sich noch mal Kaffee.

»Ich habe nichts gegen Leute wie Lawson, weil sie nicht im Recht sind. Aber sie sind davon überzeugt, im Recht zu sein. Bigotterie ist unverdiente Gewissheit, nicht wahr?«

Harkness widmete sich wieder seiner Tipperei. Das Telefon klingelte und Laidlaw ging dran. Er lauschte eine Weile, verzog Harkness zugewandt das Gesicht.

»Danke«, sagte er, »ich richte es ihm aus.« Dann legte er auf.

Harkness wusste, was es war, wollte es aber gerne hören.

»Der Chef gratuliert. Er ist beeindruckt von Ihnen. Später will er es Ihnen auch noch selbst sagen.«

»Danke. Was ist mit Ihnen?«

»Er hat sich in der Hinsicht sehr nett gezeigt. Den Höhepunkt meiner Karriere habe ich wohl überschritten.«

Laidlaw starrte wieder die Wand an. Er fragte sich, wie viel Energie ihm wohl noch geblieben war, um die Widersprüche in seinem Leben auszuhalten. Morgen würde er nach Hause zurückkehren – er sah auf die Uhr – heute. Die unheilvolle Vorahnung, dass damit eine Katastrophe vorprogrammiert sein könnte, machte ihn niedergeschlagen.

»John Rhodes«, sagte er.

Harkness hielt inne und blickte auf.

»Der den Jungen an Lawson verraten hat?«

»Er muss es gewesen sein.«

»Hab ich auch gedacht. Und der uns den Tipp wegen Minty McGregor gegeben hat. Um uns von ihm wegzulocken.«

»Passt zu ihm. Er glaubt an Auseinandersetzungen von Mann zu Mann. Auge um Auge, ein Sohn für eine Tochter. Jehovah Rhodes. Na ja, mit ihm werden wir's noch öfter zu tun bekommen.«

»Fühlen Sie sich dem gewachsen?«

»So hab ich das gar nicht gemeint. Aber wenn es sein muss, na schön.«

»Ich dachte, Sie halten sich für keinen von den harten Kerlen.«

»Mach ich auch nicht. Aber ich halte eigentlich auch sonst niemanden dafür. Ich hasse Gewalt so sehr, dass ich niemandem erlauben werde, ungestraft welche gegen mich anzuwenden. Wenn es hart auf hart käme, würde mein Gegner die erste Runde gewinnen. Aber die zweite würde ich für mich entscheiden, vorausgesetzt, es bliebe so viel Zeit. Das steht außer Frage. Dafür würde ich schon sorgen. Ich prügele mich nicht. Ich führe Krieg.«

Harkness erschien es unnötig düster, über kommende Auseinandersetzungen zu sprechen, noch bevor die aktuell anstehende abgeschlossen war.

»Aber es ist ein gutes Gefühl«, sagte er, »ein Verbrechen aufgeklärt zu haben.«

Laidlaw zündete eine weitere Zigarette an.

»Verbrechen klärt man nicht auf«, sagte er. »Man begräbt sie unter Fakten, hab ich recht?«

»Wie meinen Sie das?«

»Ein unaufgeklärtes Verbrechen ist wie ein befristetes Rätsel. Aufgeklärt bleibt es für immer. Was können die Gerichte damit anfangen? Wer weiß schon, was es ist. Vielleicht einfach eine Liebesgeschichte.«

»Was? Ich möchte sehen, wie Sie reagiert hätten, wenn Sie der Vater des Mädchens gewesen wären.«

»Das ginge natürlich überhaupt nicht, da bin ich Ihrer Meinung. Würde einem meiner Mädchen etwas zustoßen, wäre ich ähnlich unterwegs wie Bud Lawson. Aber dadurch wird seine Reaktion nicht richtiger. Mir ist nie so ganz klar, wofür das Gesetz eigentlich gut ist. Aber für eines kann es jedenfalls sorgen – es kann die Angehörigen der Opfer vor Rückschlägen in die Steinzeit schützen. Es kann ihren primitiven Impulsen den Garaus machen, indem es ihnen die Verantwortung abnimmt. Bis sie wieder ins Gleichgewicht gefunden haben.«

»Trotzdem sind wir von einer Liebesgeschichte noch weit entfernt.«

»Ich weiß nicht. Ein bisschen ist das schon wie Romeo und Julia, bloß völlig verkehrt herum. Ich meine, sie fand ihn wirklich toll. Und er hat sie geliebt. Das hat er selbst gesagt. Ich denke, ihr Vater hat sie auch geliebt, jedenfalls so, wie er es konnte. Und auch der arme bedauernswerte Harry Rayburn hat ihn geliebt. Seine Mutter auch.«

»Glauben Sie wirklich?«

»Ich weiß es nicht. Aber ich weiß, dass an dem Mord mehr als zwei Personen beteiligt waren. Und wie lautet die Anklage gegen die anderen? Gegen Bud Lawson. Er hat sein Leben lang die Faust im Kopf geballt. Sadie Lawson lässt sich mehr gefallen, als die Welt verkraften könnte, wären alle so wie sie. John Rhodes. Nur weil er es kann, spielt er sich als Nero auf. Was bildet der sich eigentlich ein? Mir ist egal, dass er jederzeit jeden fertigmachen kann.

Und dann Sie mit Ihren desodorierten Ansichten. Und ich. Der ich mich in der Vorstadt verstecke. Was ist an uns so clever, dass wir uns erlauben dürfen, leichtfertig über andere zu urteilen? Wir leben alle nur auf Kredit. Und immer mal wieder wird umverteilt. Jennifer Lawson und Tommy Bryson mussten den Löwenanteil der Rechnung bezahlen. Ich meine – was genau ist in dem Park passiert?«

Harkness atmete langsam aus.

»Aber«, sagte er, »wenn man es immer weiterspinnt, war es doch letztlich Gottes Wille.«

»Vielleicht sollten wir dann den Allmächtigen ausfindig machen und einsperren.«

Laidlaw stand auf.

»Ich denke, ich gehe mal zu dem Jungen«, sagte er. »Vielleicht braucht er jemanden zum Reden. Und Sie tippen die Grabinschrift in dreifacher Ausfertigung, bitte.«

Nachdem Laidlaw gegangen war, saß Harkness da und starrte ins Nichts. Trotz der Leere, die er empfand, hielt ihn ein Gedanke über Wasser. Heute Abend würde er ins »Muscular Arms« gehen.

Er nahm den Zettel, den sie in Tommy Brysons Tasche gefunden hatten und der mit winziger Handschrift beschrieben war. Er hielt ihn gegen das Licht und versuchte die Schrift zu entziffern. Es war praktisch unmöglich, aber anhand einzelner Buchstabenfolgen, die er erraten konnte, glaubte er zu lesen: »Sie dachte, sie versteht mich.« Aber sicher war er nicht. Nur ein einziger Satz ganz unten war deutlich erkennbar: »Ich habe versucht, sie zu lieben.«

## ACHTUNDVIERZIG

Matt Mason nahm sein Getränk mit, als das Telefon klingelte. Das Essen war gut gewesen. Er fühlte sich wohl. Eine Stimme fragte: »Mr Mason?«, aber er erkannte sie nicht.

»Wer ist da?«

»Hier ist Minty. Minty McGregor.«

»Ja?«

Mason war misstrauisch. Er konnte sich kaum vorstellen, dass Minty die Dreistigkeit besaß, noch mehr aus ihm herauspressen zu wollen, aber der Gedanke schoss ihm in den Kopf.

»Ich möchte Ihnen für den Beitrag in meiner Rentenkasse danken.«

»Was?«

»Ich finde, nachdem ich mein ganzes Leben dem Verbrechen gewidmet habe, ist es nur gerecht, wenn mir das Verbrechen etwas zurückgibt.«

»Was soll das heißen?«

»Das bedeutet, dass Bryson vor einer halben Stunde verhaftet wurde und Sie Besitzer einer Unterhose von C&A sind. Toller Laden ist das. Wenn Sie sie anziehen wollen, kann ich Ihnen einen guten Fleckenlöser empfehlen. Wäscht das Hühnerblut ohne Rückstände raus.«

Es entstand eine Pause, in der sich Matt Masons Zorn sammelte.

»Du Dreckschwein!«, zischte er. Dann nickte er und grinste, während sein Gast zur Toilette ging. »Du bist tot.«

»Noch nicht ganz. Erst in ein oder zwei Wochen.«

»Das reicht, um es dir heimzuzahlen.«

»Was haben Sie vor, Mr Mason? Wollen Sie meinem Krebs einen Krebs machen?«

Mason fühlte sich machtlos. Ein seltsames Gefühl. Die Stimme im Hörer schien bereits aus dem Grab heraufzudringen. Es lag nichts darin – keine Angst, keine Befriedigung –, nur eiskalte Leblosigkeit, die sein Ohr gefrieren ließ.

»Du hast Familie«, presste Mason heraus.

»Ja, und ich hab auch einen Freund. Absolut unbeugsam. Ein toller Mann ist das. Sie können sich gar nicht vorstellen, wie der drauf ist. Der hat eine Aufzeichnung von unserem kleinen Gespräch im Pub. Namen und Nummern. Und eine Aussage von mir. Ein bisschen dämlich ist er leider. Wenn mein kleines Mädchen auch nur einen Kratzer abbekommt, wird er sich sehr ärgern. Aber natürlich behält er das alles für sich. Oder was meinen Sie?«

Mason fiel nur mit Mühe ein, wie man atmete.

»Alles Gute für die Zukunft.«

Mason stand da mit dem Hörer in der Hand, aus dem heraus es schnurrte wie aus einer Katze. Lennie, der schwitzte wie in der Sauna, wusste noch nicht, dass er mal wieder einen Fehler gemacht hatte.

**NEUNUNDVIERZIG**

Als Laidlaw die Zelle erreichte, stand die Tür leicht offen. Er machte mit der Tasse Tee in der Hand halt und lauschte. Milligans Stimme.

»Komm schon, Junge«, sagte er. »Tu dir selbst einen Gefallen. Du bist sowieso erledigt. Dein Liebhaber muss was vorgehabt haben. Also erzähl es uns. Ihm kannst du nicht mehr schaden. Weißt du das noch gar nicht? Die haben ihn gefunden, mit einem Schnitt im Hals so breit wie das Grinsen von Joe E. Brown. Hat sich die Kehle aufgeschlitzt. Das war vielleicht eine Riesenschweinerei da auf dem Teppich.«

Vorsichtig stellte Laidlaw die Tasse an die Wand im Gang, achtete darauf, den Würfelzucker nicht vollzukleckern. Dann stieß er die Tür auf.

»Entschuldigen Sie«, sagte er. »Detective Inspector Milligan. Kann ich Sie kurz sprechen, bitte?«

»Überleg es dir, mein Sohn«, sagte Milligan. »Überleg es dir gut.«

Als Milligan in den Gang hinaustrat, zog Laidlaw die Tür zu.

»Was gibt's?«, fragte Milligan. »Ich hab gehört, du warst zu früh da.«

Laidlaw packte ihn am Jackettaufschlag und schleuderte ihn durch den Gang. Milligan knallte gegen die Wand, prallte ab und fing sich. Er machte Anstalten, sich auf Laidlaw zu stürzen.

»Nur zu«, sagte Laidlaw.

Sie starrten einander an. Milligan begriff, dass Laidlaw den Moment klug gewählt hatte. Der Gang war leer. Milligan würde entweder jetzt etwas tun oder die Sache vergessen, denn würde er den Vorfall melden, müsste er selbst einen Fehler einräumen.

»Du hättest die Tür nicht aufmachen müssen, um rauszukommen«, sagte Laidlaw. »Du hättest dich drunter durchschieben können.«

Milligan entschied sich, cool zu bleiben. Sein Gesichtsausdruck lag jetzt irgendwo zwischen einem höhnischen Grinsen und einem schreckhaften Zurückweichen.

»Oh Laidlaw«, sagte er. »Du bist wirklich nicht ganz dicht. Weißt du das? Mit dir wird es böse enden.«

»Willst du nachhelfen?«

»Ich kann warten.«

»Du meinst, dir bleibt gar nichts anderes übrig.«

»Nein. Ich meine, ich kann warten. Willst du deinen Freund besuchen? Geh ruhig rein. Ich komme wieder. Ich habe viel Zeit.«

Laidlaw nickte verbittert. Die Blicke, die sie sich zuwarfen, waren Versprechen. Er nahm die Tasse Tee und ging in die Zelle.

Der Junge rührte sich nicht, blickte nicht auf. Er saß in sich versunken da, zitterte leicht, wie ein Häschen im grellen Scheinwerferlicht. Die Hose, die man ihm gegeben hatte, war zu groß und er hatte keinen Gürtel. Würde er aufstehen, würde sie ihm über den Hintern auf die Füße rutschen. Die Schuhe hatten keine Schnürsenkel.

Laidlaw ging zu ihm rüber und setzte sich neben ihn auf die Pritsche.

»Hier, mein Sohn«, sagte er.

Der Junge blickte ihn an, ohne ihn zu sehen.

»Ich hab dir eine Tasse Tee mitgebracht, mein Sohn.«

Der Junge betrachtete die Tasse und dann Laidlaw, als bestünde zwischen den beiden ein Zusammenhang, den er nicht verstand.

»Für mich?«, fragte er. Er sah Laidlaw feierlich an. »Warum?«

Laidlaw betrachtete die unzähligen Tupfen in den Augen des Jungen, eine Galaxie unentdeckter Sterne.

»Hast doch einen Mund, oder nicht?«, sagte Laidlaw.